ローレンス・ヴァン・デル・ポスト

ある国にて

南アフリカ物語

戸田章子訳

みすず書房

IN A PROVINCE

by

Laurens van der Post

First published by The Hogarth Press Ltd, London, 1934

ローレンス・ヴァン・デル・ポスト（1930 年頃）

あなたは国のうちに貧しい者をしえたげ、公道と正義を曲げることのあるのを見ても、その事を怪しんではならない。

——伝道の書、第五章八節

ルネ・ジャナンへ

第一部

もし過去がすでに歴史の影を落としていなかったら、現在はあらゆる未来に満ちているだろう。しかし、悲しいかな！　ただ一つの過去がただ一つの未来を差し出しているのだ——まるで空間の上の無限の橋のように、ただ一つの未来をわれわれの前に投げかけているのだ。

アンドレ・ジッド「地の糧」

第一章

ヨハン・ファン・ブレーデプールは二十五歳のとき、初めての大病をした。回復して外に出る許可が出たが、医者はどこか田舎の静かな土地で長期の休養をするようにと命じた。彼の親しい友人たちは、彼の状態が全快には程遠いことを知って、自分たちで相談の結果、ここから遠く離れたドンケルベルフ地区のポールスタッドという村に行かせることにし、すぐさま出発のために準備を始めた。そのなかのひとり、ポートベンジャミンの市のオーケストラでヴァイオリンを弾いているシマリングは、ポールスタッドが保養地としていかによいかを詳しく語ったので、皆は一致して計画の詳細をブレーデプールに話す役を彼に委ねた。

シマリングはブレーデプールと長年の知り合いだったが、ブレーデプールには常に好感というより尊敬を抱いており、それゆえいくらか彼を恐れていた。病院の看護婦に案内されてファン・ブレーデプールのもとに向かいながら、彼は計画をどのように話すべきか迷い始めた。その迷いに優柔不断という長年の性癖が加わると、いつも憂鬱の色を浮かべた彼の目は、まるで泣いたあとのように見えた。知らずのうちに、彼の歩みは遅くなり、看護婦と間があいたので、彼女は立ち止まって彼を待った。都合のよいことに、彼は自分の迷いで頭がいっぱいだったので、彼女の顔に浮かんだ苛立ちに気づかなかった。

シマリングの困ったところは、神経の過敏さだった。人通りの少ない道を歩くときには、しばしば歩調を緩めて人を追い越さないようにしたが、それは自分の歩き方が変で、笑われるかもしれないと思うからだった。ときにはうっかり人に追いつき追い越すことがあったが、そのことに気づいた途端に自分がぎくしゃくと不自然な歩き方をしているのに気づくのだった。腕を振りすぎたり、振らなかったり、必死に何かに目の焦点を合わせようとしたりなど。往々にして彼が追い越した人々は自分たちだけの冗談に笑っていたのだが、彼は自意識に引き裂かれ自分の何が嘲笑を招いたのだろうと悩んだ。何年もの訓練を経たオーケストラのコンサートでさえ、彼はステージに上がるのが恐ろしく、絶えず聴衆がひとり残らず自分を見ているに違いないという気がした。ときに偉大な交響楽のクライマックスで忘我の境地に至るとき——彼には才能と知性があり、臆病な恋人のように音楽を愛していた——そんなときでさえ、すぐにわれに返って聴衆の皆が自分の様子に気づいていたに違いないと思うのだった。

ブレーデプールにたいする尊敬の気持ちは、何とか彼の信頼を得ようという焦りに彼を駆り立てた。仲間に送りだされたときには、説得は簡単だと思えていたのだが。

言うべきことばを彼は思い浮かべた。「いいかい、ファン・ブレーデプール君。医者は静かな保養地での静養をすすめている。回復の早さにもよるが、一定期間は田舎に滞在したほうがよさそうだ。旧知の仲であるわれわれが話し合って、ポールスタッドに行かせる手筈を整えた。ポールスタッドという村を聞いたことはあるかい？ おそらくそんな場所は聞いたことがないだろうね」もちろん、ファン・ブレーデプールは聞いたことがないと答えるだろう。「でもぼくは、というかぼくらだが、よく知っている場所だ。ポールスタッドは空気もきれいで、治安もよい。都会から離れているし、何より静かで、背景にとても美しい山がある。ポールスタッドの住民は素朴で古風で、すれておらず、感じが良い。まるでイギリスののどかな田園の牛たちみたいにまわりの環境に生まれつき馴染んでいる。それにぼくは、近くの素晴らしい牧場に住む、すこぶる教養の高い知的なドイツ人家族と知り合いでね。彼らなら喜んできみを歓待してくれるよ。ぼくら十分に検討したんだ。必ずきみのためになると思っている。いやとは言わせないよ。一度でよいから、友人——主に自分を指して言ったつもりだが——のほうが賢明な場合もあると認めてほしい」だがもしブレーデプールがポールスタッドを知っていたら？ 知っていて、嫌っていたらどうだろう。「うまくやらなくては。なかなかうるさい男だからな」

こう考えた時、シマリングを病院の庭まで案内してきた看護婦がふいに立ち止まってこちらを振り返った。二人は芝生の端に立っていた。看護婦の制服は午後の日差しを受けて痛々しいほど白く、思わずシマリングは遠くの木々の鮮やかな緑に目を移した。

「ファン・ブレーデプールさんはあちらです」看護婦は短く言い、木陰に置いたデッキチェアのほうを指差した。シマリングは聞こえたというそぶりも見せずにいた。静かな庭を眺める喜びで一瞬だけ迷いが鎮まり、このまばゆい午後に木々の緑を眺めるのはなんと心が和むことだろうと考えていた。

「新緑が眠りを誘うようだ」と彼は思った。

「ファン・ブレーデプールさんはあちらです」看護婦の声はいよいよ鋭かった。

「ああ、どうも」シマリングはおだやかに答えて歩き出した。看護婦がおせっかいな身振りで彼を制止した。「念のため申し上げますが」彼の内気な様子を見ると、彼女はますます口やかましくなった。

「あまりお話しすぎないようにしてください。固く禁じられておりますので」

そう言うと、きびきびと戻っていった。制服の上に日差しが照りつけ、スカートの衣擦れが木々の葉のさわさわいう音と混じり合った。シマリングは一瞬ためらってから、ゆっくりと芝生を横切った。静かにデッキチェアに近づいたので、ファン・ブレーデプールが気づくまえにじっくりと本人を観察することができた。その姿にあまりにも動揺し、シマリングはいつも以上に落ち着きをなくした。ファン・ブレーデプールはすっかり変わっていた。友人の病状について詳しく聞かされてはいたが、シマリングはこれほどの変貌は予期していなかった。

「かわいそうに。骨と皮ばかりじゃないか」近づきながら彼は思った。

ファン・ブレーデプールはすっかり頬の肉がそげ落ちていた。両の眼は大きく鈍く光り、分厚い唇はくすんだ紫色で、口は以前よりも大きく見えた。強い意志の象徴であった、顎のくっきりした線が消えていた。まるで突然内面が混乱してしまった人間のように、外界がぼんやりとしか見えていないようだった。周囲のことすべてに無関心という様子で庭に座っているのを見て、シマリングは、かつて一度もそんなふうに思ったためしがなかった男が、この春の午後のすばらしさを実感しているとは思えなかった。

眼下には細く伸びたポプラの並木が、揺れる葉の間から陽光をはらはらと落とし、暗くくすんだ林の奥をほの明るくしている。頭上の空は目に痛いほどの青さだった。林の向こうには、大西洋の冷たい波の打ち寄せる磯がカーブを描き、同じ空の色が、煙霧をとおりぬけてくすんだ黄色だった。ポートベンジャミンの固い輪郭がぼやけ、港湾口はかすんでいる。もやが一番濃いところでは、帆船のマストや汽船の煙突の柱にもかかっていた。港と市街地をむすぶ道路は道幅が広く、やたらと激しい往来であふれ、もやはうすい埃の雲となる。そこここに工場の煙突、大仰な一、二の高層ビル、みすぼらしいアパートの最上階がその雲に突き出し、その晴れた高みで煙の雲はのろのろと拡散する。船の燃料庫に投げ込まれる石炭のがらがらいう音、きらめく網目のレール上を脇へ押しやられて、ぶつかり合う台車の音、やがて湯けむりをたててヒューヒュー鳴りながら汚れた空気に消えていくエンジン音が、静かな空気を揺さぶる。熱砂の記憶をとどめた、乾いて温暖な砂漠からの微風が、煙と埃を軽く揺らし、ファン・ブレーデプールとシマリングのまわりの木々や草は郷愁を誘われて低く囁き声を立てた。ポートベンジャミンの町は、しだいに田園風景へと移り行くことがなかった。大衆向けにやみくもに建てられた、安普請の同じような家が続くいくつもの家並みが終わると、根元を覆う流砂がわずかばかり隠れるほどの、やせて雑然とした低木に覆われた低地の平原が始まっている。いまだ大地と人よりも海に属している平原だ。平原が遠く離れた山脈に近づく辺りになって初めて予想外の肥沃さを如実に示した。ファン・ブレーデプールは黄色い耕地の区画や、自然と人間の実りある協力の、不動で優雅な証人である樫の木の長い並木が両側に続く家々を見た。山々の上方はおどろくほど明るく輝いていた。嶮しい火山性の山腹は、岩肌がむき出しになっていて灰色だが、ところどころオレンジ、赤、黒色の岩の層が縞模様になっている。広大な山間の窪みに射す陰は透明で、山が陰影で分厚く見えた。峰々は地平線に沿ってポートベンジャミンの半ばまで連なっていた。このような午後には、山々は盃に注がれたワインのように空を戴き、夜の空は穴の中の水のようだった。一方の端では、山々はその巨大な峰の一つを海に向かって斜めに突き出していた。だがもう一方の端は、どんなに目をこらしても見ることができない。峰は、それ以上は見えない遠くの峰へと続き、地平線にまたがるように連なっていた。ファン・ブレーデプールの目には、山々には風の音だけが聞こえ、時間以外に主人がいないようにみえた。峰々が静かに最高峰を取り囲むさまは、あたかもファン・ブレーデプールの眼下の血迷った町にたいして、ことばにならないことばでモラルを指し示しているかのようだった。アフリカの大地が長いネックレスだとすれば、ポートベンジャミンはその先端の小さなヨーロッパ製のペンダントだということを改めて思った。山々の防壁の内側には、自分の生まれた場所であり、いつかは戻らねばならないかもしれないアフリカが横たわっているのだ。挨拶のあと、ほどなくファン・ブレーデプールは言った。「考えていたんだが、今日みたいな午後を心底享受できるのは若者か恋人たちか回復期患者だけだろうね。このぼくだって元気なときは、今日のようなありふれた春の午後にこれほど感激していなかったよ。向こうに山々が見えるだろう？　これまでずっとポートベンジャミンに住んでいて、あんなにくっきりと見えたことがない。ほら、あれがブーイセンの丘、雪の頂、それにフェレイラの胸壁だ。名前なら全部言える。以前、ずっと昔に全部登ったんだ」シマリングは急に救われた思いがした。迷いがなくなった。

「山が好きなのかい？　登るのが？」

「そうじゃない。医者がどこか標高の高い場所で休養しろと言うんだ。それで今日の午後はひたすら山ばかり見ている。登るのはよくないだろうな」「それはやめたほうがいい」シマリングはしめたと思った。「きみにはぴったりの場所を用意してあるんだ。きみの言う四千フィートの小丘なんかでなく八千フィート級の山々もある。絶対に行くべきだ。というか、ぼく、つまり皆がよく知る場所だ。行ってみる気はあるかい？　小さな町だが、ひょっとしてきみはもう知っている？」シマリングはためらいがちにポールスタッドの魅力を並べ始めた。実際、先ほどの自信のある口ぶりではなかったが、案外きっぱりした言い方だった。彼は最後にこう言った。「もし話し相手が欲しいなら、ぼくの素晴らしい友人への紹介状をきみに渡すよ。少なくともぼくがずっと昔に会ったときは立派だった。教養の高いドイツ人の酪農家で名はモラーだ。少なくともぼくが最後に会ったときはそうだった。閉塞した村の生活ですっかり変わってしまう人もいるがね。でもきっときみも彼と家族のことを気に入ると思うよ。もちろん、昔と変わっていなければの話だが。まさにきみが別人のように元気になって仕事に戻るためにある場所なんだ」「それはよさそうな話だ。けれど、きみ」笑いながら彼は続けた。「ぼくはポールスタッドを知らないし、それがどこにあるのかきみはまだ説明していない」

「バンブーランドの県境にあるんだ」シマリングはファン・ブレーデプールの答えの中に無関心を汲み取ったかのように、彼の顔を覗き込むようにして言った。だが、無関心を疑ったにしろ、それは解消した。ファン・ブレーデプールの表情にさっと強い興味が浮かぶのが見えたからである。

「バンブーランドのそばなのか！　バンブーランドのどこなんだい？」

「バンブーランドへの大玄関口、マサカマズ・ドリフトから数マイルのところだ。ヨーロッパ人のバンブーコーサとの交易の中心地で、時には、バンブーランド中の人がそこにやってくる。まさにきみが気に入るような場所だ。きっと身体も完全に回復して仕事ができるようになる」

「では、行くことにするよ」

そう即座にきっぱりと答えたので、シマリングは驚いた。

シマリングは自分の勝利に大喜びし、ファン・ブレーデプールにたいするというより自分自身への勝利だったが――彼はその違いを意識していなかっただろう――病院の門を出るとき思わずスキップしそうだった。

「今のは上出来だったな。細心の注意をしていてよかった」そうひとりごとを言うと、歩きながら口笛を吹きはじめ、薄暗がりが町をほんの少しのあいだみすぼらしさから解放したことに気づかなかった。薄汚れて仰々しい建物の壁に、簡素な幾何学模様や純白の光の平行四辺形、金色の立方体、長々としたピラミッド型の影ができている。しだいしだいに傾く陽光によってそれらが上へと伸びていく。通りには遠ざかる冬のかすかな残り香が漂い、日が沈みかけると、冷めた腐敗臭が放出されあたりの空気に微妙にまぎれこむ。口笛を吹きながら、病院がある丘のふもとまで歩いてくると、通りの反対側の人々がこちらを見ているのに気がついた。慌てて口笛を吹くのをやめ、恥ずかしさでいっぱいになり、近くの電車めがけて猛烈に走り、転びそうになりながら乗り込んだ。「きっと頭がおかしいと思われたに相違ない」用心深くあたりを見回しながら電車に乗ると、あとから乗ってきた乗客が自分のズボンの腰のあたりを凝視していることに気づいた。「なんてことだ！」たちどころにパニックに陥った。「ズボンを後ろ前にはいてないだろうな！」子どもの頃に一度経験があるので、常に同じことをしやしないかと恐れていた。いかにも埃を払いのけるように、軽く器用な手つきで、ズボンの尻の部分に触り、念のため下腹部にもさっと目を走らせた。もう大丈夫だと思い席を探しに奥に進んだ。電車を間違えたことに気づいたのは、しばらくあとのことだった。シマリングを乗せた電車はポートベンジャミンを離れ、彼は物語からも出ていくことになる。気まぐれに支配されたこの人物のおかげで、ファン・ブレーデプールは運命的な旅をすることになった。

「身体も完全に回復してまた仕事ができるようになる」とシマリングに言われたことばが、不思議とファン・ブレーデプールを動揺させた。病気になってから百回にもなろうか、自分の過去と将来への意向について吟味することを、もう一度促されたのである。その晩は眠れなかった。二十五歳でこのような不安定な精神になるとは思いもしなかった。過去数年間、規則正しく一定の型にはまった生活を送ったので、今彼を悩ませている問題は無意識の中ですでに処置済みのものとなっていた。しかし今の思いはちがった。「元気になってまたあの生活に戻る価値があるんだろうか?」

彼は外見上は落ち着いていた。夜、看護婦が何かしてほしいことはないか尋ねたときも、枕に押し付けられた顔色は青白く冷静だったので、患者をそっとしておこうと思った。だがその十分後に彼は窓辺に立って、町から山々のほうまで見渡した。山には野火がゆっくりと空に向かって行った。夜空はとても澄んでいたので、炎が槍の刃のように鋭く浮かび上がっていた。今のような気分では、炎は苦悩のサインのようにみえた。町から聞こえる音は潮騒ばかりであった。ポートベンジャミンの静寂は海の音である。彼は別の場所にある静寂を思ったが、それは山の彼方に幾晩も続けて遠い丘陵の黒人の人々の歌が聴こえ、囲いの中の家畜たちがざわざわする音だった。彼の過去はそこに固く結びついていた。そしてポートベンジャミンの自分が現在の自分であるならば、それは過去が現在に徐々に静かに入り込んでいるからなのだ。静かにというよりも、冷徹で無情なロジックによって。では彼の未来は如何に?

熱が出始めたころ、彼に訪れた妙に意識がさえた瞬間に、彼にとってこの病気は通常の生活への不本意な中断であるとしか思えなかった。ひとたび身体が回復すれば、中断したところから再開できると思っていた。今ではその確信がなかった。病気は人に一種のライセンス、または寛大さや自己憐憫のようなものを与えるので、不安定な造りの人間にはひどく当惑するような結果をもたらすことがある。病気は、人を純粋に個人的な問題に直面させる。社会のパターンに流されて、久しく自分自身を見失っている人もいるかもしれないが、病気になると人は内面に目を向ける。主としてその人自身を滅ぼすか変えようとする病気と格闘しているのだ。そしてその個人的な内側の世界を、今までは、行動の均衡をとるという観点から、単に黙らせたりつぶしたりしようとしてきた。彼は自分が今戦っている闘いが理解できない抽象概念のためではなく自分自身のための闘いであり、そこに自分が敵から味方に変わることへの希望を見出すのだ。病気は、長らく行動が無視してきた迷い、欲望、記憶に注意を向けさせ、彼が送る未来の人生でもっと分け前にあずからせろと叫ぶのだ。ファン・ブレーデプールの場合も同じだった。その晩はかつてなく気持ちが落ち込んだ。抑鬱の軌道上に他者の人生が影を落とし、とりわけ、シマリングの話に出てきたバンブーランドの地を旅立った臆病な一人の若者の影があった。シマリングと別れた数日後にファン・ブレーデプールは、シマリングがその結末を予測することも疑いもしなかった旅に出るのだが、彼の憂鬱を理解するためには、何年も昔に遡る必要がある。

第二章

記憶は、過去から切りとられた幻の断片である。それは、人生というよりは、それを形成するばらばらの行為にかかわっている。ファン・ブレーデプールの最初の記憶は、自分の上に身をかがめている誰かがかけている琥珀のネックレスだった。今でも見ればそれとわかるほどネックレスは鮮明だったが、遠い昔の平和な夕べにそれを首にかけていた人はその影さえも記憶になかった。他の記憶がこれに続くが、人物は一人も登場しない。幼い頃の自分には、こんなに人の印象が薄かったのだろうか。記憶の主要な領域は、ぼんやりとした、非個人的なもので占められていて、そこには、夏の午後の豊かな光が射し、かすかな郷愁が漂っていた。日の出と日没に聞こえる羊たちの鳴き声。きらきら光る埃の線が黄昏の太陽と自分の間で漂うさま。水藻に覆われた池のまわりの緑のなかに咲く黄色い花。ペパー・ツリーの並木を出入りしてばたばたと飛びかうコウモリ。バグパイプのような蚊の羽音。遠雷の低く鳴る音や、夜の稲妻に浮かび上がる地平線。こうした世界に足音は聞こえず、誰の顔もなかった。自分の部屋でさえ、最初に思い出されるのは、褪せた緑色のブラインドのひび割れをとおして射し込む光だった。午後の日差しは、高出力エンジン車のモーターが部屋の窓に向かってブンブンうなるように照りつけていた。どのくらいその部屋に寝かされていたのだろうか。叔母の声が彼を呼び覚ますまでに何年経過しただろうか。確かに叔母の声だったのか。確かなのは、傍で誰かの語りかける低い声だった。「おまえには見えていないものがある」彼は声を弾ませて訊いた。「それは何色?」胸がワクワクしてたまらなかった。壁紙のへりに描かれた船団のなかの、或る船の帆だろうか? 壁を伝い降りる脚の長いザトウムシだろうか? それともエナメル製の水差しに射し込んだ光が、天井の漆喰に作った影のゆらめきだろうか? どれもみなハズレだった。でも、隣の人は辛抱強く答えをうながしていた。「まだだ! だんだん近くなってきた! はずれだ! もう少し! もうあと一歩!」そして彼はついに当てることができた。それは、彼のベッドの上に掲げられた文章の最初の青色のゴシック体のアルファベットだった。「主はわたしの羊飼い。わたしは乏しいことがない」

記憶のなかの声はさほど穏やかでないこともあり、それは、冷たく白い面長な顔で、冷静な青い目をした人物から、厳しい威厳のある口調で発せられるときだった。そのときもまだ、人の姿はおぼろげだった。まるで夏の猛烈な陽射しにうかぶ蜃気楼か、嵐の気配を運ぶ風にひらひらとあおられる影のように。夏の嵐がくるのか? 彼は椅子に膝をついて座り、叔母の居間の窓に額を押し付けて大きく目を見開いた。嵐が風と煙になって、まるでタタール人の騎馬隊のようにヴェルト(南アフリカの草原)を越えてやってこようとしていた。雷がとどろき、砂塵がトタン屋根をみぞれのように打ちつけた。家のまえの通りの両側に立ち並ぶペパー・ツリーは風のなかで身をこごめ、数千個のピンクと白の実は塵やぼろ紙や藁くずに混じって空中を舞った。ガムツリーの青葉の先端が屋根の側面を執拗に擦り、黒いカラスの一群が屋根をかけ登るような音をたてた。嵐はむやみに荒れ狂うものではなく、自分が住む家に計画的に攻撃をしかけているのだと彼はおぼろげに感じた。雲は、恐ろしい衝動に駆り立てられた生き物のように、巻き上げられた埃を翼のように伸ばしていた。叉状電光が同じ場所に続けて二度三度落ちるとき、それはまるで支配者が「これでもか！」と大地を打ちのめしているかのようだった。彼の心は恐怖で圧倒されたが、それでも目を離さなかった。嵐が小康状態になると、急ぎ小屋に連れ戻される羊たちの鳴き声や、背後で動き回る人々の音が聞こえた。振り返ると、叔母は落ち着いて、二人の使用人に刃物類、鋏、編み針を毛布でくるませ、鏡の一つ一つをシーツで覆うのに手を貸していた。彼女は音も立てずに動き回った。彼女の黒い室内着の丈は足が隠れるほど長く、脚の動きは引きずる裾に覆い隠されて、歩くというよりなめらかに滑るようだった。叔母のドレスの首まわりは、細かいレースの襟を高く立て、小さな金のブローチで両端を留めてあった。彼女が窓に近づくたびに、ブローチが外の嵐のグレーやオレンジ色の光を鈍く受けとめ、叔母の顔をいっそう青白く見せた。だが彼女の目はしっかりとして、厳しくさえあり同時におだやかで動転していなかった。一瞬、ヨハンは嵐を忘れて、叔母にかけよってスカートにしがみつきたかったが、その勇気がなかった。召使いたちがいるうちは、叔母はヨハンを気に掛けるふうではなかった。彼らがいなくなると、静かにヨハンに近づき、冷たい白い手でヨハンの顔をまっすぐに向かせ、彼が震えているのに気づくと、彼を見下ろして訊いた。「怖いのですか、ヨハン？」ヨハンはそれに答えず、懸命に涙をこらえて彼女をじっと見つめた。

「恐れということばは」叔母はゆっくりと左右に首を振った。「ファン・ブレーデプール家の辞書にはありません」

叔母はそのまま先を続けようとしたが、折しも嵐が一段と勢いを増した。彼女はヨハンの手を引いて小さなオルガンのところへ連れていき、スカートを丹念に手でなおして腰かけた。風と雷雨の大音響がやまぬなか、彼女は黙ってヨハンを傍らに立たせ、古いプロテスタントの賛美歌を、せいいっぱい力強く弾き始めた。叔母の視線が終始自分に注がれるのを感じて、彼はしだいに落ち着いてきたが、それでも恐怖は消えなかった。雷鳴が遠のいて、外でふたたび羊の鳴き声がするようになると、叔母はオルガンの蓋を閉じて、長い説教を締めくくるときのように言った。「それでも、神様は善いものしかお与えになりません」

その日を最後にヨハンは長らく住み慣れた、暖かく、光に満ちた、非個人的な世界に別れを告げ、自分の考えや行為を、自分以外の人々と結びつけるようになった。彼らは、もはや遠く輝く地平線上で手招きする人影ではなく、これから足を踏み入れようとする国の新しく、珍しい住人たちに姿をかえた。ヨハンは自分の人生がまえへまえへと動いていることを意識した。それまでは、時を忘れた穏やかな礁湖に閉ざされていたかのようだった人生が、ゆったりとした川の流れのように、前方に流れ出した。決まった時間に、叔母の隣に一人の男性が現れた。彼は黒い、不安げな目をして、気味わるく大きな歩幅で歩き、いかめしい堂々とした声で分厚い革表紙の聖書を朗読した。夜毎の、蠟燭に照らされた夕べの集まりで、ヨハンはこの穏やかな朗々とした声によって眠りに誘われた。ある瞬間には、彼はこの声に耳を傾けながら、部屋中を蠟燭の影がぐるぐる回るのを目で追っていた。次の瞬間には、彼は台所のかまどの火のまえに立って震えながら、重い瞼で外の冷たい黄色い光を見ていた。叔父が雨に濡れて震える子羊たちを連れ戻し、トウモロコシの袋で覆った体をかまどの火のそばで乾かしてやるのが見えた。

日曜日の長い午前中をヨハンははっきりと覚えていた。黒人の使用人たちが全員列をなして食堂に進み、大きな樫のテーブルのまわりの床にしゃがみこんだ。一時間のあいだ、叔父は彼らに聖書を読み聞かせ、叔母はオルガンで賛美歌を弾いた。その後三人はかならず馬に乗って出かけた。ヨハンが叔父の鞍のまえに乗り、叔母はバスト種のポニーに乗った。こうした折にはほとんど誰も話をせず、つねに叔父が先導役で、叔母は黙ってあとに従った。オーム〔アフリカーンス語で叔父〕ウィレム・ファン・ブレーデプールの乗馬ルートのひとつは、広大な地方一体が見渡せる高い丘のいただきへと続く「イギリス軍の鉄砲の道」をたどるコースだった。頂上には、古い見張りの塔の標識が立ち、今も破れた白い旗がゆれていた。そこでしばしば三人は馬を降り、標識の側面にもたれて半時間ほど座っていた。平日もそこを訪れていたヨハンは、日曜日には他のどの日ともちがう雰囲気があることにすぐに気づいた。茶色の叢林を渡る風や、丘の斜面で草を食むウシやヤギ、そういったものすべてが、彼には日曜日だけの特別な音がした。

「あれが聞こえるか？　マルガリータ」ある朝、叔父が訊いた。

「いいえ。何の音です？」

「ほら、聞こえる！」

三人とも耳を凝らした。ヨハンには最初羊の鳴き声しか聞こえなかった。丘の斜面を見下ろすと、草の上を影のように風が吹きわたるのが見えた。さらに遠くでは、羊の群れが赤土でできた小さなダムに水を飲みに押し寄せていた。貯水池の壁は三日月型をしていて、アカシア・ブルーブッシュに覆われていたが、中央には三本の柳の木が、水銀でできた鏡のような水に根を突っ込んで立っていた。

「あれが聞こえないか？」叔父はまた言った。

はるか遠くで、教会の鐘の音が鳴っていた。

「こんなにはっきりと聞こえるのは珍しい。直線距離で十五マイルだ。この次教会に行くときに、ぜひ聖堂番におしえてやろう。きっと喜ぶに違いない」ウィレム叔父は眼下に目をやった。「そろそろ戻らないと昼食に間に合わないな。クース爺さんの家畜の群れが水飲み場に向かっている。もう一時近いだろう」

別の日曜日は快晴で暑く、彼らの座っている場所からは見えない川岸が、輝く大気によって空に反射していた。地平線上に多数の青い土の山や、煙をあげる煙突が空中に揺れ動いていた。あれは何ですかとヨハンは叔父にたずねた。

「鉱山だよ。ダイヤモンド鉱山だ。イギリス人が欲しがり、奪った鉱山だ」

「日曜日にも働くのですか？」ヨハンは訊いた。

「そうだ。日曜と、他の日は一日おきに昼夜ぶっとおしだ。休みはない」

「このあいだ、教会の便りで読みましたけど」叔母が口をはさんだ。「月にはターキーの詰め物のようにダイヤモンドが詰まっているそうです。月面の火山が……」

「そんなもの信じなさんな」叔父は声をあげ、口元に苦笑を浮かべた。

「でもあなた、有名な科学者がそう言ったんですよ」叔母は夫を責めるように言った。

「そんなもの信じなさんな！」

「なぜなの？」

「もし月にダイヤモンドがあるなら、イギリス人たちがとっくに併合している」

ふたりが笑うなか、ヨハンはずっと煙突を見つめていた。自分たちが暮らす田舎をこうしたものと関連づけてみたことがなかった。数日後にいつもの用事で炭鉱町に出掛けて戻ってくると、彼は夜ベッドに身を横たえ、囲いのなかの羊たちの鳴き声や、草原のジャッカルやシマハイエナのほえ声に耳を澄ませながら、そのさなかに鉱山で何が行われているだろうと思いをめぐらせた。

日曜の午後には、「フェルハレーヘン」（「はるかに遠い地」の意）と呼ばれる彼らの屋敷には、近くの農園から黒い服装の訪問者がやってきた。彼らは庭園を案内され、必ず大きな金の額縁の絵を見せられるのだが、その絵の話はあとまわしにしよう。ヨハンは礼儀ただしく彼らについて庭をまわり、果樹に登っては客の求めに応じてよく熟れた桃、梨、ざくろをもいだ。ある日の午後、彼はぶすっとした態度で客を見送り、長々と叔母のお説教をくらった。「ファン・ブレーデプール家の人間は、代々が紳士です。あなたも常に紳士でなくてはなりません」叔母は最後に厳しく言った。叔母にとって紳士とは、女性のまえでうやうやしく帽子をとり、女性を先にとおしてからドアをとおる男性のことに過ぎなかった。だが彼女の理解の浅さはその信念の深さによって補われてあまりあった。叔母は紳士たることがいかに重要であるかを説きつづけ、それをヨハンの心に焼きつけた。

やがてヨハンは、自分と叔父叔母との関係が、他の子どもたちとその保護者の関係とは違うことに気づいた。好奇心と漠然とした不安が彼のなかで頭をもたげ、次々に質問を繰り出した。初めはあたり障りのない答えが返ってきたが、辛抱強く追及して彼はついに真相を知った。彼の父親と母親は亡くなっていた。黒人の子守の女性の話では、両親は二人とも「カーキ〔英国軍隊。ボーア戦争で英国軍兵士が着用した軍服であったことに由来する〕」によって殺されたということだった。のちになってヨハンは叔父と叔母からさらに詳しく聞かされた。おまえの父親は、ダルマヌーサで義勇騎兵部隊を率いて闘うなか戦死し、母親は英軍のボーア人婦女子の強制収容所で飢えて亡くなったのだよ。母親と同じ運命からおまえを救うことができたのは、当時オランダ総領事だった弟に頼んで、あらゆる手を尽くしておまえをケープ・タウンに逃れていたわたしのもとへ移送させたからですよ。彼には死ということばの意味が簡単にはわからなかった。父母の死について聞かされた直後から、ヨハンは汽車に乗って両親に会いに行く夢を、何度も見るようになった。両親に話しかけようとするのだが、いつも何かに阻まれてそばに寄ることができなかった。だが他の乗客たちは両親のことを噂し合っていた。「あの人たちは『カーキ』から逃げて山に隠れていたのだ。『カーキ』がいなくなるまでは町に戻ってこられはしない」。ある時彼は父と母が郵便小包で届く夢を見た。だが半券を失くしてしまい、「フェルハレーヘン」の近くの村の郵便局長に荷物の受け渡しを拒まれる。「やっぱりあいつも『カーキ』だったんだ」夢のなかで彼はつぶやいた。

こうしてファン・ブレーデプールは幼い頃から死について考えるようになったが、その後もその習慣が失われることはなく、ほとんど強迫観念のようになっていた。のちに彼は、死の問題に自分なりの回答を見出さないかぎり人は安心して生きられないという思いに常に悩まされた。「死は片時もぼくから離れない」彼は考えた。「それは人生で最もありふれたことで、誰もがいつかは死ぬとわかっている。それなのに、死をまえにすると恐怖に襲われる。死が恐ろしいのは、死と正面から向かい合ってこなかったからであり、恐怖によって人は打ちひしがれる。死が投げかける問題に答えられないかぎり、そして、死の感覚と精神の安らぎとのバランスが与えられないかぎり、どんな制度も満足とはいえない」

彼にはもう一つ超えなければならない境界があった。太平洋の礁湖に囲まれた島が外国行きの船の船尾からだんだん見えなくなるように自分の幼年時代が遠ざかってゆくのが感じられた。現在の自分と幼年時代のあいだに新たなフロンティアが、礁や穏やかな礁湖としてではなく、影のように横たわっていた。この新たな世界では戦争の話がたえなかった。叔父叔母と彼にとって戦争は彼の両親が亡くなった戦争ただ一つで、一つしかありえなかった。いろいろなことが戦争のせいだと言われていた。人々の口ぶりからは、戦争によって人々が黄金時代から切り離され、戦争によってもたらされたものに比べてはるかに多くの良いものが破壊されたことは確実だった。彼の叔父は戦争にたいして今でも怨念を抱いていた。

　ある朝、オーム・ウィレムはヨハンを鞍のまえに乗せて一番遠くの羊の放牧拠点に馬で向かった。そこには家畜を入れる石造りの囲いが二箇所あり、荒れ果てた一軒の農家、小さな赤土のダム、そしてスチール製の風車から時おり心淋しげな音をたてて、細々と水が落ちていた。農家の裏手には放置されたままの広大な農園があった。農園は周囲を伸び放題のまま枯れたマルメロやざくろの木々に囲まれていた。壁には炎で焼け焦げた跡があり、ヨハンは雷が落ちたのだろうかと思った。

「そうではない」叔父は苦々しく言った。「『カーキ』のしわざだ。奴らがある朝やってきて、夕方には家が焼き払われた。果樹園の木をすべて切り倒し、羊を一匹残らず槍で刺殺し、手当たりしだいにあたりを荒廃させた。そうだろう？　クース」

　叔父は、黒人の老管理人を振り返った。彼もまたあの戦争に行った。右脚を弾丸に吹き飛ばされ、寸法の合わない木の義足をつけて難儀そうに脚を引いていた。いつもまるで泣いたあとのように目が充血し、両方の目の角に白く乾いた分泌物がたまり、ヨハンは目を合わす気になれなかった。

「さようで、旦那さま」彼はゆっくりと、牧師のような深刻な口調でそう言い、首を振った。「『カーキ』の連中がやったのは、天に神さまがいなさるように、明らかなことです」

　そう話す老人は、だぶだぶの粗末な衣服が風にはためき、人というより、救助を求める遭難信号のように見えた。ヨハンと叔父が馬で行ってしまうと、老人はいつも杖に身をもたせかけ、傍らの二匹の雑種犬とともに長いこと二人をじっと見送っていた。ヨハンが振り返ると、彼が相変わらずたたずんでいることがよくあった。彼の背後には黒く焼けた家の壁や荒廃した庭があり、はるか遠くの草原にはペパー・ツリーの木立越しに、新しい「フェルハレーヘン」の屋敷の屋根がクリスタルのように輝いていた。昔と今の農園の間に立つクースの姿は象徴的で、戦争は恐ろしいものにちがいないとヨハンは確信した。

叔母の回想も、叔父やクース爺さんの戦争の話を裏づけていた。一つ彼女の脳裏に焼きつき、毎回感情を高ぶらせる話があった。叔母は戦前、ベヒシュタイン社製の小型グランドピアノを持っていて、それを放牧地の住まいに置いていた。この家は農場の元の屋敷で、ヨハンの叔父が長年あちこちに手を入れたあげく納得がいかず、このうえ改修するよりは、新しく建てかえようと手放したものだった。このピアノの話になると、叔母は打ち沈んだ調子になった。彼女はヨハンにピアノの構造をこと細かに説明した。わざわざドイツからピアノを取り寄せ、さらに「フェルハレーヘン」まで汽車もとおらぬ土地を搬送するのにかかった手間と費用のことを話した。

「そう、『カーキ』は残忍でした」と叔母は言った。「彼らは女こどもにまで戦争をしかけた。他の人々はもちろんのこと、彼らにたいして何の危害も加えないものまで破壊したのです。ある晴れた朝、彼らは農場をとおり抜け、わたしの美しいピアノを――そう、戦争が始まるまえ、最後にわが家を訪問されたときに、首相ご本人から、官邸にあるピアノよりも立派だと言われたピアノを――裏庭に引きずり出して、わたしの目のまえで叩き壊して薪にしたのです」

羊毛市場の動向が怪しくなったときも、行政長官がウィレム・ファン・ブレーデプール氏に、賢明にも羊の乾癬対策の全頭消毒を要求したときも――ウィレムの羊が三、四匹しか感染していないにもかかわらず――すべては戦争が悪いのだと誰もが思った。周囲の誰かれとなくヨハンに言った。戦争前は、乾癬の発症がほとんどなく、やかん一杯分の消毒液を沸かせば病原菌を駆除できたものだ。成長するにつれて、ヨハンは叔父と叔母が戦後の生活にいまだに適応できていないことに気づくようになった。戦争は正常な心理を切り裂き、その傷口を恣意的にふさいだ。戦争は、彼らの人生を分断する壁だった。二人は喉の渇いた二頭の馬のように壁のそばを行ったり来たりした。どこかこの先に水場があることを知っているが、そこにたどりつく方法がわからず、仕方なしに一番近そうな場所をぐるぐる動き回るのだった。叔父と叔母は、もっとも深い意味で、彼らの生のリズムを断たれ、それを取り戻せないでいた。同時に、ヨハンは自分や他の子どもたちが一様に、両親の世代に特有の不和の感覚を親から受け継いでいることに気づいた――その不和の感覚は子どもたちの人生ではなく、過ぎ去った過去の人生に根ざしていた。この不和が生じたときから長い時間を経てもなお、それが続いているために、多くの混乱が生じた。それは、ヨハンのような人間のなかに自分本来のものではない感情の枠組みを形成した。

叔父と叔母に関して言えば、二人にとって戦争がいかに深刻な影響を及ぼしたかということに、後々ヨハンは驚かされた。ヨハンの両親同様、叔父と叔母はこの国の生まれではなかった。二人は若い頃にオランダからこの国に移住していた。移住の理由が富と地位の衰退であったことをヨハンは知っていた。家運の傾いた一族は、そのような境遇にまつわる失意と混乱が、家族の他のメンバーにも大きく波及し、彼らが個々人としてさえ名誉を回復することを大いに阻み、場合によっては不可能にすることを、ヨハンは悟った。戦争は、叔父が多くの希望を託したこの国で身を立てようとする試みを邪魔することによって、叔父の潜在的な失意を表面化させただけではなかったかとヨハンは思った。戦前の叔父は進歩的な牧場経営で成功をおさめていた。だが農場の再建は叔父を疲弊させていた。ウィレム・ファン・ブレーデプールは、農場にたいしてしだいに興味を失っていった。農場は発展することもなく停滞しており、やがては衰退する運命だった。叔父は、農場に割くべき時間を政治に向けるようになった。国会議員選挙出馬後の数年間、農場の仕事のほとんどが、原住民の使用人たちの手に任されていた。ときには何カ月にもわたって、叔父と叔母はヨハンを連れて首都に行き、彼らにしては高級すぎるホテルに滞在した。国会閉会中に農場に戻っても、叔父は大半の時間を農場で過ごさず、選挙区の人々を訪ねて廻った。叔父の政策は、彼の所属政党のそれと同様、単に自己防衛にすぎず、個人的な気分を行動に置きかえたものにすぎなかった。この国のあらゆる政治、社会問題は、戦争が直接または間接の原因だった。これらの問題を解決するには国が完全に独立を取り戻し、戦争による傷跡を一掃するほかなかった。地元の選挙区で叔父への反対の声があがったとしても、それは彼が自身の政治姿勢を真剣に見直さねばならないほど強力ではなかった。叔父が好意を抱き、尊敬する人々のほとんどが、叔父にたいして同じ気持ちを抱いていた。彼の政党と政策は、州全体で大きな政治的成功を収めた。叔父同様、人々は戦後の農村の今後を考えるうえで、将来にではなく過去の戦争に目を向けていた。戦後世代はおしなべて自分たちが戦争によって酷い傷を負ったと感じ、戦争をまったく経験しなかった州でさえ、それは変わらなかった。

そうしたなか、ヨハンの教育はまったく看過され、少なくとも計画性を欠いていた。オーム・ウィレムは、政党の野心や選挙戦敗北などの不安定さも手伝って、ますます政治にエネルギーを注ぎ片時も政治から目が離せぬようになったあげく、兄の息子にかまける意志も時間もなくなっていた。マルガリータ・ファン・ブレーデプールは妻の役目に忙しく、夫の政治家としての地盤を築くことに追われていて、ヨハンにもっと目を向けてやるよう夫に言うことはなかった。叔母の性格には一種の冷淡さがあり、妻としての義務を至上のこととしている彼女には、感情的に一線を引くことは比較的たやすかった。
ヨハンにはこのことが直感的にわかっていた。彼は叔母を心底敬愛していたが、しばしばもっとじかに愛情を感じられたらと思った。いつも冷静で落ち着いていて、自分や他人の感情をみごとに克服できる叔母でなければ、もっと好きだったかもしれない。そのころでさえヨハンは、相手に哀れみを感じるとき、愛情がもっとも深まった。だが、叔母のマルガリータはどうみても哀れみの対象ではなかった。たとえば、ヨハンは叔母が泣いたところを見たことも、人生について愚痴を言うのを聞いた覚えもなかった。夫の政治家としての活動の合間に、「フェルハレーヘン」に戻ってくると、毎回喜びと期待に胸を躍らせて門のまえで出迎えるヨハンに、つい昨晩顔を見たばかりのように挨拶し、何カ月もまえに中断された関係を一切のブランクがなかったかのように再開するのだった。ヨハンは内心、詩人ブレイクが人間全般について言ったように〔『天国と地獄の結婚』に、欲望を抑制する者は、その欲望が抑制されるほどに弱いからである、とある〕、叔母が感情を抑制できるのは、抑制できる程度の感情しか持ち合わせていないからだろう、と考えるようになった。

後年、彼はしばしば叔母に十分に感謝をしなかった自分を責めた。ぬくもりを感じたことはあまりなかったが、それでも叔母の献身は継続的なものだった。そう考えると叔母にたいする気持ちもほぐれ、叔父の傍らにあの静かに銀白色を放つような叔母の存在があったおかげで、自分たちは無事にやってこられたのかもしれないと思うようになった。叔母の芯の強さや夫への忠誠心を幾度も見てきたヨハンだが、なかでも特に印象に残っている場面があった。それは、ウィレム・ファン・ブレーデプールの政治集会での演説だった。集会は「フェルハレーヘン」にほど近い赤レンガの校舎で行われ、夫妻の席は会場後方の小さな壇上に用意されていた。叔母は熱心に聞き入り、集会の始めに贈られた花束を両手に握り、それを膝の上に置いていた。ヨハンも同じ年頃の男子生徒たち数人とうしろで立って聴いていた。

「われわれから国を奪った彼らにも、われらの誇りと魂を奪うことはできなかった」ウィレム・ファン・ブレーデプールは万感の思いでよびかけた。高ぶる感情で目は輝き、説教壇の名演説の伝統にならい、声を張り上げて語った。「われわれの美しい国土を十回奪われたとしても、われらの誇りは失われず、この国の魂は不滅である。不幸と悲しみを乗り越えてこそ、偉大な国がうまれるのだ。領土を無限に拡大して、偉大な民となった者はいない。ユダヤ人をみるがよい。偉大な選ばれし民を。考えてみてほしい……」

「考えないよ」前列より茶化した野次が飛んだ。

ウィレムは、脇の机を叩こうといったん振り上げた手を空中でもてあました。彼はいつも自分の考えが感情に引っ張られぬようにするのに苦労した。その当時はまだ議員経験も浅く、野次に柔軟に対処する方法すらもたなかった。彼は野次を無視してひたすら演説を続けることしか考えつかなかった。ヨハンは叔母の様子をうかがった。彼女はじっと叔父を目で追っていたが、いつのまにかまっすぐに身を起こして座っていた。

「ユダヤ人のことを考えてみよ！」彼が再び演説を始めると、また前列から例の声で野次が飛んだ。

「考えないよ」

とうとう支持者の側が怒りだした。抗議の声があがり、罵声がとんだ。「意気地なし！」「カーキを放り出せ！」

なおも続けようとする叔父に、またもや平然と野次が飛んだ。「考える気はないね」

続いて野次の応酬となったが、突然それは止んだ。驚いたことに、叔母が立ち上がって手を上げ、周囲に静粛を求めていた。

「あなたに考える気がないのはよくわかっております、ファン・ダー・ヴォルトさん」叔母は夫の演説の邪魔をした相手から終始目をそらさず、客をもてなすときの上品な口調で言った。「考える気がない。そう、主人に反対する方々に共通する問題は、どなたもまともに考えようとされないことです。いかがでしょうか。こんど集会を妨害されるまえに、まずご自分の頭で考えることを学ばれては」

数分後、ファン・ダー・ヴォルト氏はそそくさと会場を出て行った。男相手ならうけてたつが、あいにく女と議論するようにはできていない、とぶつぶつ呟きながら。

数年後、叔父夫妻の政治にかかる費用はふくらむ一方で、農場からの収入は急激に落ち込んでいた。この際夫妻は、ヨハンにたいする養育の義務は、衣食を提供することと、オランダ人老教授にその教育全般を任せることで十分だろうと考えた。この肺病持ちの老教授は、健康によい農場で暮らせるなら無給でよいから雇ってほしいと叔父のところにやってきたのだった。ファン・ブレーデプール氏がたびたび遊説に出ているあいだ、この老教授とヨハンに農場を任せたほうが、管理人を雇うよりも便利で費用も安くつくことも理由になった。

ピーター・ブルックスマ教授（法学博士）は、興味深い人柄で、鋭敏かつ懐疑的な精神の持ち主だった。活力旺盛な人が大概そうであるように、あらゆる正統主義を軽蔑し、伝統や因襲的制約を正当化したりそれに理屈をつけるよりも、それらを飛び越えることに心をくだいていた。来る日も来る日も彼は、「人間の不可避的な愚かさ」と彼自身が呼ぶものについて論じた。歴史の時間に、突然大げさな身振りで講義を止め、ヨハンのほうを振り向いて肩をすぼめ、ことさらに不快感に顔を歪めて言ったものだ。「またしても人間性の問題だ……なぁヨハン君、ほかにどう説明できる？」あるとき、無限という数学的仮説を説明したとき、彼の結論はこうだった。「無限の定義としてはるかに優れているもの、それは人間がどこまでも愚かになれることだ！」

近所の住民たちの噂話や些細な意地悪がブルックスマ先生の耳に入ると、彼はたちどころにそれらを普遍化し、人類の一般的特徴にすぎないと考えた。

「法律の問題にしてもだね、ヨハン」彼はしばしば自分の専門分野の話を持ちだした。「西欧社会で法律をおおむね公正に施行する方法として唯一妥当とされたのは、できるかぎり人間性を排除することだった。正義の主たる敵とは、法律における人間的な要素であるということをわれわれは経験から学んでいる。法の施行にあたり、人間性を擁護することになにがしかの利点があることは誰もが認めているが、そうした利点よりも損害がはるかに上回ることを、誰もが疑わない。ヨハン、仮にきみが罪を犯したなら、陪審員裁判を選ぶべきだ——人間性への譲歩の余地がぎりぎり残されている——陪審員は無罪評決を下すかもしれないからだ。だがもしきみが無罪であるなら、裁判官による裁判を選びなさい——人間をかぎりなく機械に近づけたのが裁判官だ——陪審員だったら有罪判決を下すこともあり得るからだ」

先生がフェルハレーヘンにやってくるまで、ヨハンは叔母と叔父の宗教にたいする厳格な態度を疑問に感じたことは一度もなかった。それは寝食同様日常生活の一部だったので、ヨハンには他の日常生活の習慣同様、宗教的な習慣を問い直す必要はなかった。事実、日に二度の家族の礼拝にはうんざりさせられていたので、やんわりと批判したくもなったが、その種の批判は宗教の問題ではなく自分の問題だと思われた。ブルックスマ先生はそうした遠慮とは無縁だった。彼にとって宗教は愚かで退屈なものだった。先生はヨハンにははっきりと、叔母と叔父にはいくらかの遠慮をまじえてそう言った。

ある日曜の朝、先生がやってくるとすぐに、彼とヨハンは家族の乗馬用の鞍を準備するためおもてに出た。ヨハンと二人になると、先生はつい先ほど叔父のファン・ブレーデプール氏がおこなった説教について語り始めた。

「人間性に関わること全般に言えるが、こと宗教にかけてはくれぐれも批判を怠ってはならない」と彼は説いた。「宗教と信仰の問題は、もっとも論理的な考察が難しい問題だが、にもかかわらず人は自説にこだわり、決して譲ろうとしない。今朝きみの叔父さんが言ったことを、叔父さんの人生に照らして考えてみたまえ。何ごとも良い結果におさまるだろうという心慰められる信仰のおかげで、これまでの人生で最悪の事態を回避できただろうか」

ブルックスマ先生は、教育全般についての訓練は受けていなかった。したがって、自分の専門分野に関する講義をするのはお手のものであるが、彼を教師と呼ぶのは、内分泌科の専門医を開業医と呼ぶようなものだった。ヨハンの指導は、公立学校の指導要綱に沿ったものでなければならなかったが、年度始めにはきまりを守って公立学校標準の教科書を準備しても、毎回必ず、そこから脱線して自由な考察を展開し、教科書はそのきっかけとして使われるだけだった。ヨハンにとってわかりきった文や語句、ありふれた言葉の一つがきっかけとなって、赤や青の教科書の表紙のはるか彼方へとブルックスマ先生の思考は解き放たれていった。大人になったとき、ヨハンは自分の知識が興味深くはあっても体系的で世間に通用するものではないと感じ、心の奥にひろがる不安を抱えていた。

先生の懐疑的で辛辣な性格、そして何より二人の間の年齢差が大きかったので、ヨハンはなにかにつけ自分を拠り所にするほかなかった。しだいに彼は人と話すよりも本を相手にするようになった。読書はなんでもゆるされたので、今の彼は、いろいろな考え方に興味があったが、確実に自分のものだと言えるものがなかった。彼の知識と経験にはかなりのギャップがあった。そんななか、ブルックスマ先生とヨハンの関係は突然の終わりを迎えることになった。

ヨハンは十六歳のときから日記を付けていた。彼の日記には人や農場での出来事について何も書かれておらず、もっぱら彼の考えが奇妙に一般化された言葉で並べられていた。その一つが叔母の抱くジェントルマンのイメージについてであった。ヨハンは叔母のマルガリータのように、紳士にたいして立派な、いいかえれば常識的なイメージはもっていなかった。彼は紳士というものに非常に個人的で特殊な意味付けをしており、「紳士」を社会的な概念であるというよりは哲学的な概念であると解釈していた。日記のなかで、紳士について彼は以下のように定義を試みていた。

「紳士にあっては、努力をともなうにせよ、理性と感情とのあいだに、厳密に均衡がある」

「人生全般に何も目的を見いだせなくても、紳士は自分の人生に明確な目的があるかのように生きようとする。彼は、自分で創り出した目的が、人生における唯一の目的だと思っている。彼の人生はできるかぎり規律で制御されているべきだ。自分や他人にたいして感傷を抱くことによって、公正な目的が覆い隠されてはならない。故に自身の生活は或る種の投資とみなし、目的のために最大の利益を追求するのだと考えるべきであろう。したがって、無駄や過剰を排し、秩序や統制のない状態は遠ざけねばならない。彼の信念は固いが、無神経さや、思いやりが欠如していることはない。困難な状況にも不満をもらすことなく耐え、情熱的だと言えないまでも、少なくとも良心的である」

ある朝ヨハンが教室に入ってくると、ブルックスマ先生が教卓の横に立ち、ヨハンの日記のページをめくりながら愉快そうに笑っているのが目に入った。ヨハンを見ると、慌てて笑うのを止め、本を片手に、挨拶しようとヨハンのまえに進み出た。

「きみに謝らなくては、ヨハン君」彼は言った。「今朝わたしの机にこのノートが置いてあって、てっきりきみが提出した課題だと思ってね。見てごらん、きみの他のノートと見分けがつかないだろう」

「日記と書いてあります」老人の含み笑いが脳裏から消えず、ヨハンは赤面したまま答えた。

「やれやれ、きみの言うとおりだ！ ほんとうに、気づかなかった。気づいていたら読みはしなかった」

ヨハンは本を取り上げ、それ以上なにも言わずに顔をそむけた。教師の謝罪のことばにさきほどの怒りは完全におさまり、年老いた教授がまた含み笑いを始めなければ、跡形もなく忘れていたことだろう。彼は老人のほうに向き直った。彼のなかで、自意識の痛みに交じって、ふたたび怒りがこみあげた。

「一体どこから」先生は世俗的な優越感をあらわにしてたずねた。「きみはその……つまり、紳士に関するくだりを借用したのかね」。そして「紳士」という言葉にまた一人で思い出し笑いを始めた。

「どこからも写してなんかいません。ぼくが書いたんです」ヨハンは挑戦的に答えた。

「いや、恐れ入った！ きみのオリジナルとはね」老教授の可笑しさはどんどんエスカレートしていった。「われわれはこの手で神童を育てていたのだ、ブルックスマ自身も知らずに。聞いて驚くではないか！ 十六歳にして、「人生に目的もなく」、すでに「紳士」であるとは。なんと未熟な成熟だろう」。ヨハンの表情に気づいた先生は、そこで急にまじめになった。

「怒らないでくれ、ヨハン」と彼は言った。「冗談で言っただけだ。だが真面目な話、きみの年齢であんなことを書くのは恥ずべきことだ。信じられないほど優等生で偽善者だ。きみにはまだ、こんなことを言えるだけの経験がない。きみにとって、あんなものは死んで硬直した知識だ。十六歳で瞑想にふけっていてよいわけがない。もう少し視線を下に向けなさい。月に捧げるソネットをしたためるとか、美しい眉を詩に詠むのが自然だ。きみには、人生にそんなに欲望がないのかな。たとえばだよ、あのヨハンナという娘をどう思う？　実にいい女じゃないか。きみにはわかっていないのだろうね。だがちょっとでいいからあの子を見てごらん。何か書きたくなるはずだ」

「ですがブルックスマ先生」先生のことばにショックを受け、ヨハンは思わず声をあげた。「彼女は黒人です！」

「黒人だって、もちろん、そうだ。わしにも目がついておる」老人の口調は激していた。「だからといってあの子が美しいってことに変わりはない。このどうしようもない国で、成長するには、そんなことに目をとめないようにするのが必要なのさ。あの子を見るたびに、文明化によってわれわれが失うものは途方もないと感じるよ。自分の目であの子を見てごらん、そうして、感動することだ！」

「黒人の娘ですよ！」ヨハンはそう言い返すのがせいいっぱいだった。それでも彼は自分のものの見方に欠けているものがあると感じた。先生のことばにたいして、自分が当然感じるはずの驚き以上のショックを意識した。この出来事は彼の心の奥深くに刻まれた。そして、かいま見ることのできない将来へと彼を結びつけた。

数日後に、ブルックスマ先生は突然に解雇された。ヨハンには、この突然の解雇は、例のヨハンナという娘と関係があるということがわかっていた。解雇を知った前夜、彼はヨハンナの父親が叔父に心配そうに話をしているのを見た。一週間もたたないうちに、ブルックスマ先生の姿はなかった。だが去るまえに、ヨハンにはこっそりと別れを告げに来た。ヨハンは動転したが、老教師の言った一つのことだけはしっかりと胸におさめた。「皆はわたしがあのヨハンナという娘と寝るだろうと思って、わたしをクビにした。わたしが唯一後悔しているのは、彼女と寝たいと思ったことではなく、実際にそうしなかったことだ。きみはこの国の白人が黒人にたいして抱く馬鹿げた迷信にはくれぐれも用心することだ。きみの場合、ものごとを美しいと思う感覚が麻痺させられるほど、すでに迷信に侵されている。この間のヨハンナのことでも、きみに言えることはせいぜい『彼女は黒人ですよ！』だった。あとはただ、呆けたようにわたしを見ていた。黒人を好きになることは何もふらちなことでは決してない。これほどわかりきったことを言わなければならないなんて恥ずかしいぐらいだよ。わたしの知るかぎり、こんなことを言う必要があるのは、この国ぐらいのものだ。いつかそのうち、わたしがヨハンナについて抱いているのと同じ気持ちを黒人の女性に抱いている人に出会ったら、これだけは忘れずに思い出してもらいたい。つまり黒人の女と寝る白人の男はみんな最高に価値ある社会的行為を行っているのだということを。黒人と寝る白人はいずれも、そのような気持ちになることはあり得ることだということを世界の人々に単に示すだけでも、それを否定する邪悪な迷信を打破するのに力を貸している。同時に個人個人がそれまで目をつぶってきた自分自身のなかにある豊かな感情に気づく手助けをしているのだ」

彼はそこで中断し、やや動揺したヨハンに向かって皮肉っぽい微笑をむけた。

「きみに同じことを言われたら、わたしだったらどう言うと思う？」

「知りません！」

「誰でも本気でしたいことがあれば、それがどんな悪事であろうと、立派な口実を見つけるだろう、と言うだろうね」

それ以降、ヨハンは独学で勉強を続けることになり、叔父夫婦が留守の間の農場のきりもりを任された。こうして一人で責任を持たされることに慣れてゆく一方で、将来にたいするこれといった目的も野心も抱いていなかった。

彼の受けた教育では農場経営以外の仕事は無理だった。ある出来事がなければ、彼はそのまま農場で働いていただろう。

ヨハンの二十歳の誕生日の直前、成功裏に遊説を終えた叔父が、奇妙に落ち込んだ様子でフェルハレーヘンに戻ってきた。帰宅後、ヨハンは何度か叔父と農場にぜひとも必要な改善について話し合おうとしたが、その都度うやむやにされていた。ある日、叔父に自分の話を聞いてほしいと迫ったところ、彼は出し抜けにこう言った。「その必要はない。『フェルハレーヘン』を手放すつもりだ」

「売るですって、叔父さん！　まさか！　なぜなんです？」

ウィレム・ファン・ブレーデプールはやや申し訳なさそうに話し始めた。

「そう」彼は言った。「売るつもりだ。売りたくはないが、そうせざるを得ないのだ。おまえには悪いと思っている。この農場はずっとおまえに残してやりたいと思っていた。前回の選挙のあと、わが党が勢力を挽回して組閣できることを願ったが、かなり健闘したものの過半数に及ばなかった。結果として、わたしは大臣職にはつけないだろうし、あてにしていた年収は入らない。政治の駆け引きには金がかかる。おまえが思っている以上の出費だった。もちろん次の選挙で状況は好転するだろうが、それまでは現金がもっと必要で、農場を売却する以外にない。だが何も心配する必要はない。ゆくゆくはみなおまえのものになるのはわかっているはずだ。戦争前なら、農場を手放すことになるだろうと言う者がいたら、一笑にふしていただろう。まったく！　あの戦争さえ……」

彼が抱え込んできた恨みが甦った。その怨念は深く、数々の合理的説明は打ち消された。

ヨハンは自分や家族が、全員居場所を失って漂いはじめたように感じた。もう二度と取り戻せないのだと思うと、「フェルハレーヘン」はいまだかつてないほど魅力的に見えた。彼にとって、叔父が手放そうとしているものは農場ばかりではなく、そこで暮らした二十年という年月だった。

「ぼくはこれから何をすればよいとお考えですか」少しして彼は訊いた。

「おまえの今後については考えている」叔父は答えた。前回、党大会でポートベンジャミンに行った折、カレル・ステインと話をした――ステイン・ベルゲル・アンド・ストゥンプコフ社はおまえも知っているとおり、われわれの羊毛を扱う船会社だ。社長はおまえを採用すると言っている。羊毛の運送および羊毛ブローカーの代理業では国内でもっとも発展している会社だと、話をした連中が皆請け合っていた。おまえのように収穫物に関する実用的知識があれば、昇進などわけないだろう。最初は月に十二ポンド――初めのうちは、家から月々三ポンドの仕送りをするつもりだが、野心的な若者なら、たちまち収入が二倍三倍になるだろうとステイン社長が保証していたよ。おまえもこの話がいやでなければいいんだが。他に選択肢もないのでね」

ヨハンが疑問でいっぱいだったとしても、彼の叔父に迷いはなかった。出発の前夜、夕食後に分厚い聖書を手にとり、叔父はあきらかにヨハンに向けて信徒パウロのコリント人への手紙の次の節を読みあげた。「わたしたちが幼な子であった時には、幼な子らしく語り、幼な子らしく感じ、また、幼な子らしく考えていた。しかし、おとなとなった今は、幼な子らしいことを捨ててしまった」（口語

訳聖書による）
まえの節まで読み進んだとき、といっても残りの部分同様この節も諳んじていたのだが、叔父は顔をあげてヨハンをじっと見つめた。彼の声は突然低くなって深みを増した。彼の横には妻がじっと座り、両手を組んで膝に置き、視線を聖書から離さなかった。ヨハンはしっかりと叔父を見返そうとしたが、できなかった。水晶球の光を大地や空がとりまくのに似て、これまでの二十年間がその光景をかこんで凝集しているように思った。叔父は聖書を読み終えると、全員に賛美歌を唱和させた。オランダ語でこのような意味の歌詞で始まる賛美歌だった。「若人の清き命は神こそが拠りどころ」
「常にこのことを覚えていなさい」集会の終わりに叔父はヨハンに言った。「そうすれば決して道を誤ることはない」
「アーメン」叔母は、黒いベルベットのドレスに落ちた一粒のパンくずを細やかな手つきで払いながら腰をあげた。

第三章

ポートベンジャミンには、安下宿や簡易ホテルがひしめく広い地域がある。

夕方、家々の屋根に煙が漂い、羽毛のようなグレーに空が染まる。往来の騒音が止み、のんびりとした日常が戻ると、人びとは囲いのある狭い庭や、埃っぽい小道の薄暗い入口に集まってくる。闇が深まるなか、姿の見えない人間の吸う煙草の先が木々のあいだに赤い軌道を描き、謎めいてはかない雰囲気を作り出す。その日の退屈な仕事を終えた人びとのくぐもった話し声や短い笑いが聞こえるなか、やがて夕食を告げるベルのわびしい音色が響くと、ひとつまたひとつと輪がほどけて人びとは散っていき、それから半時間ほどのあいだ、界隈は静まり返って、人の気配が消える。わずかに聞こえるのは、遠くでナイフのカタカタ鳴る音、カーテンからちらちらと洩れる明かりを、蠟燭に群れる蛾のように囲む者たちの声。だがやがて、人びとはもとの場所に再び姿を現し、同じようなことをして時間をつぶし、それに飽きると屋内に戻り、調度品でゴタゴタした娯楽室でブリッジをする者もいれば、本を片手にそれぞれの寝床に向かう者もいる。広い部屋の明かりが消えると、いままで影になっていた場所のあちこちに小さな明かりが灯り始める。カーテンを半分引いた窓に一瞬映るむきだしの腕や肩は、外の暗闇を背景に室内の黄色い光を受けて紅潮し、ルーベンス的な豊満さをおびる。夜更けに街路を行く足音は、行き暮れた人間が白い外壁の家々のなかの安息に、自分も包み込まれたいという切望をアスファルトに刻むかのように聞こえ、ポートベンジャミンの開港当時、顎髭を生やし斧槍を手にしたオランダ人の年老いた夜警が「異常なし！」と厳かに告げた声が、今も闇のなかに蘇るかのようである。

この地域の全体を、往来の激しい大通りが外堀のように取り囲んでいた。毎朝、無数の通用門の掛け金をカチッと開けて、大勢の人びとが足早に仕事へと出てゆき、やがて外堀のなかの家々の狭い芝生には、小さな子どもと年寄りなど、非就労者だけが残される。まっくろに日焼けした顔の、奥地からの訪問客が一、二名、滞在中かもしれない。「今朝はよく晴れましたね」ひとりの老人がもうひとりに言うだろう。「この分じゃ、今日もかなり暑くなりそうだ。昨夜は、山がずいぶん近くに見えたが、そういうときは雨か雷に決まっている」ふたりは同時に振り返って、港に張り出すように聳える山の影が市内を覆っているのを見るだろう。山肌の鉄灰色の岩は早くも朝の太陽を受けて揺らめき、蒸気と霧がゆらゆらと山頂に立ち昇るだろう。

この地域の中心をガバナーズ・ウォーク（知事の道）がとおっている。二百年近くまえに、名高いオランダ人の知事が夕方かかさずこの通りを散歩したことにちなんだこの道の美しさを、当時のドイツ人年代史家が、記録のなかで称えている。「ポートベンジャミンの名を広めた数多くの遊歩道のなかでも、大自然の恵みという美質において、ファン・ダー・ブランデ知事の愛した散歩道に勝るものはない。晴れた日にその木陰を散策し青葉のアーチを見上げるとき、気分はこのうえなく爽快である」知事の散歩道が「東インド会社の壮大な庭園から、うっそうとした原生林へと続き、林を抜けると忽然と山の斜面に出る」様子を年代史家はことこまかに描いている。彼はしばしばここに立ち、右手に寒冷な大西洋、左手に温暖で光り輝くインド洋を見おろした。

「荘厳さと美、人為と自然の驚異が、これほどみごとに配置されている場所を私は他に知らない。あらゆるものが繁茂し、樫の木は太く丈高く、山を吹き降ろす風のせいでややねじ曲がっている。くるみ、栃の実、そしてあらゆる種類の自生する木々が豊かに生い茂る。常緑樹のなかではグミ、または野生のオリーブ材が今までに見たなかで最も美しく、磨くとほとんど透明になる。夕方の短い散歩中に見た野生の花の種類の豊富さは、祖国ドイツを凌ぐほどだ。またわたしが出会った羊の群れはまるまると肥え、飼い主たちはこの生き物たちの尻尾が歩く邪魔にならぬよう、尾を支えるための特別の台車を作ってやる必要がある。こんなときわたしは、神がアジアではなくアフリカの土から人間をお創りになったとしたら、ファン・ダー・ブランデ知事の道ほど、その人間をお立たせになるのにふさわしい場所はないと思ったものだ」

そんな遠い昔にくらべれば、ガバナーズ・ウォークの周辺は著しく変化した。年代史家が記した原生林は姿を消し、そこここにねじ曲がり腐りかけた樫の木が、手狭なテニスコートに、その下で休む者もいない影を作り、あるいは下宿屋や簡易ホテルのトタン屋根の上にこわばった枝を広げている。今では「寒冷な大西洋」も「温暖で光り輝くインド洋」も見ることはできない。現在は、大洋への眺望は、みすぼらしい壁や無味乾燥な何百という家々の煙で遮られている。これらの家々の住人に、彼らのテニスコートや、生育の悪い芝生の上で、以前は肥えて立派な尾をした羊が草を食み、尾を小型のワゴンに結びつけて歩かせたものだと言ったなら、彼らは鼻で笑うだろう。固くて脂気のない羊肉なら毎日食べているが、そんな話は冗談だろうと言うにちがいない。

住宅街の一軒、ガバナーズ・ウォーク四三番地は、ドイツ人の年代史家が記述した時代の面影とはほど遠い。実際、家には小さな庭があり、庭のまんなかをとおる小径の両側には八本の樫の木が植えられ、そのうち五本はこれ以上腐敗が進まないように幹の内部をセメントで埋めてある。他の木は、狭いテニスコートの照明の邪魔にならないよう、枝をばっさり切り落とされている。家そのものは、近代の割賦販売方式で建てられたもので、正面の入口のドアに「鷲の巣荘（イーグルズ・ネスト）」という表示がある。もともとは元船長の引退後の住居として建てられたが、船長の死後、ミセス・ハリスに買い取られた。彼女はこの家で下宿屋を始め、それが大当たりしたので、昔のガバナーズ・ウォーク四三番地は、現在は網の目のように増築された客室棟の奥に、わずかにその跡を留めているにすぎなかった。地元紙の広告によれば「自宅にいるようなくつろぎと、近代的な設備」が売りである。

何年かまえのある晴れた夏の午前中、ミセス・ハリスは居間で妹に話しかけていた。

「このごろ、ガーティーの手抜きがひどいのよ。一度きつく叱らなければ。ウォルター・ストリートの掃除もまだだし、昨日はマスタード少佐の尿瓶もそのまま。昨夜はまたフランス人の水兵と出掛けて、当然今朝は遅刻。まったく混血の娘たちときたら、おかしいんじゃないかと思うわ。どんなにまじめな娘も、最低の男と必死になってつき合いたがるのよ、相手が白人だというだけで。今までに何人の混血の娘を妊娠が理由で辞めさせたか、あなたに言っても信じないでしょうね。相手はほとんどが白人の男。そういえば、今日、ラドットさんに例の蓄音機の件で話をするのを忘れないでちょうだい。そう、今日エルストリー夫人からもそのことで苦情が出ているの。ラドットさんが夕べ遅くまで蓄音機をかけていて、しかも誰か女性を泊めていたことは確かです。それと、モリセット夫人には、あの憎らしい息子が二度と裸でテニスコートを走り回らないように言わなければ。彼女は健康のためにそうしているのだと言っていたけれど、泊まり客から苦情を言われるのは困ります。ソングスタ夫人からも、今朝の朝食のときにひと言文句を言われたわ。それから、今日、ブランチャードさんをウォルター・ストリートからブラッセルズ・ストリートに移すことも忘れないでちょうだい。彼が部屋をかわるのはこれで三回目。まったくよくあそこまで自分勝手になれるものだわ。たかが月々八ポンドの宿代で、客だからなんでも請求できると思っているんでしょうけど。ねぇ、ここに座って一緒にメニューを書き出すのを手伝ってくれないかしら。それから、今夜やってくるオランダ人の部屋の換気が済んでいるかどうか、悪いけれど見てきてもらえないかしら」

ファン・ブレーデプールはその日の夕刻、日没後に、ミセス・ハリスの宿に到着した。「鷲の巣」のことは、ポートベンジャミンで開会される州議会の議員から叔父が薦められたということ以外、ほとんど何も知らなかった。叔父によれば、州議会の議員にとって手頃な宿ならば、ヨハンにもよいはずだということだった――国会議員だった叔父は、常に地方議会を軽蔑していた――「誰でも歩けるようになるまえは、腹ばいの時期があることを忘れないように」叔父は言い添えた。

だからそこが今までに見たこともない場所であってもヨハンは驚かなかった。といって悪い印象を抱いたわけでもなかった。ミセス・ハリスは、居間の窓からゆっくりと小さな庭の小径をやってくるヨハンをみとめた。両手にスーツケースをさげた彼は、庭にいるガバナーズ・ウォーク四三番地の下宿人たちにじろじろ見られて、少々きまりが悪そうだった。ミセス・ハリスは椅子から跳び上がり、膝の上の編み物をテーブルに投げ出すと、鏡のまえで気休めの身繕いをした。

「そら、おいでなさった！」

「誰が来たの？」妹にはわかりきっていたが、これが姉へのあてつけであることは、双方が理解していた。新しい客にたいする姉の興奮ぶりを、彼女は常々みっともないと感じていた。

彼女はまえに姉に言ったことがある。「そんな態度だと、誰からもつまらない下宿屋のおかみだと思われるのがおちよ。何番目かわからない客を、いちいち初めてのように扱うのはよして、もう少しましなふるまいはできないの？」

「バカなこと言わないで！」ミセス・ハリスは切りかえした。「誰なのかわかっているでしょ。知らないと言われても、今教えている暇はない！」そう言うと、急いで部屋を出て行った。

窓に駆け寄って外を見ると、ファン・ブレーデプールが正面のドアのベルを鳴らすところだった。訪問者の服装を一目見て、妹の彼にたいする評価が下った。

「やれやれ」窓から離れながら、彼女はため息をついた。「田舎生まれの田舎育ちで、あたまの天辺から爪先までオランダ人」

「ようこそ、ファン・ブレーデプールさん」ミセス・ハリスが玄関で出迎えた。

「さぁさ、なかへお入りください。どうぞスーツケースはそのままで。あとでお部屋まで運ばせます。ご旅行はいかがでした？　ちょうどこれから夕食です」

「ハリスさんでいらっしゃいますか？」彼は自信なげに英語をしゃべり、入口に立ったまますぐになかへ入ろうとしなかった。いったん置いたスーツケースを取り上げ、また床に下ろした。

「そうです。さぁどうぞなかへ」

困りきったような彼の姿を見て、好奇心は同情へと変わり、ミセス・ハリスはオランダ語で話しかけた。

「すぐにお部屋にご案内します。お疲れでしょう。ずいぶん長いこと汽車にゆられてこられたんでしょう」

「二日と一晩です」やや落ち着きを取り戻した様子で、彼は玄関に足を踏み入れた。「噛み付きゃしませんよ」そう言ってやりたい気持ちだったが、口には出さずにこう言った。「よくわかります。それぐらいの長旅になると、最後は必ず具合が悪くなるんです。わたしも以前、田舎に住んでいたんですよ。父が農場をやっていまして……」

話しながら彼女は客を誘導し、ワックスでぴかぴかの汚れのない廊下を進んだ。リノリウムの階段を上り、さらに別の廊下をまっすぐに進んだ突き当たりの部屋のまえで止まった。そこでおかみは手に持っていた鍵の束のなかから、部屋の鍵を探した。廊下の照明は薄暗く、階段の近くを、黒人の召使いの男たちが水差しを手に、足音を立てずに行ったり来たりしていた。

「よろしければぼくが」彼は申し出た。

口のなかでお礼をつぶやくと、ミセス・ハリスは鍵の束を彼に渡し、一歩下がってじっくりと観察した。長くいてくれそうだわ。うるさくないし、家賃はきちんと毎月一日に納めるタイプね。

きしみながらドアがそろそろと開いた。

「少し固いですかしら？」そうして相手の返事を待たずに言い添えた。「明日すぐに点検させます」

部屋は狭く、ベッド、引き出し付きのチェスト、それに鉄の洗面台が置かれていた。

小さな窓が一つ、使用人用宿舎と調理場の外の庭を見おろしていた。ミセス・ハリスは、まるで百万長者の泊まる客室であるかのように、ファン・ブレーデプールを部屋にとおした。

「至極快適なお部屋だと思いますが」彼女は言った。「必要なものはなんでもお申し付けください。キッチンにいつでもお湯が沸いていますから、遠慮なく言ってください。使用人の態度が悪ければ、すぐに知らせてくださいい。お客様は地方から来られたので、使用人たちの扱いは心得ておられるでしょう。黒人の人たちを駄目にするのは、都会の人間だけです」

ファン・ブレーデプールを窓際に残しておかみは部屋から出て行った。荷物が運ばれてくるのを待ちながら、彼はじっくりとあたりを見回した。部屋は清潔で、シーツやタオルはシミ一つなかった、だが……


「この先どうなるか、様子をみるしかないな」彼はそうつぶやいた。

彼は窓に寄って外を見た。夕暮れの、薄暗がりのなか、無数の灰色の壁や、煙が漂うトタン屋根だけが浮かびあがった。彼は生まれて初めて大都会がナイアガラの滝のように自分のまわりで沸き立っているのを感じ、二十万人の見知らぬ人間たちの生活がそこにあることに興奮を覚えた。彼は下方の中庭に視線を投げた。調理場の入口から射しこむ明かりが中庭の石に長い菱形の光を投げかけている以外、そこは濃い闇に包まれていた。何人かの黒人の使用人が壁を背にして立っていた。壁からかなり離れたところにもう一つの人影があり、それは他の誰よりも背が高くたくましく、ぐるぐると回りながらわれを忘れて踊っていた。踊りながら庭の奥の闇のなかに姿を消したかと思うと、調理場のランプの光のなかにふたたび姿を現した。そこでリズムに合わせて小刻みにステップを踏み、また影のなかに紛れこんだ。ハーモニカと、壁を背に男たちが踏み鳴らす足音が、踊り手の動きの一つ一つを際立たせ、時折この踊りの名前らしい「オー、アッシュ、ケーキ!（美しきものよ!）」という叫びの合いの手が入った。

曲自体は単調だが、鮮明で魅力的なリズムを持っていた。三小節そこそこの曲だったが、それが三〇回も繰り返されると、その繰り返しが、曲の単調さそれ自体に不思議な驚異の念を起こさせた。

ファン・ブレーデプールは深く感動していた。最初はなぜ感動しているのかわからなかったが、

「フェルハレーヘン」にいた頃、夜間、しばしば原住民の召使いたちが同じような音楽を奏でるのを聞いたことを思い出した。それでも彼には不思議だった。ポートベンジャミンで彼が今まで見聞きしたものと、この原始的で素朴なリズムは相容れなかった。「フェルハレーヘン」は一千マイル以上離れている。似たような音楽を耳にすることのできる原住民の居留地は、一番近いところでも、フェルハレーヘンと距離は変わらない。だがここポートベンジャミンは、近代的で高度に工業化された港湾都市なのだ。

ふいに中庭の集団が彼の視線に気づいた。若い男が突然踊りをやめて見上げた。調理場から射す明かりが彼の顔を照らし出し、その大きい、生き生きした黒い瞳、引き締まって形のよい頭部、戸外での生活に慣れている原住民の健康的な黒い肌が、ファン・ブレーデプールの目に入った。ファン・ブレーデプールの姿を見て、若者は田舎の原住民が挨拶するやり方で、右手を頭より高く上げ、「エ！ンコサン〔ズールー語で若旦那、小さなご主人さまの意〕！」と叫んだ。そして出し抜けに駆け出し、笑い声をあげて調理場のドアを走り抜けた。

この町の人間ではないようだ、とファン・ブレーデプールは思った。ぼくと同じようにきみも、地方から来たんだ。しかもそんなにまえの話じゃない。彼は若者にある種の共感を抱いた。

しかし、すぐに夕食に下りていかねばならなかったので、その夜はそれ以上このことを考えることはなかった。彼はふたりの男が座っているテーブルに席をあてがわれた。そのうちのひとりは若く、スポーツ選手のようにたくましい体つきをしていた。もうひとりは、年配で、蠟で固めた砂色の口髭をつけ、曇った青い目の人物だった。彼はともすればそのふたりの会話に気をとられた。

「このところひどい食事ばかりだ。こんなもの、おれは一切拒否する」若いほうはそう言ってピクルドフィッシュ〔揚げた魚をカレー風味の甘酢に漬けた南アのケープマレー料理〕の皿を向こうに押しやった。

「そのとおり」年かさの男が応じた。「だが、他ならもっとましだとでもお思いか？ どこもみな同じですよ」。そしてファン・ブレーデプールのほうを向いて言った。「失礼をお許しくださるなら、この粉をふいたような料理について、ひとつご意見をお聞かせ願えますかな？」

　ファン・ブレーデプールはためらったのち、遠慮がちにこう言った。「ぼくはそれほどひどいとは思いません」

「あなたはまだ来られたばかりでしょう。だがわれわれのように長年このむさくるしい宿におられたなら、間違いなく考えが変わりますよ」老人は言った。

「あのおかみ、おれに約束した部屋にブランチャードを入れやがった。このおれがそういうことをされて黙っていると思ったら大間違いだ」若い男は他のふたりに自分の断固とした態度を見せつけ、多少は顔が知られていると主張したいようだった。「いますぐひとこと言いに行ってやる」ナフキンをテーブルに投げつけ、勢いこんで立ち上がった。

「おや、もういいのかね？」老人がたずねた。「炭水化物過多で、ビタミン不足の献立はいつものとおりだが」

「いや、そうじゃないんだ、少佐。もうたくさんだ。おれはここを出る。失礼」彼は火を噴く竜のごとく部屋を出て行った。

「ほらね、ご覧のとおりだ」少佐は言った。「わたしは老兵です。とうに退役しましたがね。これまでに散々な目にも遭ってきた。荒れた日も、順風な日もあった。だから多少の不便は厭いません。だがここのように、中途半端なのはいけません。ただ、さきほどの若者のようなのは無益な行為です。

こういった場所はどこも変わらないのです。ここを飛び出したところで、よそはもっとひどい」老人はまえかがみになると、声をひそめて言った。「彼のようなのは、典型的な下宿人根性というものです。彼は希望していた部屋に自分ではなくブランチャード氏が入ったことに腹をたてているが、どうしてもその部屋がよかったのではなく、自分よりもブランチャード氏のほうにおかみが手厚くしたことがおもしろくないのです。ここはひとつ私の言うことをお聞きなさい。あなたが下宿人根性――なかなか気の利いた言い方だと思いませんか？　え、なんですって？――その下宿人根性を身につけたくなかったら、他の宿泊者に対して常に厳密かつ礼儀正しい中立をまもることです。あの若者は、国際的に知られたフットボール選手で、たとえ父親を失っても不屈の精神と勇気で耐えるだろうが、軽蔑する女性から不快なことを言われるのには耐えられない。なぜか？　それこそ下宿人根性です。礼儀正しくかつ厳密な中立性、それさえ守ればあなたも私のようにここで八年間たのしく暮らせますよ」

言い終えると少佐は席を立って部屋を出た。ファン・ブレーデプールは八年もここにいることはあるまいとそのとき思ったが、マスタード少佐自らが説く厳密で礼儀正しい中立を、本人が守ったためしがないと知るには十分な時間、留まることになった。

ファン・ブレーデプールがダイニング・ルームを出ると、マスタード少佐、ミセス・ハリスと彼女の妹に、廊下ですれ違った。マスタード少佐とミセス・ハリスは愛想よく会釈したが、妹のほうは彼を素通りした。

「あの新入りは？」ファン・ブレーデプールが行ってしまうと、少佐はすかさず訊いた。「出身は？」

「どこか田舎のご出身ですよ」とミセス・ハリス。

「見た目も態度も、田舎そのもの」妹はフンと鼻を鳴らした。

「かなりまともな人間のようだが」少佐は妹が苦手だった。

「そうお思いですか?」彼女は皮肉混じりに言った。

「そう、かなりイギリス風なところがある」

「面白いことをおっしゃるのね!」ミセス・ハリスは少佐のコメントが気に入った。長年の客なので少々からかっても大丈夫、と彼女は考えていた。「少佐がオランダ人を褒めるときは、まるでイギリス人のようだと言い、気に入らないところがあると、いかにもオランダ人だ、とおっしゃる。実はわたし、母がオランダ人で……」

「なんですって!」初めて聞いたという調子で妹が口をはさんだ。「確かなの?」

「母はオランダ人です」ミセス・ハリスは妹を無視して繰り返した。「でもわたしを見てそう思う人はいないでしょ?」

　マスタード少佐は吹き出しそうになるのをこらえた。その場を立ち去ったあとも、ひとり思い出し笑いをした。「どう見たってありゃオランダ人だ!　間違いようがない!」そしてその夜のブリッジの席で、彼はこの話を少々色付けして披露するのを忘れなかった。

第四章

「やぁ、よくきてくれた！ ファン・ブレーデプール君」最初の面接で、ステイン・ベルゲル・アンド・ストゥンプコフのカレル・ステイン社長は言った。「急がなくてもいい。二、三日かけて落ち着くといい。まずはこのあたりの様子を眺めて、一週間したら来なさい。きみの仕事を用意しておこう。わかったかね？ ではまた！」

社長に促されて部屋を出たファン・ブレーデプールは、自分が何をすればいいのか、どんな条件で働くのか、なにもわからずじまいだった。彼はしょんぼりと下宿の部屋に戻った。すぐにでも働きたかったのだが、カレル・ステイン氏に異を唱えることはできなかった。叔父と叔母に手紙を書こうとしたが、今ではそれも容易ではなかった。以前はよく、「フェルハレーヘン」の出来事について、ほとんど事務的な長い手紙を書いたものだが、自分の気持ちに触れたことはなかった。そういう話は叔父と叔母をきまり悪くさせるだけだと、彼は直感的にわかっていた。二人の関心は甥の行動にそそがれ、ことに叔母は、人間とは感情を持った存在ではなく、何か明確な義務を担う存在とみなしていた。新たな生活への不安に満ちたいまの心境で、どんなことを書いたものだろうか。ポートベンジャミンに到着してからというもの、彼は田舎の緑豊かな、静かな世界から引き離されて、巨大で複雑な工場の機関室に放り込まれたように感じていた。

何も書き始めぬうちに、窓の下で原住民たちが話す声が聞こえてきた。それはファン・ブレーデプールの解するバンツー語で、そのうち、ひときわ純粋なアクセントで話すひとりの声に彼は興味をひかれた。彼はテーブルを離れ、窓辺に寄った。下の庭で、六人の原住民がファン・ブレーデプールの到着した夜に踊っていた若者をからかっていた。若者は、仲間にからかわれる役をうまく受けとめ、自分もうまくやり返していた。ファン・ブレーデプールはその声に惹かれ、いまいちど耳をかたむけながら、この若者はなんて楽々と話すのだろうと思った。仲間たちとちがって、彼は言葉につまることがなかった。また支配者の白人たちが調理場で使う用語を、口にすることもなかった。

「そのでっかい水蛇がね」何度も同じ話をさせられて、めりはりのつけ方を会得した若者はことばに力をこめた。「そいつが、月の山の彼方を流れる大河、イエロー・リバーのねぐらを離れた。だから、これから雨がたくさん降るだろう。ほら、見てごらん。水蛇の尾が雲をあんなにかき散らした」

そう言って、空を指差した。ファン・ブレーデプールが窓から身を乗り出して空を見上げると、すぐ真上に異様な形をした雲ができていた。街の背後には、午後の陽光の下で紫色や金色に輝く山頂がぼうっと浮かび上がっていた。港の上空には、一番高い高層ビルのはるか上に、黒く長い雲がたちのぼり、その窪みが影になって、トンネルのように見えた。雲の中心から雨の柱が螺旋状にゆっくりと降りてきて、遠くの家々の屋根をすでに暗い影が覆っていた。

「おまえの言うことはばかげてる。無知な者の言うことだ。風が雲をかきたてたのだ。雨など降らないさ」原住民のひとりが言った。若者が何か答えるまえに、原住民の男はファン・ブレーデプールに気づいた。一瞬、二人ともしゃべるのをやめ、若いほうがファン・ブレーデプールと仲間の連中の顔

ったクロースを交互に見比べた。


を交互に見比べた。

「ジョゼフは無知な黒人です。あまりものを知らないんです、旦那」原住民のひとりが英語でそう言った。

「それに、とても迷信深《スーパースティシャス》いんだ」別の男が言った。スーパースティシャスと発音するのにたいそう骨が折れたが、うまく言えたことに本人は大いに満足して、笑いが止まらなかった。

「彼が言ったことはちゃんと聞いたよ」ファン・ブレーデプールはそう答えて机に戻った。はたしてその夜は大降りの雨になり、翌朝の新聞には豪雨と報じられた。迷信とは、正しい観察に誤った解釈を与えることだ、ファン・ブレーデプールは思った。

二日後、汽車に乗ろうと駅に向かう道すがら、誰かが走って追いかけてくる気配に振り向くと、あのジョゼフという少年だった。どこへ行くにも走るのかと思うほど、軽々と駆けてきた。ジョゼフは追いつくと、ファン・ブレーデプールに一ポンド紙幣と小銭の銀貨を何枚か（毎月の収入よりも多い額を）差しだし、英語に手こずりながらこう言った。「旦那さま、今朝、旦那さまのテーブルの上に、たくさんのお金がありました。良くないです、旦那さま。あの辺は悪い人間がいるから」彼はガバナーズ・ウォーク四三番地の方向に手を振った。だが、ファン・ブレーデプールには、それがポートベンジャミン一帯を指しているように思えた。

「きみがぼくの部屋の担当なんだね？」

ジョゼフは質問されて嬉しそうだった。

「そうです、旦那さま！　お部屋を掃除して、旦那さまの靴、ピカピカにします」

少年が歩幅の長い、優雅なストライドで走り去るのをファン・ブレーデプールは見送った。曲がり角でぶつかった相手に、威嚇の身振りをしてみせたとき以外、彼は一度も止まらなかった。

夕方、ファン・ブレーデプールはジョゼフを探して部屋に呼んだ。

「ジョゼフ！　きみに渡したいものがある」彼はポケットから金を取り出した。

ファン・ブレーデプールが宿に着いた晩に、荷物を部屋まで運んだ使用人が、当然のようにチップを受け取ったのとは違って、ジョゼフは両手でカップの形を作り、目のまえに差し出して、数枚のシリング貨幣をまるで燦然と輝く金貨の山であるかのように受け取った。そして、震える手を頭より高く上げて感謝の敬礼をした。「フェルハレーヘン」で原住民の男女がお金を受けとるときとそっくり同じだった。

「ジョゼフ」ファン・ブレーデプールはジョゼフのくにのことばでたずねた「きみはこの町の人間ではないね。ここにはもうどのくらいいるの？」

「ンコサン〔ズールー語で若旦那、小さなご主人さまの意〕、父のクラール〔柵で囲まれた南アフリカ先住民の村〕を出て、四日と一晩です」彼は答えた。

「ジョゼフ」ファン・ブレーデプールは言った。「わたしも父の弟の小屋を出てから、四日と一晩だ」

「アウック！　ンコサン」若者は偶然の一致に大きな意味を感じたかのようだった。そして、相手がそれ以上何も言わないことを確かめると、部屋を出て行った。

生まれて初めてチップをもらい、部族の言葉で親しく話しかけられたジョゼフは、ころがるように家を飛び出し、庭でも大騒ぎをした。仕事に戻らせるためミセス・ハリスが慌ててあとを追いかけてきた。

ファン・ブレーデプールはその後ことあるたびにジョゼフをつかまえてはあれこれ質問した。意外にも黒人の若者とよりうまくやれること、そして、この町に来て以来会った人間のなかで、この若者に一番関心があることに彼は気づいた。ふたりの人生には多くの類似点があり、ふたりは自然に知り合うようになった。ファン・ブレーデプールは少年の実の名がジョゼフではなく、ケノン・バディアクゴトラだと知った。「ケノン」とは、若者の部族のことばで、最大級の感謝の叫びだという。非常に大きな不安から解放されたときに思わずひとこと、「あぁ、たすかった！」と言うのに近い。

ジョゼフによると、この名が付いたのは、母親が六人の女の子を産んだあと、ようやく授かった男の子だったからだという。生まれたのが男の子と聞いて彼女はたいそう喜び、痛みも忘れて小屋の屋根を見上げ「ケノン！」と叫んだそうだ。

「でも、なぜポートベンジャミンのように、遠くへ行く気になったんだい？」

「ンコサン」彼は答えた。「父さんは年寄りで、娘はたくさんいるけれど、息子はぼくひとりです。娘たちの嫁入りで手に入れた家畜はわずかです。父さんの小屋にはまだ娘が三人いて、若者が迎えにくるのを待っています。去年、雨が去り、土地は乾き、一滴の水もなくなった。太陽が父さんの畑の作物をみんな枯らした。父さんは白人の店からトウモロコシを何袋も買わなくてはならなかった。いまでは白人の店主からたくさん金を借りています。税金も払わなくてはならないのに、金がないのです」

「トウモロコシでビールを作らなかったのかい？」

ケノンは、努めて笑った。その瞬間、ファン・ブレーデプールは自分に腹をたてた。質問はごく自然に口をついて出たもので、もし相手が同じ身の上の白人だったなら、それは大変でしたね、と相槌を打っていただろう。そうしなかった自分が不快だった。だが、子どもの頃、黒人の言うことはなんでも疑ってかかれと教えられたのではなかったか。さらに、さきほどのケノンへの質問は、何年もまえに、自分が老教授に言ったことと何かしら関係があるように思えた——「ですがブルックスマ先生、彼女は黒人です！」

「話を続けて」彼は急いで言った

「父さんは」ケノンは続けた。「しばらくのあいだ、外でお金を稼いでほしいとぼくに言いました。ポートベンジャミンには宣教師の先生の知り合いがいて、おまえに仕事を紹介してもらえるはずだと。それでぼくはこの町に来ることになったのです」

第五章

ムランゲネ・バディアクゴトラの集落は、広大な盆地に連なる丘の斜面にあった。二百年以上まえに、山々を擁するこの壮大な盆地を初めて目にしたバンブーコーサの人々は、そこを「千の丘の谷」と名付けた。のちに盆地に入った白人たちもこの名が気に入り、現在も旅行代理店や広報関係のパンフレットに使われている。その名にひかれて、毎年大勢の青白い顔の旅行者が盆地を訪れ、自動車であわただしく見物して帰っていく。

通常の季節の夜と早朝、盆地はまるで大鍋いっぱいに湯気がたちこめるように分厚い霧で覆われ、盆地を囲む道路や平原へとそれが溢れ出す。だが日の出にはきまって海からの微風が、裾野の道路や平原に漂う霧を集め、まるで羊の群れを追い立てるように、黒々とした峡谷に降りていく。しだいに霧が晴れてくると、小山の頂きの陽だまりに、数多くのクラールが整然とした茶色の円を描いて点在しているのがわかる。クラールからは煙がゆっくりと立ちのぼり、霧のたちこめた空気と対照的な濃紺の空へと上昇していく。山々には、水を求めてそろそろと谷を下る家畜の群れがあり、頭に水瓶を載せた女たちがえんじ色の道を登ってくる。彼女たちは、静かな夜から穏やかな一日へと、変わらぬ日々の暮らしを淡々と紡いでいる。霧のあとの盆地は時間のない世界となる。盆地を囲む山々は絵画のフレームのように人生を閉じこめ、平穏が乱されることのない、不変の瞬間を現出する。

だが、ケノンが父親のクラールを旅立つ朝に、霧は晴れていた。霧が立ちこめるのは湿度が高いときだけで、この日空気は乾燥していた。日の出にはすでに気温が高く、マンバやパフ・アダーやコブラがいつもより二、三時間はやく姿をみせた。バディアクゴトラ一家が朝食を囲む頃には、太陽の照り返しが強くなり、彼らはいそいで鍋類をケノンの父親の小屋の裏の日陰に運んだ。しばらくのあいだ、誰も一言もことばを発しなかった。母娘はしゃべりたかったが、父親が何か言うだろうと思って黙っていた。だが、ケノンは既に遠くに思いを馳せていた。

「息子よ」ようやくケノンの父親が口をひらいた。「おまえは今日遠くへ行く。もうじきわたしのことばも届かなくなるだろう。これから行く場所がどんなところかおまえは知らず、わたしにもわからない。でも、おまえは若い。そこには見たこともないようなすばらしいものがあると人は言う。悪い人間も大勢いて、悪事も多いと聞く。ご主人さまによく仕えなさい。いつでも正直でいなさい。本当のことだけを言うようにしなさい。そうすれば、ご主人さまはおまえによくしてくださるだろう。息子よ、父のことばをよく聞いて覚えていなさい。そしていつか大雨がきたらおまえの父親のクラールに戻ってきなさい」

父親が話すあいだ、娘たちはときどき同調するように声をあげたが、妻は終始黙ってケノンから目を離さなかった。

「わかった、父さん」ケノンは言った。「ぼく、忘れないよ」

ケノンは小屋に入っていった。そこで身にまとっていた白と黒の毛布を脱いで、銅とビーズでできた手作りのバングルのうち、くるぶし飾りを二つ、腕輪を二つ残してあとははずした。次にライオンの油脂を顔によく塗りつけた。肌の光り具合に満足すると、貿易商の店でもらった丈の長いワイシャツを身につけた。ワイシャツはまえが膝丈まで、うしろがくるぶしあたりまで届いた。開襟シャツの襟元を真鍮の、つやのある大きな留め具で留め、ネクタイはしなかった。丈の長いシャツで下に何も着る必要がなかったが、それでも革の腰紐ははずさなかった。ワイシャツの上に、軽くボタンをかけた古びたベストを着込み、その上から以前宣教師のものだった黒のジャンパーをはおった。頭には小さな水色のサージの帽子をかぶり、ミッションスクールのバッジをとめていた。愛用の狩猟用ステッキを二本選び、古めかしい傘と一緒に片手に握った。ビーズに腕輪、学校の教科書や替えのシャツなど残りの持ち物は、ガソリンの容器や石鹸の木箱の一部で作った収納箱に詰めた。

弟のいでたちを見て姉たちは手を叩き、頭に荷物をのせてやったが、弟ははやる気持ちで重さを感じなかった。それから姉たちは弟を取り巻いて、口々にほめそやしながら、盆地の小川へと続く道を、丘の中腹まで下りていった。彼が小川を渡りきってしばらくは、姉たちの悲しみや羨望、尊敬の入り混じった泣き声が聞こえていた。姉たちは、弟が谷間の向こう側を上っていく姿を見送った。時折足首に巻いた銅のバングルが日光に反射して輝くと、姉たちの心は誇りで熱くなり、自慢の弟と別れなければならない寂しさに心が沈んだ。だがそうした感情をよそにケノンの心は沸き立っていた。当分のあいだ、家へと続くこの道ともお別れだという感慨も湧かなかった。

ケノンの父親の小屋の周囲の土地は肥沃で、血のように赤く、温かかった。雨が降ると、草が生い茂り、家畜が肥え太る。千の谷床から、一面草に覆われた山腹に沿って、えんじ色の道がうねりながら雲一つない空に向かって上っていく。夜になると雷雲が現れて、二日後には、足元の渓流を溢れさせる。夜更けには、大陸の向こう側の砂漠から吹く風の音、ジャッカルの鳴き声、川床の小石をなでる渓流のせせらぎ、明かりの点在する山々から笑い声や歌声が聞こえてくる。そんな夜、テントの外で、羊皮の寝袋にもぐりこむまえに最後の一服を吸いながら、ジョージ・ボローの「兄弟よ、ヒースの原を風が吹く」(『ラヴェングロー』〔Lavengro, 1851〕)の一節さえ引用したい気分になる。翌朝、高級車のクッションから周囲を見廻して、この美しい土地を去りがたく感じた者は誰もが言うだろう「なんて幸福で、気楽な土地なんだろう。人々はまるで子どものようだ。そう、われわれがー」——われわれというのは主に自分自身を指すのだが——「文明とひきかえに支払う代償は大きすぎる。あまりにも大きすぎる」誰もが田舎をそのような場所だと思っている。それは旅行会社の宣伝文句でもある。だが、一見どれほど肥沃な土地でも、人間が多すぎ、しばしば旱魃に苦しみ、税は重い。丘の向こうの父親の小屋を出たケノンという少年には、自動車のスピードがどんなに羨ましく思えることか。

ケノンはその晩、近隣の部族に嫁いだ姉の小屋に泊まった。翌日、夜明けに再び出発し、正午には鉄道の側線にたどり着いた。ちょうどそこへ、家でゆっくり朝食をすませた店主が車で到着した。自信にあふれたさりげなさで停車場のトタン板の建物に入って行く店主にケノンはうっとりと見とれた。彼は骨を折ったあげく、ようやく店主の力を借りて汽車の切符を買うことができた。

その夜、ケノンはかなり先の大きな駅で別の汽車に乗り換えた。世界中のどんな場所より、ここには人と汽車がたくさんあると感じた。今度の汽車は、黒人で溢れていたが、同郷の者や、まして同じ部族らしき者は十人にひとりもいなかった。突然、世界がどうしようもなく複雑な場所になった気がした。北の鉱山に向かう、赤い毛布を身にまとったタンブーキー族、念入りな装飾とタトゥーをほどこし、ナタールの砂糖きびプランテーションからの帰りの、小柄だがいかめしい顔つきのポンドー族。他にも黒人がいたが、ケノンの知らない部族の人々だった。毛布を羽織る者、ケノンのように突飛ないでたちの者、ラインを誇張する最新流行の服を身につけ、頭にはカウボーイハット、手にはステッキを持ち、つま先の尖ったパテントレザーの靴を履いている者。黒人で混み合う車両のいくつかは、汽車の後部にあったが、ケノンの車両と、もうひとつの車両はエンジンのすぐうしろ、ケノンには最高と思われる場所を与えられていた。だが、一等車と二等車の白人たちには、事故が起これば、ケノンたちを詰め込んだ二車両が一、二等車の緩衝材になるのがわかっていた。当然ではないか? 運賃を余計に払っているのだし、自分たちは白人なのだから。

固い木の座席の、ケノンの隣にすわった白髪の原住民は、小さな緑の本を半分声に出して読んでいた。肩ごしに覗くと、一目でそれがミッションスクールで初めて手にする入門書だとわかった。ケノンの持っている本と同じ白黒の家畜の挿絵や、白い衣装の男の子と女の子が描かれていた。ケノンが横から覗いているのを見て、老人はケノンにかろうじて理解できる、聞きなれないことばでたずねた。

「字は読めるかい?」

「読めますとも、おじいさん」ケノンは丁重に答えた。

「では学校に行ってるんだね?」

「もちろんです。学力テストの二級に合格しました」

「では、これはなんと読むのかな? 目が悪いもんで、よく見えないんだ」

老人はいくつかのアルファベットの大文字を指してみせたが、見間違えようのないぐらい大きな字で、輪郭もはっきりしていた。助かったことに、ケノンの知っている単語だった。

「S-N-A-K-E、蛇です」

「ありがとう」老人は読書を続けたが、しばらくするとケノンを見上げて言った。「お父さんはきみが自慢だろうね。将来は何になるのか。学校の先生か？」

「いや、ちがいます！」ケノンは誇らしげに答えた。「ぼくは、タウン・ボーイ（都会の青年）になるんです」

そのあと、列車の窓から用を足そうかどうか迷っていたケノンに、老人はトイレの場所を教えた。彼は水洗トイレをたいそう気に入った。それは、その素晴らしい旅行中に見た数々の素晴らしいものの一つだった。毎回トイレに立つたびに、二本のステッキ、傘、それに木製の収納箱を持っていき、それらを苦労してトイレの中に持ち込んだ。ケノンが始終、人に荷物をぶつけるので、それを見た老人は、本から目をあげずに彼に笑いかけた——見ようによってはいささか謎めいた笑顔だった。

汽車が駅に停まるとケノンの目に遠い山並みの青い輪郭が映った。誰かが「海だ！」と叫ぶ声がして、どこだろうと探したが、遠くのほうに霧が薄く立ちこめ、夜空にゆっくりと上昇していくのが見えるだけだった。窓側に座っていると、何人かの白人の男たちが後部列車から降りるのが見えた。彼らは一、二度立ち止まってタバコに火をつけ、ぶらぶらと機関車に近づいて行った。何人かは、旅行中にありがちの食べ過ぎが原因で、喉にまとわりつく不快感を除こうとせき払いを繰り返した。彼らは鼻をつまんでケノンの車窓のまえをとおりすぎた。「こいつらなんて臭いんだ」

やがてケノンも客車を降り、おずおずとプラットホームを歩いて行った。鮮やかなグリーン色の服に黄色の大きな帽子をかぶった赤銅色の肌の混血の女の子がふたり、彼を見るとお互いを肘でつつきあい「あのクロンボ、ずいぶんめかしこんでるじゃない！」と大声で叫んだので、あちこちで笑い声があがった。何をいわれたのか、ケノンにはわからなかったが、意味がわかっていたとしても、自分にぴったりのほめことばと思ったことだろう。だがそう遠くまで行かぬうちに、周囲から野次がとんだ。笛が鳴り響き、ひとりの車掌が悪態をつきながらやってきて、ケノンを車両に連れ戻した。その晩、ケノンは老人の肩に頭をもたせかけ、向かいの乗客の間に足をつっこんで眠り、眠っているあいだも、手は、コートの内ポケットの宣教師の手紙をさぐった。明け方近く彼は目を覚ました。彼の耳は本能的に、故郷の家を包んでいた静寂――囲いのなかの家畜のざわめき、犬が吠える声、薄霧を追って千の丘の谷をかけめぐる風の音だけが破る静寂――をとらえた。だが、束になって汽車を降りてくる何百という人々の怒声やかしましい会話が彼を当惑させた。彼はすばやく身を起こし、鞄にステッキと傘をつかむとドアの付近の雑踏にまじった。降りてくる客をひとりずつ検分していた白人が、ケノンの服装を見咎めた。「なんという格好だ！　おまえはタンブーキー族の者ではないな？」相手の言うことがわからず、ケノンは黙っていた。

「いったいどこまで行くんだ？」ケノンの沈黙に苛立って、男は声を張り上げた。

「どこ？」ケノンは当惑していた。

「冗談のつもりか？　どこに行くのかと聞いているんだ」男はケノンの腕をつかんで力まかせに締めつけた。

「ポートベンジャミンです」ケノンは身をすくめた。

「それなら元の場所に戻れ」そう叫ぶと、思いっきり突きとばしたので、ケノンは床に腹ばいに倒れた。

タンブーキーの乗客が全員降りたあと、座席には彼ひとりになった。窓の外は、朝の薄明かりのなかに森に覆われた見知らぬ土地が広がり、南の方角にくっきりした山の稜線が見えた。山々と彼のあいだには、機関車から射す薄黄色いライトに照らされて、もうもうと蒸気がたちこめていた。家を出て以来初めて不安が湧きおこり、家族の顔がうかんだ。二日後に、ケノンはポートベンジャミンに到着した。ポケットのなかの宣教師の手紙は、無事そこにあった。

第六章

ミセス・ハリスの使用人たちに半日の休みが与えられる日曜の午後には、ケノンは制服を脱いで、父の家を出た日の一張羅を誇らしげに着込んだが、それは彼を素晴らしく優雅に見せた。人通りで賑わうガバナーズ・ウォークに彼が姿を見せると、人々は互いにつつきあい、彼のうしろ姿に目を当てて言った。「見ろよ、まったくなんて格好だ！　カフィール〔アフリカ黒人を指す侮辱語〕はなんて滑稽だろう」だが、ケノンは自分の姿を人々が賞賛しないとは、思ってもみないようだった。人々の視線のなかで、彼は自由を失うことがなかった。二本のハンティング・スティックと年季の入った傘を両手に握り、心に温かな満足感を抱きながら、彼は意気揚々と、歩幅の長い優雅な足どりで歩いた。ときには、ぴったりとした濃紺のスーツが暑く、きゅうくつだと感じている年配のヨーロッパ人が、本音をのぞかせて、羨ましげにケノンを振り返ったが、その羨望は苦痛をともなっていた。老人は、人間の生命がこれほど色鮮やかに、これほど自然に、迷いや病気で損なわれず燃えあがることができるのはなぜだろう、といぶかった。多くのヨーロッパ人が閉口する、この陽光烈しい夏の午後でさえ、ケノンのような黒人のために、彼らの幸福を完全なものにするために、存在しているかのようだった。

ミセス・ハリスの下宿屋に近い小道の一角で、ケノンは同じような風体の仲間たちと落ち合い、一団になって踊りながら、通りの向こうに消えていった。彼らがふざけてたがいに杖で威嚇しあう様子は真に迫っていて、乳母たちに付き添われた青白い顔の子どもたちが、怖がって泣き始めた。通りには、杖のぶつかり合う音にまじって、男たちの笑い声が響き渡り、時には、部族間の小競り合いとまちがえて警官が駆けつけたりしたが、警官の罵声をよそに、ケノンと仲間たちは楽々と退散した。

平日の自由時間にはいつも、ケノンはミセス・ハリスの使用人部屋に通じる出口にたむろして、他の黒人たちと賑やかにしゃべった。あたりが暗くなるにつれ、全員が輪になってしゃがみ、柔らかな地面に木の枝で模様を描きながら会話に興じる様子を、ファン・ブレーデプールは部屋の窓から眺めていた。夜の勤務に戻らねばならない日も、遅く部屋に帰ってくると裏庭にはまだ身振りを交えて興じるその一団がいた。それにしても、彼らのしゃべりようといったら！　話のたねに事欠かず、同じ話を飽かず続ける。なんの変哲もない出来事が、入念に脚色され、何とおりものパターンで物語られる。誰もが心からそれを楽しんでいた。調理場で使わされる用語は、ここでは忘れられていた。彼らの軽快な話しぶりと、記憶の豊かさと深さは、ファン・ブレーデプールにとって驚きだった。何年も前の出来事が、まるで昨日のことのように語られていた。たとえば、彼らのひとりが、ジャッカルを狩りに出た話。彼の猟犬の名前、それぞれの特徴、狩りに行く途中の犬たちの様子、ジャッカルの話、そのジャッカルの来歴、ジャッカルをイヌ科の他の品種と区別するさいの特徴など、さまざまなことが織り交ぜられた。ファン・ブレーデプールは椅子を窓に寄せて何時間でも彼らの話を聞いていた。黒人たちの育った背景と自分のそれには共通点が多いように思え、彼らの話を聞いていると心が安らいだ。ポートベンジャミンの街で、仕事から娯楽、娯楽から仕事へとせわしく行き来するだけではない、彼らのような人間と出会えて救われた気持ちだった。穏やかな夏の午後に、表通りの激しい交通とはかかわりなく、気ままな会話にひたれる人たちだった。たまたま一緒になった者同士がヨーロッパ人であったなら、これほど互いに打ち解けあえるだろうか？　一度なりと、黒人たちが口論する姿や相手への思いやりを欠く場面は見られなかった。彼らは始終揶揄しあっていたが、そのために怒りや苛立ちが生じることはなかった。

ある晩、いつものように使用人たちの会話に耳を傾けながら、ファン・ブレーデプールはケノンを早い機会に部屋に呼んで、彼の一族と、バンブーランドでの生活について、聞いてみようと思いたった。「あの連中に負けないくらい、ぼくはケノンの話に興味がある」彼は思った。「それに、ぼくのほうがよっぽど孤独だ」

ケノンの最初の訪問以降も、何回かそれは続き、そのうち、仕事のない日は毎晩のようにケノンを部屋に招いて話を聞くようになった。

最初のうち、ケノンは遠慮がちで、ファン・ブレーデプールの質問にはっきり答えず、自分の本心というよりも白人の客が喜びそうなことを口にした。だがひとたび打ち解けると、ケノンはなんでも打ちあけるようになった。ファン・ブレーデプールは、ケノンの考え方や想像力にミッション・スクールの影響がほとんどみられないことに驚いた。ケノンの最も得意な話題はバンブーコーサの伝説と、動物にまつわるエピソードで、彼は動物たちの特徴を一つ残らず描写することができた。バンツー族のプリアプス〔ギリシャ神話の生殖と豊穣の神。庭園と果樹園の守護神〕とでもいうべき、河に住む奇妙な精霊トコロシュについて、教えてくれたのはケノンだった。

ケノンによれば、トコロシュは身体は小さいが、肩幅が広く信じられないほど力持ちである。肌は長く濃い毛で覆われ、男根があまりにも長いので首に巻きつけておかなければならなかった。川底に住んでいた彼は、川で待ち伏せしていて、水差しを持った美しい若い娘たちが水を汲みにやってくると、捕まえて川に引きずりこみ、娘たちは二度と戻らなかった。トコロシュを恐れて娘たちが川に近寄らないときは、闇夜にそっと水のなかから忍び出て、父親の小屋にいる娘たちを音もなく一瞬のうちにさらって行ったので、番犬も吠えなかった。

「そいつは確かにいるの？」ファン・ブレーデプールは自分の疑いを見せないように訊いた。

「もちろんです、ンコサン」ケノンは言った。「何人もの若い娘が川の底に引きずり込まれた」

「なぜそう思うんだい？　見たことあるのかい？」

「見たことはありません、ンコサン。でも、父さんの父さん、そのまた母さんの姉妹が、連れてゆかれた。戻ってこなかった」

「でも、ワニのしわざかもしれない。ワニだったとしても、その人は戻ってこなかっただろう」

「そうかもしれません、ンコサン。なぜならトコロシュは何にでも姿を変えるし、とてもずる賢いのです。昔、バンブーコーサ族に、ンダベニという若い娘がいました。誰より美しい娘でした。彼女の乳房は両手で包み込めるほどまん丸で小さかった。ある日、女たちが川で鍋を洗っているとき、トコロシュはンダベニを見て、彼女を川底に連れて帰りたくてたまらなくなりました。彼は何日間も、茂みの陰から女たちの様子をうかがっていましたが、ある朝、畑に出ていく女たちのなかに、ンダベニの姿がみえませんでした。彼は忍び足でンダベニの母親の小屋に近づきました。小屋を何周か回ってみましたが、壁には穴がなく、入口は閉まっていました。そこで、ンダベニの母親の声色を真似て呼びかけました。『ンダベニや、わたしの娘。さぁさぁ、カード〔酢やレモン汁を乳に加えて凝固させたもの。フレッシュチーズの一種〕をお食べ』。

けれどもンダベニは言いました『母さんの声はシュガー・バード（ミツドリ）や、水を飲みにやってきたタートル・ドーヴ（小キジバト）の鳴き声のようにやさしいのに、あなたの声はジャッカルのようだわ』。それを聞いて、トコロシュはンダベニを捕まえるために他の方法を探しました。そしてなんと、たいそう利口なことを考えた。火で真っ赤に焼いた長槍の穂先を、飲み込んだのです。すると、彼の声は驚くほど柔らかく、まるで母親の声そっくりになったのです。彼はふたたび小屋にやってきて呼びかけました『ンダベニや、わたしの娘。さぁさぁ、カードをお食べ』。ンダベニは母親だと思って扉を開けました。そして、二度とその姿を見た者はないのです。旦那さま、これでトコロシュが本当にいるのがおわかりでしょう。すごく悪賢いのです」

「会ってみたいな」

「アウック！　ンコサン」ケノンは叫び、いかにも驚いたという表情で首を振った。

「なぜ駄目なんだい？」

それには答えず、ケノンは当惑気味にファン・ブレーデプールを見つめ、自分の話が本当に通じたのだろうかと言いたげだった。

他にも、バンブーコーサ族の偉大な首長であり始祖のマサカマの物語をケノンはいくつも語った。マサカマの一生を語るとき、ケノンは誇りを隠そうともしなかった。それはファン・ブレーデプールの想像を掻きたて、時として彼は失われた叙事詩の世界に舞い戻ったような錯覚に陥った。そこは、山々の彼方に、岩だらけの山肌を太陽に晒して横たわる太古のアフリカだった。彼はベッドの縁からケノンの動作を逐一目で追いながら、話に聞き入っていた。ケノンの身振りは、彼の語りに負けないぐらい表情豊かだった。ケノンはベッドの足元の敷物にあぐらを組んで座り、一本の長い指で敷物の模様をたどった。膝に乗せたもう片方の手は、語りに応じて今にも動き出さんばかりだった。彼の身振りはいつも穏やかで、指先のわずかな震えと、目の暗い輝きだけが、内面の緊張を語っていた。

ケノンは語りだした。バンブーコーサの人々をバンブーランドに導いたのは開祖マサカマでした（ンコサンと呼びかけるとき、彼は右手の三本の指で、ファン・ブレーデプールを指した）。マサカマの時代まで、バンブーコーサの人々は「月の山の向こうを流れる大河イエロー・リバー」の川辺に集落を築いていました（ケノンが右手を壁に向けると、ファン・ブレーデプールも自動的に目で追った）。当時バンブーコーサの人々は貧しく、あらゆる危険にとりまかれていた。彼らにはなけなしの家畜と農作物があるだけだった。住居や畑は「夜の森」をわずかに切り開いて造られた。森の木々は丈高く、風が吹くと「木々の梢が星空をぐるぐるかき回しました。夜には、森はさまざまなことばを話したが、バンブーコーサのことばではありませんでした」。昼間には、赤、黄、緑の羽根の鳥たちがひらひらと木々の上を飛びかった。「なかには、人間のように話す鳥がいたのです、ンコサン。でも、それはバンブーコーサのことばではなかった」。時折、サイやゾウの群れが突風のように森をつき抜け、バンブーコーサの畑やクラールを踏み荒らして行った。あるとき、畑に出ていた女たちが、木々の陰で山羊ほどの背丈の黄色い男たちが木陰から様子を窺っていたと叫びながらクラールに駆け戻ってきた。「ンコサン、それはよくないことだった」。マサカマが生まれたのはその時だ。大きく強い赤ん坊で、母親は彼を産み落として死んだ。赤ん坊の面倒を見た女たちは、赤ん坊が生まれながらに割礼を施されているのに驚いた。「ンコサン、これはとてもよいことだった」。マサカマが生まれて数カ月に満たないうちに、彼は突如歩き出して乳母を驚かせた。その時以来、彼は一度も乳母の乳を欲しがることはなかった。毎朝と午後、彼が森の縁まで歩いてゆくと、そこに一頭の白い雌の巨象が現れて彼に乳を与えた。誰もが彼の身を案じたが、彼を止める者はいなかった。少年になったマサカマは、同じ年頃の男の子たちと家畜を追いに出たが、夕方、小屋に連れ戻すとき、聞きなれないことばで彼が家畜に呼びかけると、すべての家畜の毛色が変わった。「あるときは赤に、あるときは黄色や黒、それに青色に変わることもあった、ンコサン。だから、初めてマサカマの家畜の群れを見たとき、バンブーコーサの人々は驚きの声をあげた。『見てごらん、マサカマが見たこともない群れを連れて戻ってきた』って」

バンブーコーサ族の酋長は、マサカマを妬むようになり、この男がやがて自分を殺すことを恐れた。そんなわけで、ある日、マサカマが小屋の脇に座り、「バンブーコーサの誰も見たことがないようなすばらしい腕飾りを作っていると」、酋長が長槍を手に、小屋の裏に忍び寄った。穏やかな日で女たちは畑に、男たちは狩りに出ていた。酋長はマサカマの両肩の間を狙って力のかぎり長槍を投げた。「でもンコサン、その瞬間、大きいつむじ風が吹いて長槍を空に巻き上げたんです」。これで、酋長はマサカマが不死身であることを知り、自分のしたことを後悔し、マサカマを自分の小屋に招き入れ、以後彼に敬意を払った。若者となったマサカマは、盾と長槍を持って森に入った。「森に入った多くの若者が二度と帰らなかった。でもマサカマは戻ってきたんです。彼は鳥たちや木々と話をし、ゾウは彼の友だちでした」

しかし、バディモ（神々）は怒っていた。神々は、マサカマが彼らの神秘や魔術を解き明かすのを恐れ、山々から怒りの雷を鳴らし噴煙をはいた。だが、マサカマは恐れを知らなかった。彼は繰り返し森にでかけた。「そこでバディモは、わし鼻の黄色い男たちに雷鳴と稲妻という武器をもたせ、バンブーコーサ族を一人残らず殺すように命じました」。だがマサカマは彼らが必ずやってくると思い、草や灌木に火を放ったので、黄色い男たちは何もできなかった。これを見たバディモの怒りは凄まじかった。「雨を降らせぬよう、イエロー・リバーの水蛇を閉じ込めました。長いあいだ、空には雲ひとつ浮かばず、大地は焼けるように熱く、バンブーコーサの人々はその上を歩くことができません。イエロー・リバーは、水が干上がり、数個の水たまりだけになりました。ライオンやヒョウ、ゾウ、サイ、ゴリラ、そしてンコサン、エランド〔アンテロープの一種〕までが、バンブーコーサのクラールに水を求めにやってきました！」

マサカマは自分の小屋の周りに部族を全員集め、バディモの仕業をすべて明かした。「バディモは、バンブーコーサの種族に妬みを持っている。私はこれからおまえたちを、バディモの手の届かぬ土地に連れて行く。その国にはいくつも河が流れ、家畜が豊かに育ち、バンブーコーサの槍で仕留められる食物も豊富だ」そうして彼は何カ月もかけて、バンブーコーサの人々を率いて「囁きかける霧」のたちこめる川を渡り、一大部族の首長、ビッグ・ブラック・ブルの国に入った。その当時ビッグ・ブラック・ブルはビッグ・ブラック・エレファントと戦っており、ビッグ・ブラック・エレファントを殺すことに手を貸さないかぎり、国に入ることを許そうとしなかった。ビッグ・ブラック・エレファントのクラールは、「ハゲワシさえも恐れて近寄らぬ、『夜の山』の頂にあった」。だが、マサカマは選りぬきの若者を連れて夜のうちに山に登り、ビッグ・ブラック・エレファントとその部族をすっかり滅ぼした。それで、ビッグ・ブラック・ブルは彼に多くの土地と家畜を与えた。だがバンブーコーサの女たちは多くの男児を産み、彼らの家畜はみるみる増えたので、ビッグ・ブラック・ブルは、マサカマの勢力が強くなりすぎて、自分からすべての土地と家畜を奪うのではないかと恐れはじめた。そこである晩、ビッグ・ブラック・ブルはマサカマとバンブーコーサを残らず消してしまおうと、選り抜きのインピ〔南アフリカのズールー族の戦士団〕を放った。ところが、マサカマを見て「腹の底から彼に恋い焦がれていた」ビッグ・ブラック・ブルの娘が、夜間にこっそり小屋をぬけだし、何日も走ってマサカマに危険を告げに行った。マサカマは準備万端だった。ビッグ・ブラック・ブルのインピをことごとく滅ぼし、ビッグ・ブラック・ブルを殺し、彼のクラールを焼き払った。「ンコサン、こうして、マサカマはすべての土地の主となり、ビッグ・ブラック・ブルの娘を自分の小屋に呼び、彼女はたくさんの息子を産んだ。バンブーコーサがそれほど多くの家畜をもち、若い男がそれほどたくましく、若い娘がそれほど美しいことはかつてありませんでした」

「でも、きみはどうしてそんなによく知っているの?」ファン・ブレーデプールはたずねた。

「ンコサン、父さんの父さん、そのまた父さんの父さんは、マサカマの重臣の一人でした。その息子に、マサカマはバディアクゴトラの名を与えた。なぜなら、善良で勇敢な戦士ではあったが、この男は口をつぐむことができなかったからです。重臣たちの会議では、しばしばマサカマがうんざりするほど延々と話し続けました。彼はある日朝からずっと話し続け、太陽が丘の上にさしかかる頃もまだ話し終わりませんでした。そこへひとりの少年が、奥さんに男の赤ん坊が生まれたと告げにやってきて、男はそれ以上口を開きませんでした。赤ん坊の報せを聞いて、マサカマは言いました。「息子をバディアクゴトラと名づけるがよい。話を終わらせたのだから〔クゴトラは会議の意〕」

「マサカマは、このとおり偉大な首長でした。彼は賢い男だった。バンブーコーサ族には二度と彼のような人物は出ないでしょう。でも、年寄りたちは、いつかマサカマが大勢の戦士と家畜を従えて雲に乗り、われわれのもとに帰ってくると言います。そのときバンブーコーサの人々は……」。そこで彼は言葉に詰まった。

「そのとき?」ファン・ブレーデプールが促すと、ケノンは黙って瞳に失望の色を浮かべ、ファン・ブレーデプールを見返すだけだった。

「そのときどうしたんだい?」

ケノンは答えようとしなかった。

「ぼくがしまいまで言おうか?」返事がないので、彼は続けた。「そのときバンブーコーサは武器を手に、白人たちを海に追いやるだろう」

「アウック! ンコサン!」ケノンはうろたえた。「ぼくではなくて、年寄りたちが言うのです。それに、ただの話です」

ケノンの話を聞いていると、ファン・ブレーデプールには、この少年がポートベンジャミンの生活に満足しているとは思えなかった。ケノンのような育ちの人間には、ポートベンジャミンでの暮らしは耐え難いのではないかと思えた。「ここは楽しいかい?」

「はい、ンコサン。ここはいいところです」

「なぜここがいい?」

ケノンは怪訝そうな顔をし、次の瞬間、白い歯を見せて笑った。「ンコサン、ここはいいところです」

このようなやりとりからしばらくのちのこと、夕食の席でマスタード少佐が唐突に切り出した。

「ご存じかどうか、今ではなかば忘れられているが、それに作品の帝国主義的な傾向を嫌う向きもあるが、わたしのような老兵士は好きな英国の詩人がおりましてね」

「もう少し説明してください。どの詩人でしょうか?」

「やはりね」少佐は言った。「そんなことだろうと思っていましたよ。ご存じないのでしょうが、もしご存じだったなら、この詩は知っているはずだ。

『ああ！　東は東、西は西。両者相会うことなかるべし』」

「キプリングですか？」

「または、こう言い換えても同じだ」ファン・ブレーデプールの返事を無視して少佐は続けた。「『白は白、黒は黒。両者相会うことなかるべし』。もし相会ったなら、必ず面倒なことになる」

「どういう意味でしょうか？」

「そのうちわかりますよ」意味ありげに言って、少佐は食事を続けた。

夕食後、ファン・ブレーデプールはその意味がわかった。彼が食堂から出てきたとき、緊張した面持ちのミセス・ハリスに、部屋にくるよう呼ばれたからだ。

「ファン・ブレーデプールさん、こんなことを申しあげたくないのですが」ミセス・ハリスは緊張に震えながら言った。「わたしはもちろん何もないと思っているのです。でも、何人かのお客さまからご注意があり、苦情が出ているものですから。とるにたらないことですが、どういう苦情か、もうおわかりでしょう？　波風をたてないために、対応しておく必要があるのです。えっと、何の話でしたっけ？　そうそう！　何人かのお客さまから、新入りのジョゼフという使用人が、あなた様の部屋にたびたび入っていくという苦情をいただいています」

「たしかに」と彼は答え、どうしたら妥当な説明ができるだろうと考えた。何も隠す必要はなかったが、自分が人間としてのケノンに関心があることを、ミセス・ハリスや下宿人たちにわからせるのは無理だと思えたからである。「実は、ぼくは原住民の民間伝承にとても興味があるんです。彼は田舎から出てきて間もないので、貴重な情報をたくさん提供してもらえるだろうと思ったのです。実際、ポートベンジャミンのような街で、都会ずれのしていない原住民と話ができるなんて滅多にないことだと思いませんか？」

「まぁ、それを聞いて安心しました！」おかみは言った。「お客さまには直ちにそう伝えます。どうか、こんな話をして、気を悪くなさらないでくださいね。もちろん、ご研究の邪魔をしようなどとは思いません。けれど、ファン・ブレーデプールさん、あなたたち学生さんは、少々常識破りなところがおありですよ」

翌日の夕食時に、マスタード少佐はスープを飲みながら彼を見て言った「人類学に興味がおありだとか？」そして、ファン・ブレーデプールがなにか答える前に言い添えた。「その、人類学――とやら――さぞ、おもしろい学問でしょうな」

第七章

何カ月かのあいだ、なにか良いことが起こるだろうという期待で、ケノンの表情は明るかった。慣れない生活に新鮮な戸惑いを感じることはあっても、悩みはなさそうだった。彼は仕事熱心で、正直そのものだった。幸福が体からあふれ、毎朝のようにファン・ブレーデプールの部屋の外の廊下を磨きながら、彼が低い声で歌を口ずさむのが聞こえた。時々彼自身気づかぬうちに大声になり、そんなときは下宿屋じゅうにその深々と満ち足りた歌声が広がった。

即興の曲に合わせて歌いながら、彼は両手をせっせと動かした。「ここの奥さま白い肌、トウモロコシの若い穂で、髪の毛長くて黄色くて、トウモロコシのヒゲの束。奥さまお食事するときは、長いピンで召しあがる。小屋のなかには宝もの。鉄鍋、銅釜、ガラスのコップ、色とりどりに並んでる。ぼくが磨けば木の床も、これこのとおりの輝きだ」

「やれやれまたあいつか」調理場の天井からくぐもって漏れてくる声に、カラード〔十七世紀中葉にケープに入植したオランダ移民と、先住民や奴隷との混血によって生まれた人々の総称〕のコックが言った。「あのクロンボのせいで、そのうちこっちがいかれちまう」

「スージー！」自分の賛歌が歌われていることなどつゆ知らずミセス・ハリスは甲高い声で呼びつけた。「ジョゼフに黙れと言ってちょうだい。あの子のせいで家じゅうがおかしくなりそう。ソングスターさんの奥さまは頭痛でお休みなんですよ」

その日はそれで歌はやんだが、翌朝にはまた始まった。こうしたことを耳にするにつけ、ファン・ブレーデプールの心配もしだいに消えた。一族の素朴で厳格な掟がケノンの支えとなり、複雑で不安定な周囲の影響にさらされながらも、持ちこたえるのではないかと思うようになった。

何カ月ものあいだ、ケノンは毎月父親に金を送るたびにファン・ブレーデプールの助けを借りにきた。彼の月給は一ポンドをわずかに超えるほどの額で、そこから最低十五シリングを送っていた。ある月、ケノンはやってこず、一週間待っても現れなかった。滅多にないことだったので、ファン・ブレーデプールは彼が自分を避けているのだろうかと思った。

そんなある晩、ファン・ブレーデプールがベッドに入ろうとすると、使用人部屋のあたりから古びた蓄音機のきしるように鳴る音が聞こえてきた。ようやく曲の終わりにきたと思うと、つづいて何枚かのレコードから「マイ・スイート・ハート・ホエン・ア・ボーイ」「サンディー・マクナブの結婚式」「錨はあがった」そしてスーザの「星条旗よ永遠なれ」が喘息患者の喘鳴のように流れたあと、勢いよく拍手が湧き起こり、また際限なく続くかに思えたので、ついに彼は下に降りて行くことにした。ケノンの部屋のドアは開いており、ロウソクの明かりの下、彼と三人の使用人が大きな緑色のホーンの付いた蓄音機の周りにしゃがみ、さながら神像を囲む四人の僧侶のように恍惚とした表情を浮かべていた。部屋の壁には色褪せた新聞の挿絵の切り抜きが貼ってあった。以前は白くてなめらかだった漆喰はいまでは茶色の大きなヒビ割れができ、壁一面にブリテン諸島の略地図のような形を描いていた。部屋の片隅のベッドには、シーツのないマットレス。ひとつしかない窓は閉め切られ、がたがたの窓枠の隙間には新聞紙が詰めてあった。掃除をしていない床にはタバコの吸殻が転がり、火をもみ消した跡がシミになっていた。室内は息苦しく、汗やくずれた漆喰、汚れた寝具のにおいがした。そのにおいは部屋に戻っても、服にしみこんでいる気がした。翌日、ファン・ブレーデプールは、ようやくケノンをつかまえた。

「お父さんに手紙を書くのを手伝おうか？」

ケノンは恥じ入った様子で答えなかった。

「あの蓄音機はどこで手に入れたの？」

「ンコサン、ぼくが、買いました」ケノンはうつむいたまま言った。

「いくらで？」

「十五ポンドです」

「そんな大金、一体どうやって手に入れたの？」

ケノンは、このあいだの給料日の午後に白人の男が使用人部屋にやってきたこと、その男が自分に蓄音機を聴かせ、その場で買う気になったことを説明した。まず頭金として一ポンド、残りは十四カ月の月賦で支払う約束をしたという。

「せいぜい二ポンドの値打ちしかないガラクタだよ」

「ンコサン、でも、この機械はことばをしゃべるし、すてきな音がするんだ」

「そんなことより、そのすてきな音のせいで、また眠れなくなったら、その時はぼくも黙っちゃいない。今度その男が集金にきたら、必ずぼくに知らせてくれ」

一カ月後の金曜の晩、ケノンがファン・ブレーデプールを呼びにきた。この男が詐欺を働いたことは疑いの余地がなく、そのことを本人に言ってやろう。ファン・ブレーデプールは明らかな不正を正すときに誰もが感じる高揚感に駆られていた。ところが目のまえに現れたのは彼が想像していたような悪人ではなく、白髪頭の薄くなった、赤らんだ丸顔に天使のような青い目と大きなぬらぬらした唇の老人だった。彼は面食らった。

「失礼だが」彼は老人に呼びかけたが、そのときの自分の尊大で独善的な口調には、あとから苦笑させられた。「失礼だが、あなたは、わたし専属の使用人を騙して」――わたし専属の使用人というのは彼の介入を正当化するための考案だった――「二ポンドの値打ちもない蓄音機を十五ポンドで売りつけましたね」

「専属の使用人とはね！」老人は少しも動じていなかった。「そういうからには、よほど特別なご用があるんでしょうね」

「どういうことでしょう？」ファン・ブレーデプールは老人の逆襲に不意をつかれ、あらかじめ考えていた話の方向から逸れた。

「彼は」老人はケノンを指差して続けた。「毎月この下宿屋のおかみに給料を貰っているでしょう。だがもしおたくの専属の使用人なら、当然おたくも報酬を支払っているに相違ない。でも彼はここの使用人なんですから、おたくは何のために金を支払うんです？　よっぽど特別なご用でもあるんでしょうね」

「あなたのしていることは不正で、口のきき方も知らない」ファン・ブレーデプールは言い返した。「ここの下宿屋の事情も知りすぎているようだ。二度とここに出入りできないよう、おかみに話しておこう」

「落ち着いてくださいよ、そんなに急がれては困ります。失礼なことを言ったなら素直に謝ります。

けれど、私のようにして暮らしを立てているものが他にも大勢おります。私でなくても、誰かがきっと同じことをしましたよ。言いたいことは、私のようなまともな人間に当たってこの少年は運が良かったということです。ほかの人間ならゆうに三十ポンドと言ったでしょう。商売は商売です」

「商売でも不正行為でもなんでも、この際、どうでもよい。あと二ポンドだけ支払おう。さもなくば、わたしの使用人の金にこれ以上手を出さずに商品を引き取っていただこう」

老人は一瞬のあいだ相手を見つめてからこう言った。「五ポンドでどうです」

「二ポンド、でなければゼロだ」

「四ポンドでなけりゃ原価割れだ」

「それなら三ポンド。それ以上はダメだ」

「仕方ない！」老人はそう言って肩をすぼめた。「ただも同然だ。それにあんたのお陰でもうここで商売ができなくなった」

「願ったりだ！」

「いいかい、ケノン」あとになってファン・ブレーデプールはケノンに言って聞かせた。「今度何か買いたいものがあるときは、まずぼくに相談しなさい」

その後、しばらくはケノンは父親への月々の仕送りを再開した。だが、ファン・ブレーデプールも気づかなかったが、蓄音機の事件を境に、ケノンのなかで何かが大きく変化しようとしていた。彼は白人がみな一様でなく、自分たち黒人と同じように、ひとりひとりみな違うのだということに気づき始めていた。ただ、彼に理解できない違いがあって、それは、同胞には時と状況に応じて対応できるのにたいして、白人にたいしては、相手が良い人間であろうと悪い人間であろうと等しく尊敬を示し、従順に接することを期待され、強制されているということだ。ケノンは純粋に自分を向上させたいという思いが強かったので、彼自身それと知らずにあらゆる種類の危険に身を曝し、とりわけ世なれた仲間が示す軽蔑は、彼の劣等感を強く刺激した。自分が投げ込まれたこの複雑な世界では、部族の伝統はもはや指針にならないことを、彼はすぐに知った。あらゆる誇りや自尊心は個人の成果に根ざしている。ここポートベンジャミンで、彼が誇れるものは何だろうか？ 同年代の若者に比べて背が高く、足が速く、身体が強く、狩りがうまいことに、いまでは誇りを感じられなかった。ここでは、仲間から軽蔑されるような者たち——背が低く、弱々しく、にきび面で、利口で抜け目がなく、嘘つきな者たち——が、白人の態度や服装を真似るのがうまいという理由で、最も尊敬されていた。

ある晩、ケノンは他の使用人たちと一緒に映画にでかけた。時代遅れのニュース映画は、おもに世界各地の軍隊の壮大な行進や観兵式で構成されていて、彼にはおおむね理解できた。膨大な数の人々が整然と行進するシーンに、彼は本能的に興奮を覚えた。だが、同時上映の長編映画には首をかしげるばかりだった。「まってました！ トマ・ミクシー！」とタイミングよく飛ぶかけ声に、ケノンは感心して周囲を見回した。リンネルのシーツ上に映し出される迫真の映像を見ているだけで胸が躍ったが、人間同士が山猫のように戦い、相手にたやすく短銃を向ける場面は、毎回理解に苦しんだ。

映画がクライマックスを迎えたとき、ケノンは醜態を演じた。それは若い母親が悪漢によって赤ん坊と引き離される場面だった。赤ん坊は母親に両腕を伸ばして訴え、大粒のグリセリン製の涙をこぼした。会場がしんと静まり返ったまさにその瞬間だった。ケノンにとって赤ん坊が泣くのは慣習的に、悲劇ではなく喜劇のひとコマだった。彼はこの場面が映画の筋とは関連のないものと思い込み、大声で笑った。「黙れ、ビッグ・バブーン！」隣に座っていた男たちから肘でつつかれ、どやされた。しかし、賢く冒険好きなヒヒにたとえられることは、ケノンの部族ではむしろ褒め言葉だった。ケノンの部族の族長も、ビッグ・バブーンの名で呼ばれ、ケノンは子どもの頃、挨拶は、「よいお天気で」のあとに、礼儀正しくバブーンとつけるように教えられた。そんなわけで彼はいっそう声高に笑った。一緒にいた使用人たちに、あとからこのときの話をされ、無知をあざ笑われて、彼はようやく自分がとんでもないことをしたことに気づいた。ケノンは生来くよくよ考え込む性格ではなかった。すべてのエネルギーが外に向かい、彼を活発に行動させた。頭のなかのことを同時に口に出して考え、歌や踊りの形で表現することで感じていた。だが今かつての自信はゆらぎ、自分と他人の違いを痛ましく意識していた。自分ほど無知な人間はこの世にいないように思え、故郷での生活をいっさい他人に話さなくなった。ファン・ブレーデプールはなんとか彼に話をさせようとしたが、難しくなるばかりだった。しばしば裏庭に集まって話をしている使用人のなかにケノンの姿を探したが、見つけることは少なくなる一方だった。暗くなってもケノンは現れなかった。ミセス・ハリスの下宿人やガバナーズ・ウォーク界隈の多くの人々がそうであるように、ファン・ブレーデプールはベッドに身を投げ出し、気もそぞろに本を読んだ。

「ひとりで何をしているんだろうか」ファン・ブレーデプールは思った。だが次の日曜日の午後、彼自身がその疑問に答えを出した。

ファン・ブレーデプールは散歩に出た帰りだった。ふと前方を見るとケノンがいて、同じほうに向かって歩いていた。この日も、ケノンは家を出た日の服装をしていた。はじめファン・ブレーデプールは追いついて話しかけようと思ったが、次の瞬間、ケノンの歩き方がもたついて、ぎこちないことに気づいた。まるで両足をそれぞれ別の方向に動かそうとしているかのようだ。だがまもなくケノンのもたつきの原因がわかった。

通りの反対側に、ケノンと同じ方向に向かって歩いている硫黄色に近い肌色の混血の娘がいた。両脚は形も太さもゾウの足のようで、後方に突き出た大きなお尻をしきりとゆすって歩くので、人が見たらなにかにくすぐられているのかと思ったかもしれない。胸は大きくゆったりしていて、彼女が動くたびにその振動が身体のあらゆる部分に伝わった。彼女の鼻は、先天性梅毒患者に特有の鼻筋の欠落した形をしていた。

身体をゆすって歩きながら彼女はしきりにケノンを横目で見て、いかにも軽蔑するようなかん高い笑い声をあげて彼の注意を引いた。傍目にもケノンが彼女にあおられるのがわかった。ファン・ブレーデプールは最初ケノンがその場を逃げ出すのではないかと思ったが、彼は通りを二、三歩で足早に渡りきると、いきなり女の腕をつかみ自分のほうに向きなおらせた。彼女を方向転換させるにはすごい力がいるはずだが、娘はすんなり身体をケノンにもたせかけていた。

「なにがそんなにおかしい?」ケノンは血気立っていた。

「あんたのことよ! あんたのそののっぺり顔がおかしいの。野蛮人のカフィール!」彼女の無礼さは本心というよりうわべだけのものだったが、ケノンは突然図星を指されたようなショックを受け、なんとか言い返した。

「誰がカフィールだって?」

「あんたよ。のっぺり顔!」

「なぜそんなこと言う」

「言われたとおりだからよ」

彼女はしなを作って彼の脚を見た。

「かもしれない。でもカフィールなんてあんたに言われたくない」

「じゃあ立派な強い男と言ってあげる」

彼女はふいに声をやわらげ、ケノンに摑まれた腕をふりほどこうともしなかった。

ファン・ブレーデプールは、二人が狭い横道に入ってゆくのを見ていた。丈の高い生垣に挟まれて掛け金つきの門が、よく手入れされた芝生のほうに向いて開いており、さらにその先には野原が広がり、山々の影が既に色濃くのびていた。二人の姿がおだやかな日曜の夕暮れの陰と静けさのなかにまぎれて見えなくなるまで、ファン・ブレーデプールは見送っていた。

「カフィールと呼ばれたくない、か」ファン・ブレーデプールはつぶやいた。「困ったな、ケノン。どうやらきみの母さんはありがとうを言うのが早すぎたよ」

翌週の日曜の午後、ケノンはヨレヨレのフランネル製のズボンにぼろの青色のブレザー、履き古しの汚れたテニスシューズといういでたちで現れた。混血の娘はまじめな面持ちで、彼がやってくるのを待ちわびていた。

第八章

新たな習慣が一夜にして生まれないのと同様、慣れ親しんだ生活態度が一日で失われることはない。だがケノンは確実に新たな方向に足を踏み入れようとしていた。どこに向かうのかは、彼にもわからず、はっきりと見さだめようとしたわけではなかった。周囲の何千という黒人のなかには、優れた人間も多少はいたが、大半が彼より劣っていた。全員が同じ方向を向いていて、しだいに彼も模倣という本能に屈していくだけだった。みなと違う方向に進むなら、リーダーの資質が必要だったろう。だがケノンは誰よりも人間臭く、歳も若く、もっぱら苦難を避けつつ、自分の向上を願っていた。そんな彼の意に反して、生活環境が一変したにもかかわらず、昔の生活習慣は長期にわたり持続していた。完全に捨てたつもりの古い習慣が、突如として蘇ることがあった。彼の生活から過去の名残りは消えようとしていたので、彼は困惑した。自分の人生が、過去からの一切の連続性を失ったかのように思えていた彼は、これには面食らった。ただひとつ、父親への毎月の送金だけは続けていた。だがこれは彼の善良さというより、主としてファン・ブレーデプールの期待に応えるためだった。

ケノンが働きながら見せる苦痛と戸惑いの表情に、ファン・ブレーデプールはしばしば気づいた。時にはその表情が、あの蓄音機の一件をスムーズに解決してもらったように、ファン・ブレーデプールに助けをもとめているようにも見えた。だが、その頃ファン・ブレーデプールも忙しく、顔を合わせても、なにごともなかったように接することしかできなかった。

カラードの女に会った日曜の午後から数カ月たったある夜、ケノンはベッドに座って蓄音機をかけていた。給料が入ったばかりだった。ケノンは昔に戻った気分で、二階の部屋の窓に明かりがつくのを待って、部屋の主に父親への送金を頼みに行こうと思っていた。その日の午後遅くまで仕事をしていたファン・ブレーデプールは、ちょうど居合わせた船長と夕食の席についていた。ケノンが部屋で待っていると、三人の使用人たちがやってきて、その晩みなで出かけないかともちかけた。

「いいところを知ってるんだ」そのうちのひとりが言った。「ブッシュマンのいい女がいるぜ」そう言ってケノンに女たちのすてきな魅力について語った。

「いやだよ」ケノンは激しく首を横に振った。

「怖いのか?」もうひとりが大げさに驚くしぐさをした。

「ちがう!」

「彼にかまうなよ」二番目が言った。「まだ子どもでうぶなんだ」

「割礼も受けていない。体に毛も生えていない」三番目が、不変の定理でも説くようにまじめくさって言った。

「お母ちゃんが恋しいのさ」最初の男がさらにひと言添えた。

「ちがう」ケノンはなおも断固として言った。そこで終わりでよいはずだった。仲間たちが自分を焚き付けて連れ出そうとしているのはわかっていた。だが、自尊心を抑えこむことはできず、ひと言いわねば気がすまなかった。「おまえたちがどんな女を連れてこようが、オレにはもっといいブッシュマンの女がいるんだ」ケノンは自分の混血の娼婦について得意になってしゃべった。男たちは内心感心したが、おもてには出さなかった。

「なに、たいしたことじゃないさ」リーダー格の男が言った。「オレたちの女のほうがいいさ。もっと肥えてて、腹はカバの腹よりやわらかいんだ」

「ありえない」ケノンは軽蔑をこめて言った。

「来ればわかるさ」と男が答えた。

「嘘だ！　おまえたちのほうがいいわけがない」

「とにかく、見にくればいいじゃないか。あとでおまえの女も紹介してくれよ。そうすればわかる。どちらがほら吹きなのか」

「ついて行かなかったら、嘘がバレるのが怖いと思われるだけだ」内心そう思い、こう返すよりほかなかった。「わかった、つきあうよ。でも見るだけだ。それ以外は断る」

　一時間後、ファン・ブレーデプールが部屋に戻ると、給料日の夜だというのに使用人部屋は不思議なほど静かだった。その頃、ケノンと仲間たちは、広場に面した暗い三階建ての建物のドアをノックしていた。すすけた家々に囲まれたバラス敷きの大きな広場には、かつて何軒か同じようにみすぼらしい家屋が建っていたが、そこが酒類の密売拠点と察知した警察によって、何年かまえに取り壊されていた。いまでも警察は、周辺の無数の荒れ果てた建物をなぜあのとき取り壊さなかったかと後悔している。警察本部長はプリムローズ・リーグ〔一八八三年結成。英国の保守派政治家ベンジャミン・ディズレイリの意志を継ぐ政治団体〕の会員たちに繰り返し語ったものだ。「われわれの美しい街の景観を損ね、汚点でしかない建物がここにあるかぎり、原住民とカラードの者たちを、公正かつ謹直、なかんずく法律を守る市民に変えることは決してできないだろう」

ケノンと仲間の使用人がノックしているドアの片側には汚れたガラスの小窓がついており、内側から用心深くグリーンのブラインドが降ろされていた。何箇所ものブラインドのほころびをとおして、通りの灯りが差し込んでいた。ケノンがそのひとつを覗き込むと、ほこりまみれの靴修理の店内が見えた。その部屋で、昼間は蟻やミツバチのごとく勤勉に仕事に精を出しているのが、一同がなかへ入ろうとしている家の主人だった。主人はほとんど口をきかず、店内は針で縫う音、槌で打つ音、そして慢性的な空咳以外に聞こえるものはなかった。しかし夜になると、ポートベンジャミンの善良な市民の靴底の張り替えに注がれた情熱は、同じぐらい大昔から存在する別の稼業に向けられた。彼は違法売春宿の巧妙な経営者として警察に知られる人物だった。

突然、ドアがわずかに開いた。そばで仲間が囁くのを聞き、ケノンは音もなく開いたドアにハッとして目を向けた。ドアの向こう側から、こちらに顔の見えない人物が低い声で、リーダー格の仲間に話しかけるのが聞こえてきた。ケノンは一瞬、誰かにつけられているような気がして、広場のほうを振り向いた。仲間たちについてきたことがひどく悔やまれた。だが広場に人気はなく、四方に面して建つ廃屋同然の家々からはもの音ひとつしなかった。遠くの波止場から、石炭積み込みの音が絶え間なく聞こえ、街は山の影に暗くおおわれていた。仲間のほうを見ると、今夜の不安な気分が彼らにも伝わっているのが感じられた。みな無口で、落ち着かない様子で地面を足でこすり、ドアのほうを気にしていた。やがて、囁き声が大きくなり、ドアの陰で男が言うのが聞こえた「気がすすまないな。金曜の晩だからね。世間じゃ給料日だって知らない者はいない。警察には格好の夜だが、わしらにはそうじゃない」

「まだ時間が早い」リーダーが答えた。「警察がそろそろ手入れに行こうかという頃には、こっちはとっくに帰って寝ているさ」

一瞬の躊躇ののち、しぶしぶ返事があった。「仕方がない。裏のほうから回ってくれ。注意してくが、音を立てたりしたらドアは開けないからな」

彼らは抜き足差し足で裏庭に入って行った。庭は狭く、周囲を高い塀で囲まれ、塀の上部は砕けたガラスで固めてあった。裏庭の一角には、何カ月も放置された生ゴミが腐敗していた。庭の中央のコンクリート部分は、詰まった排水管から溢れた水で滑りやすくなっていた。開いたドアからそっとなかへ入り、傾きかけた階段を二、三段上がると、散らかったキッチンで白人の男が彼らを待っていた。リーダーがこの男を「トミー」と呼ぶことに、ケノンは驚いた。キッチンの壁にはクリスマスに贈られた暦、戴冠式のローブ姿のギリシャ国王夫妻のけばけばしい肖像画、そして、別の国王や女王の顔が描かれた安物の陶磁器類で埋まった棚が据えられていた。急な照明の変化に、ケノンはトミーの顔がはっきり見えるようになるまでしばらく時間がかかった。

男は面長で血色が悪く、眠っているときは神経質で苦しげな表情だった。全体の印象としては、エル・グレコの絵に描かれていそうな顔だった。だが、彼はほとんど睡眠をとらず、長年の訓練で、身体の一部の機能を他の機能や自分の本心と切り離して操ることができるようになっていた。その結果、笑顔を浮かべながら、顔の残りの部分は苦悩を帯びた無表情をくずさなかった。滅多に戸外に出ることがなく、彼の家のなかの家具同様、長年のあいだに身体がこわれ、今後も長い時間をかけて腐っていくかに見えた。これほど嫌悪感を催す人間をケノンはいままでに見たことがなく、またしてもここに来たことを後悔した。

長年の経験で、トミーは目ざとくケノンの落ち着かない様子に気がついた。「まだ青二才だ」彼は神経質そうな微笑みを浮かべ、指の長い細い手をケノンに差し出した。

「支払いが先だ！」

「金は心配ない」リーダーがさえぎった。「まずは女に会わせてもらおう、支払いはそのあとだ」

「いくら払う?」トミーが事務的にたずねた。

「半クラウン。いつもと同じだ」

「それでは足りないな」トミーが言った。「おれを安くみるなよ。五シリング払ってもらおう」

「半クラウン、さもなきゃ……」黒人の男は踵を返して帰るそぶりをみせた。

「待てよ。急ぐ必要はない。金の話はあとにして、まずはワインでも飲もうじゃないか」

彼はキッチンの食器戸棚に行き、ラベルの貼られていない緑色のボトルを四本持って戻ってきた。

「いくらだ?」黒人が訊いた。明らかにトミーとは長いつき合いのようだった。トミーはすぐに値段の交渉にはいり、ようやく値段が決まったところで、金が支払われると男たちはようやく座って飲み始めた。

ケノンのその夜の記憶は、それ以降、非常におぼろげだった。酒で喉がヒリヒリしたこと、むせて仲間に笑われたこと、そのあと自分も仲間と一緒になって笑ったことは覚えている。気づくと、部屋に五、六人の女性が立っていた。彼女らが入ってきたところは覚えがなかった。彼は、隣にきて座った女の顔だけ覚えていた。女の下唇がひどく腫れ上がっているのを見て、ケノンは胸が悪くなった。下唇には絆創膏が貼られていて、口角に膿がたまっていた。思わず椅子から飛び上がってドアに向かおうとしたが、女が追いかけてきて両手で彼の尻を摑んでゆさぶり、こう言った。「かわいそうな坊や。怖いのね」

そのひと言で頭に血が上った彼は引き返し、どこまでいけるか女に見せようと、大量に酒をあおった。やがて、女の下唇が気にならなくなってきた。

「ただの吹き出物だ。小さなにきびだ」彼は自分に言い聞かせた。

彼はまた、女の真っ青なビーズのネックレスをうっとりと眺めた。見たこともないほどきらきらしていた。ビーズをいじっていられるなら、女がいくら唇にキスしてこようが、なぜかもう気にならなくなっていた。何でも許せるほどきれいだった。

「そして、マサカマはバンブーコーサの誰も見たことがないほどの腕飾りをこしらえた」ケノンは女に聞かせようとしたが、女は彼にキスをし、彼はそれ以上話すのをやめた。そして女の唇に貼られた絆創膏が外れ、口の周りが黄色い泡だらけだったことにも気づかなかった。

「ここは暑いな、おい」トミーが言うのが聞こえた。「みんな、上着を脱げよ」トミーが上着を脱ぐのが見え、彼は仲間たちのするようにした。

「二階へおいで、坊や」女が言った。

のろのろと立ち上がろうとしたその瞬間、彼のなかで時間が停まった。部屋は巨大な光の平面で、人々はそのなかで揺れる影だった。石、木、真鍮は実体のないきらめきだった。人の心の奥深くには、影以上の、何かをしっかり摑み、記憶や欲望によって苦しめられることのない瞬間に達したいという切望がある。そこでは恐れや、勇気を求められることがなく、「いま」が萎縮した肉体のなかで平安を湛えている。なぜなら、肉体は弱く孤独で、冬の夜の羊たちのように、寄り添って暖をとらなければならない。だから少年はビーズを追い求め、彼方の陰のなか、きらめく幻影がぼおっと浮かび上がる。そして、トミーのキッチンでは、マントルピースの上の時計が時を刻み続ける。

だが、ケノン・バディアクゴトラよ、おまえはバンブーコーサの道が険しく長く、月の山の彼方を流れるイエロー・リバーを水源としていることを忘れたのか？ その昔、灰色の火山たちが眠りのうちにその胸を波うたせ、夜明けには、バンブーコーサのクラールの上空に噴煙の幕を拡げた。さまざまな声で語る森は静まり、ライオンやゾウ、バッファローやクードゥー〔ウシ科の動物〕のとおった跡に、荘重な優雅さで踏みだすマサカマのインピ（軍団）の背後で、木々が身をかがめて枝を垂れた。夕方、彼らの槍は太陽の光に真っ赤に染まり、彼らは血のなかを歩いた。水も乾きも、火も氷も、彼らの歩みを止めない。生は暗く危険で、心は重い影に覆われている。だが感情の炎は、槍の刃のようにくもりひとつなく、澄んでいる。愛と憎しみは交わることがなく、友でない者は敵である。今は形をとどめない河や、砂漠の廃墟と化した石の都を越えて、彼らは、おまえの種子を運ぶ。彼らは埃の翼をつけて隆起する平原を越え、空のいかずちに出会う。彼らがよじ登る山の頂きには泡を吹く黒いコブラが陽を浴びて物憂げに体をくねらす。夜明けはフラミンゴの羽に乗り燃え上がって、彼らを出迎え、真昼はカーリー・ソーンの破れたパラソルをばたばたと叩く。沈む太陽を追ってジャッカルやハイエナが叫び、月は冷気を従えて昇る。世界の向こう側から、彼らは行進し、その足音は歴史の回廊に響きわたる。だが彼らがやってくるのはこのためなのか？ 輝く皮膚ときらめく四肢をもつ彼らが？ 彼らがケノンを呼び出したのはこのためなのか？ バンブーコーサの旅はここで終わるのか？

第九章

ケノンが仲間たちと二階にあがり、最後のひとりが屋根裏部屋に入ったのを見届けると、トミーは急いでキッチンに引き返し、ギリシャ人特有の軽やかな、繊細な手つきで手際よく全員のコートを点検しはじめた。作業を続けるうちに、彼の表情はしだいに落ち着き、その行動は、寛大でごく繊細な優しさに支配されているかにみえた。だがそれはどんな露骨な無作法よりも嫌悪感を催させる優しさだった。なぜならそれは、人それぞれの身のほどに応じて、商品としての値段をつけるための、タイミングを計り、精巧に動くように計算された、機械的な優しさにすぎなかったからだ。彼はグラスの残りやボトルの中身を丁寧に一つの容器に集め、コートのポケットからかき集めた現金を小さな黒い金庫にしまった。金庫に鍵をかけて古いソファーの下にそっと押し入れるとき、彼の行動はことに優しく繊細だった。外で威圧的なノックの音がして、「警察だ、開けろ！」という叫び声が聞こえるまで、まんざら悪い気分でもなかった。ただちにランプの灯を消すと、彼はキッチンの食器棚に皆のコートを隠し、着古したガウンを羽織って、三回、四回とノックが鳴るまで椅子に座って待った。そして立ち上がるとキッチンのドアを開け、廊下の電気をつけた。寝ぼけた風を装い、ドアの方に歩いていきながら考えた。「まったく、全員屋根裏にあげといてよかった」

広場には警察の護送車が停まっていた。すでにそれを見つけた売春婦が、ポン引き連中に、「お迎えのワゴン」つまり護送車が来ていることを合図で知らせていた。娼婦の行くところにはどこでもついてくる彼らは、たちどころに通りから姿を消していた。

「前回トミーを挙げたのはいつだ？」警部が護送担当の警官に訊いた。

「五カ月ぐらい前だと思います」警官は答えた。「店の監視の手はゆるめてませんが、やつはこのところ、すっかりなりをひそめていたようです」

「ひとつ店を覗いて挨拶してくるか」

「やぁ、しばらくだったな」ようやくドアが開くと警部はこう切り出した。「最近はしっかり寝とるようだな。さぞ咳もよくなっただろう」

トミーを押しのけてなかへ入りながら、彼は訊いた。「女たちをどこにやった」「とっとと言えよ。こっちも暇じゃないんだ。あの女たちがここにいることはわかっている」。だがトミーは現物を立派に隠し終えていた。警察は、屋根裏部屋の窓の外が非常階段に通じていることに気づかず、簡単な捜査のあとで立ち去ろうとした。

「それはそうと、トミー」入口に立って警部が訊いた。「ギリシャにはいつ帰るんだ？」

「もうじきです」トミーは答えた。「あと数ポンドあればね。そうすりゃ、きっと後悔しやしません。ギリシャじゃ、警察は紳士ですからね」

「あと少しだけ待ったらどうだ？　ほんの少し待ちさえすれば、きみの帰りの渡航費用は国が負担するよ」

警部の辛辣な冗談に、部下は笑って応じるのが得策と判断した。

「言っておくがね」警部は言い添えた。「今より小さな家に入ることをすすめるよ。靴の修繕屋で、独り者にしては、やや豪邸に住みすぎじゃないか」

護送車に戻るまえに、警部は背後で誰かの低い足音を聞いた。振り向くと、よく知られた警察への情報提供者だった。

「警部さん！」彼女は言った。「さっき、黒人の男たちがあの家のなかに入っていくのを見たけど、入ったきりまだ誰も出てこないよ」

女はトミーの家を指差した。

「そうか、トミーのやつ、俺にいっぱい食わせる気だな」偶然出くわした情報提供者を無視して彼は叫んだ。「思い知らせてやる！」

数分後、警察の護送車はものすごいスピードで走り去ったが、まもなく別の道を通って目立たぬように戻り、トミーの家のそばの横町の暗がりに停止した。

屋根裏の窓から警察車両が走り去るのを見ながら、ケノンは仲間とさんざん警察を虚仮にして笑った。彼らは白人連中をまんまと出し抜いた気分で、大威張りで女たちのもとに戻った。ただひとり、リーダーは窓辺に残った。ワインのせいでむっつりと押し黙り、淫らな女たちの存在が彼を攻撃的にした。酔って気焔を吐き、低い声で古《いにしえ》の鬨の声を揚げていた。ふいの物音にハッとして外を見ると、白人の男たちが三人、広場を横切るのが見えた。彼は叫ぶのをやめてじっと表を見つめた。三人組はトミーの家の前までやってくると、いったん引き返し、再び姿を現した。

「最後にきたのは、四つ前の航海のときだ。たぶんこの家だ」男のひとりがそう言った。

リーダーは、三人の白人がドアに向かうのを見、続いてノックの音を聞いた。彼はそれ以上自分を抑えることができなかった。奥深くに潜む部族の記憶が目を覚ました。彼のなかの男の本性が、奴隷の身である自分を相手に格闘し、今までに感じたことのない怒りが湧き上がった。「白人たちが俺たちの女を奪いにきたぞ！」そう叫ぶと、彼は走って杖を取りに行った。彼の叫びを聞いた仲間たちもそれぞれ杖を手にとると、階段を跳んで降りて行った。ケノンもついて行きたかったが、女が抵抗した。

「馬鹿なことはおよしよ。面倒に巻き込まれるだけだよ」彼女は言った。ケノンはしばらく彼女と取っ組み合ったが、ようやく自由になると、非常階段をもつれる足でやみくもに降りていった。

ふたたびドアをノックしようとした白人の船乗りたちは、三人の黒人たちが自分たちを取り囲んで踊っているのに気づいた。

「ここに来れば俺の女を奪えるとでもおもったのか！」リーダーが叫んだ。「なら、これでもくらえ！これもだ！ どうだ！ これでもか！」ひと声ごとに、彼は渾身の力をこめて相手の頭部をなぐった。

「こいつはジャッカルをしとめるより気分がいいぞ」他の二人も同調し、暴行に加わった。

「いいか、あいつらを捕まえるんだ」騒ぎを聞きつけて脇道から現れた警部が部下に向かって叫んだ。広場の向こうから駆けつける警官の姿を見て、黒人のひとりが一瞬でわれに返った。

「気をつけろ！ 警察だ！」仲間にひと声叫ぶと、彼は一目散に走って逃げた。他のふたりも駆け出し、警部が部下たちと家に駆けつけた頃にはもう姿が見えなかった。そのとき、ワインで頭が朦朧としたケノンが、トミーの家の脇からよろめきながら現れ、待ち受けていた警察に捕まった。

「捕まえたぞ、この乞食野郎！」喜びと恐怖がいりまじった様子で警官が叫んだ。ケノンの頭部めがけた一撃に、彼が腕をあげて防御の姿勢をとろうとしたのを見て、男は言った。「往生際が悪いな、おい。大人しく従わないと言うんだな。だったらこうしてやる！　この糞ガキ！」

船員のひとりがよろけながら起きあがったのを見て、警官は一瞬手を止めた。顔面の血をぬぐいながら、船員はかすれた声で言った。「この野郎だ。俺をやりやがったのは。よし、ぶん殴ってやる！」

第十章

ポートベンジャミンの週明け最初の刑事法廷は、毎週傍聴人であふれている。眩しい戸外の陽光はダークオークの羽目板のなかに沈み、法廷のなかは薄暗い。証言台からは、木の柵に体を押しつけてひしめく黒人傍聴者たち、裁判官席に向けられた彼らの不安な黒い瞳が見える。彼らは証人として呼ばれているか、または被告人の親族の者たちである。審理のあいだ、しばしば彼らは感情を抑えきれず、法廷内に失望や怒り、当惑の低い呻き声が渦巻く。すると白人の警官が威嚇的な態度で近づき、傍聴席を睨みつけ、その場を行ったり来たりしたのち、証人席近くの位置に戻ると、クロンボときたら、臭くてどうにもならん、と裁判所書記官に耳打ちする。月曜日の公判では、傍聴を希望する黒人やカラードの数が膨れあがり、法廷の中庭にあふれ出す。床にすわりこみ、絶望に耐えて待ち、柱にもたれ、裁判に詳しい人間に不安を訴えている。その間、警官や裁判所の職員や裁判官が、あわただしげに人々をかき分けては移動している。時おり戸口にひとりの警官が現れ、大声でひとつの名前を告げる。その瞬間、群衆のひとりがわれに返り、擦り切れた上着のまえをなんどもかきあわせ、帽子を剥ぎ取ると、懸命に出口に急ぐ。

裁判を受ける者は、傍聴人とは隔離されている。彼らは鉄格子をはりめぐらせた裏庭に入れられ、そこから証言台までは地下通路でつながっていた。腰に拳銃を下げた看守が監視の目を光らせ、被告人は法廷への通路を進む直前まで手錠をされていた。トミーの店に行った翌週の月曜、囚人のなかで最初に法廷に召喚されるのが自分だと知り、ケノンは茫然とした。法廷でいったいなにが起こるのか、彼には見当もつかなかった。既に自分を襲った災難に打ちのめされていて、深く後悔していた。どうすればよいか他の囚人にきいてみたかったが、口を開いた瞬間、看守に制止された。金曜の夜になにがあったのか、思い出せたらいいのにと思った。屋根裏部屋にあがり、その後、こうこうと明かりの点いた郊外の警察署に連行されるまでの彼の記憶はすっぽり抜け落ちていた。看守に自分の名を呼ばれても、まったく上の空で聞こえなかった。別の囚人が彼の脇を肘でつついたが、自分になにか話しかけたいだけだろうと思い、返事をしなかった。

「おい、夢想家」そう言いながら、太って愛想のいい顔をした看守がケノンのほうにやってきた。

「出番だ」

看守のまえに震える両手を差し出し、手錠が解かれると、ケノンは警官のあとについて足早に通路を進んだ。数秒後に彼は証言台に立っていた。周囲を見回すと、いよいよ頭がぼうっとしてきた。法廷内の人の数、きりりとした制服姿の警官、着席した弁護士たちが、その場をたいそうあらたまった、厳粛なものにしていた。ケノンは怖気づき、口は開いたままだった。彼は誰かに話がしたくてたまらなかった。事件がさっぱり思い出せなくて焦る胸のうちを打ち明け、実際自分がなにをしたのかききたかった。だが法廷には、見知らぬ、険しい表情の人間がひしめいており、ケノンは自分の願いが虚しいことを知った。やがて彼の隣に通訳人がやってきて、宣誓をするように言った。ケノンの唇は乾き、小さく震える声で宣誓文を復誦させられて、いよいよ絶望的な気分になった。通訳は太った身だしなみの良い黒人で、パリッとした黒のスーツを着込んでいた。鼻眼鏡を手に、裁判所の職員にいかにも親しげに話しかけている姿を見て、この男はまちがいなく教養があり、立派で、自分のような人間には同情してくれないだろうとケノンは思った。さらに、裁判官は、とってつけたような生真面目さと厳格さを漂わせており、ケノンは開口一番、恐ろしい刑罰を言いわたされるだろうと思った。だが裁判官は熱意のない小声でこう言ったにすぎない。「被告人はなんの容疑で起訴されたかわかっているのか？」そして、長い起訴状に目をやると、ひとりごとのようにつぶやいた。「また酔っ払いの喧嘩か」

「裁判官がきいておられる」通訳は事務的な口調で訊いた。「被告は三人の白人の殺人未遂に問われていることがわかっているのか」。肩をいからせ親指をチョッキのポケットにかけていた。

通訳は既にケノンに判決を下していた。

ケノンは答えられなかった。事件についてなにも覚えていなかったからだ。裁判官や通訳人のような人たちが嘘をつくとは、彼にはとうてい思えなかった。彼らのような人間には、どんな場合でも逆らわないほうがよいだろう。彼は従順に答えた。

「わかっていると伝えてください」

「有罪を認めるか、無罪を主張するか」裁判官がたずねた。

「三人の白人を殴ったことを否認するつもりか？」通訳が訊いた。

「しません！　でも、思いだせないのです」

「裁判長殿、被告人は、有罪を認めています」時計に目をやりながら通訳が言った。彼には長い一日が待ち受けていた。

裁判官は安堵した。少なくともこの一件はさっさと片付いてくれそうだ。もちろん形式的な手続きに従う必要はあった。ポートベンジャミンの法律では、被告人が有罪と立証されるまでは、原則、無実ではなかったか？

検察官とふたりの部下が裁判官に呼ばれてケノンの身上を確認し、危害の状況を説明した。検察官側からの立証に際し、警察は週末をかけて懸命にケノンの仲間をつきとめようとしたが、被告人が取調べへの協力を「かたくなに拒否」した旨の陳述を行った。

「検察官」裁判官が口を挟んだ。「暴行事件に関係があるとされるその他の人物の捜査が行われるまで裁判を延期するのが賢明であったと思わないかね？」

「裁判長、通常であればそのとおりですが、本日、被害者の船員らがフィリピンに出航する予定であり、公判中に何らかの事態が起きて、彼らを尋問する必要が生じた場合に備えて、今日の審理をまっさきに終えるのが最善と考えました。さらに言えば、警察があらゆる手を尽くしてみたものの、被告人の仲間のゆくえをつきとめられませんでした。このような状況から、裁判長、被告人が有罪を認めていることもあり、仲間の件は別途審理するのが妥当であると考えます」

船内の医務室に入院中だという船員によって、宣誓供述書が裁判官に提出された。地区の外科医が出頭して外傷の説明をし、淡々と形式的な態度で証言した。「外傷は、先端の丸い四フィート（一二二センチ）の棒状の木片によるものであるとしか考えられない」

「確認させてください」検察官が言った。「今の説明のような外傷は、原住民の狩猟用の杖でも同じような傷ができるでしょうか？　たとえばこのような？」

検察官はケノンの二本のハンティング・スティックを外科医のほうへやった。

「当然考えられるでしょう」杖を手にとることなく外科医は言った。

「外科医は」通訳人がケノンに言った。「きみのこの二本の杖で殴った傷だろうと考えている。被害者が死ななくてきみは幸運だったと言っている」

裁判官はケノンに仲間について仔細に尋問したが、彼がそれに答えられず、またあきらかに答える気がないことを認めると、事実として記録に留めた。

「被告人にもう一度きさなさい」裁判官が通訳人に言った。「仲間が誰なのか質問するのはこれが最後です。正直に答えなければ、あとで後悔することになるでしょう」

「裁判長は、あと一回だけチャンスを与えると言っておられる。誰と一緒だった？　本当のことを言わないときっと後悔するぞ」

「覚えていません」ケノンは言った。

「一緒にいた仲間のことを覚えていないのは変であると思わないか被告人にきさなさい。正常な人間なら、あのような場所に、見知らぬ者と一緒に行くことは考えにくい」裁判官は主張を繰り返した。

「裁判長はそうではないだろう、あなたは盲目で、仲間のことが見えなかったのではないかと言っておられる」通訳はそう言った。

「すみません。今はなにもわかりません。あの時はワインを飲んでいて、それで……」

「被告人は酔っ払っていてよく見えなかったと言っています、裁判長」通訳人に遮られ、ケノンは終わりまで言うことができなかった。

「被告人は、情状酌量を求めますか？」裁判官がきいた。

「裁判長は、おまえのような悪漢を処罰すべきでない理由があるかときいておられる」通訳人はケノンの審理に飽き飽きし始めていた。

「私は過ちをおかしました」ケノンは言った。「私には経験もなく、信じていた年上の人たちに騙されたのです。今までずっと真面目に働いてきたし、あの店には仕方なく行ったんです。事件のことは思い出せません。ワインを飲んでいて、ぼくの頭は……」

「さっさとしてくれ！」通訳がぴしゃりと言った。「その話はもう聞いた。裁判長殿の時間を無駄にしているだけだ」

ようやく言葉が出始めたときに邪魔をされたケノンは、かろうじて言い添えた。「自分の悪事を後悔しています。裁判長が良いようにしてくださると信じます」

「裁判長、被告人は悪事を反省しています。また、これが初犯だったこと、悪い仲間に騙されたこと、そして酒を飲みすぎたと言っています」

「残念ながら、共犯者の関与の程度についてわれわれには判断するすべが与えられていない」皮肉な笑いを浮かべ、メモに目を走らせながら、裁判官はつぶやいた。数分の間、カリカリと紙の上をペンの走る音だけが聞こえ、最後に裁判長が判決文を読み上げた。

「ケノン・バディアクゴトラ。被告人がまだ若く、今回が初犯であること、少なくとも被告人同様の程度において、事件に関与しておりながら、被告人ただひとりに犯罪の責任を押しつけようとした仲間に騙されて事件に巻き込まれた等、考慮すべき点はある。被告人が酒を飲みすぎ、自分の行動に完全に責任が持てる状態になかったこと、また計画的な犯行ではなかったことも忘れていない。当公判廷において、被告人が有罪を認めることで裁判の進行を助けたことも考慮に値する。しかし、これらのすべてを斟酌してもなお、被告人の三人の白人にたいする殺意のある危害が、挑発されたものではないことは無視できるものではない。さらに、被告人の仲間の特定に関し、不審や疑念を誘うほどの陳述拒否をしている点も同じく無視できない。このような場所に出かける際に、見ず知らずの他人に同行することはまず考えにくいと思われる。この点を、包み隠さずに供述したのであれば、情状酌量の余地もあっただろう。だが、被告人と同じ原住民による白人にたいする挑発によらない暴行は、この地域でますます蔓延し始めている。こうした現状を鑑み、被告人が若年者であること、今回が初犯であることを考慮しても、懲役六カ月よりも軽い量刑は考えにくいと考える。また、罰金を納めることで懲役の代わりにすることはできない。これを教訓として、今後は悪い仲間と付き合わないようにしなさい」

「裁判長はあなたが仲間について嘘をついたことは残念だと言っています」通訳人はひとりよがりな言い方をした。「でも、温情から、あなたが若く、これが初犯だということを考慮してくださったのです。今回が初めての裁判で運がよかったと言っています。あなたの仲間が、裁判にかけられるまで放免となったことも考慮し、今回は懲役六カ月で勘弁してくださるそうだ」

「正しいお裁きです」そう言いながら、ケノンは片手を頭上高く差し上げて、裁判長に敬礼をした。

「ありがとうございます」

証人席から監獄の裏庭につづく階段を追い立てられるように降りると、またひとり黒人の男が、ケノンと入れ替わりに送り込まれてきた。それはあたりまえの光景だった。だが、法廷後方の見物人にまぎれて、わが子の審理の始まるのを待っていたひとりの老女が大声で泣き出すと、すかさず警官の声が飛んだ。「傍聴席、静粛に！」

第十一章

「三名の白人にたいする挑発によらない、殺意のある危害だって？　ばかな！　何かの間違いだ！」ファン・ブレーデプールは路面電車の二階席で月曜の夕刊を開いていた。偶然目にしたケノンの裁判の記事を、半信半疑で読み終えたところだった。彼の知るケノンという人物と、「挑発によらない、殺意のある危害」という文句は、まったく結びつかなかった。だが、事件の証拠を仔細にたどっていくと、疑いを挟む余地がほとんどないことがしだいにわかってきた。新聞の伝える事実と、ケノンについて自分が知っていることを足し合わせると、少年が犯してもいない罪をすすんで認め、およそ無力な状況に立たされていることに、ファン・ブレーデプールはいたたまれない気持ちに襲われた。

「ぼくは白人だ。そして白人の法の下で育った。似たような事件で自分を守らねばならないとしたら、弁護士を雇う以外にない。だが、哀れなケノンにどうしてそれがわかるというのか」

ファン・ブレーデプールは、裁判で明るみに出たこと以外に、事件にはもっと多くの事実があったのではないかと考えた。「法律というものは結局、法律のための法律だ。人間は、法律と抵触する時点で始めて視野に入る。法の目からみれば、ケノンという酔っぱらいの黒人が、未確認の二名の男たちといきなり広場に飛び出してきて、その場で三人の船乗りを襲ったかどで逮捕され、刑務所で正気に戻り、法廷で有罪を認め、六カ月間の刑務所行きとなる、としか映らないのだ。だけど、ぼくはそのまえに何があったのかが知りたい。なんとか調べてみせる」

トミーの売春宿をにおわせるものが証拠としてあげられていれば、真相の理解の一助になったかもしれない。しかし、例のギリシャ人がケノンについて何も知らないの一点張りをとおしたので、警察は、そのような証言はかえって起訴事実を弱めるだろうとの結論に至った。

その晩、ファン・ブレーデプールが窓から外を眺めていると、使用人部屋の入口で三人の黒人が身をかがめて、一心に新聞を覗き込んでいるのが見えた。互いにさかんに何か言い合っていたが、声が低く、話の内容はファン・ブレーデプールの耳に届かなかった。しばらく三人の様子をうかがっていたが、ふいにあることに思い当たり、すぐさま彼は裏庭に降りていった。

「エープリル」三人の使用人のなかで一番年長の男に彼は呼びかけた。「きみはジョゼフと金曜の夜にどこに行ったんだい？」

「なんのことでしょう、旦那さま」エープリルはファン・ブレーデプールの顔を見ずに答えた。

「エープリル、きみはマカテセ族だが、バンブーコーサのことばも話すことができる」ファン・ブレーデプールはそう言うと、ケノンの部族のことばで話しかけ、矛先を変えることにした。「いいかい、ぼくが何を見たかを話そう。金曜の夜、ぼくは、きみとジョゼフとぼくの知らない男が三人で宿を出て行くのを見た。真夜中に、きみが見知らぬ男とふたりで帰ってきたのを見たが、ジョゼフは一緒じゃなかった。ジョゼフは一体どうした？」

「旦那、おれたち三人でした、ジョゼフと出かけたのは――」

「暗かったので、よく見えなかったが、三人いたのかもしれないな。だが、帰ってきたのはふたりだった」ファン・ブレーデプールは口実を並べた。

「そうでしょうとも、旦那」相手が応じた。「まだ宵口のうちに離れ離れになったんです。それで、おれはここにいるこいつとふたりで帰ってきたんです」そう言って、エープリルは使用人のひとりを指差した。

「でも、ジョゼフはどうしたんだい？」使用人たちは三人ともファン・ブレーデプールの顔を見つめていた。そのなかで、エープリルは食い入るようにこちらを見ていた。彼らはファン・ブレーデプールのケノンへの好意を知っており、誰も何と答えてよいかわからなかった。

「ジョゼフは若いです、旦那。彼はバンブーコーサの出で、おれはマカテセ族です。バンブーコーサとマカテセのあいだには……」エープリルは答えを長引かせて質問を回避しようとしたが、ファン・ブレーデプールが遮って言った。

「ねえきみ、仮に誰かが警察に行って、金曜の夜にきみとジョゼフが出かけるのを見たが、帰ってきたときはジョゼフの姿が見えなかったと証言したとしたら、警察はどうするだろう？」

「お巡りは何人もきたよ、旦那。おれたちが話をしたら、お巡りの連中、引き揚げていった。おれたち、何も関係ないさ」エープリルは言った。

「だがぼくの知っていることを誰かが警察に話したら、彼らは戻って来やしないだろうか？」

「でも、旦那は警察にしゃべりゃしないだろう？」エープリルは仲間たちのほうを勢いよく振り向いた。

「ぼくは警察官ではないが、真実を知りたいんだ、エープリル」ファン・ブレーデプールは答えた。

それでも、エープリルの話をすべて聞きだすのに一時間以上かかり、聞き終えたあとも、彼にはもうひとつ不可解なところがあった。

「きみは本当のことを話したと言ったね、エープリル。ぼくもきみを信じるよ。だが、全部で四人いたときみが言うときに、どうして警察は三人しかいなかったと言うんだろう」

「きいてくれ、旦那」別の使用人が初めて口を開いた。「みんなワインを何本も飲んだんだ。なかでも一番よく飲んだのがエープリルだった。おれが覚えているのは、くるりと向きを変えて駆け出そうとしたとき、三人の姿しか見えなかった。そのなかにジョゼフはいなかったんだよ」

「おまえもすごくワインを飲んだじゃないか」エープリルが割り込んできた。「おれの頭はおまえよりいい。おれは頭にきてはいたが、目は見えていた。おれたち全部で四人だった」

「エープリルが覚えていないってこともある」三人目の使用人が言った。「おれが言うことが本当かどうかわからないが、おれたち、ジョゼフより一足先に家を出たような気がする。喧嘩のあいだ、彼はその場にいなかったかもしれない」

すべての事実を知ったとき、ファン・ブレーデプールはケノンのために何もしてやれない自分に愕然とした。使用人たちに警察に行って証言するよう説得したが、頑としてきかなかった。彼はケノンが出所したら、また元のように下宿屋で雇ってくれるよう、ジョゼフに代わって、自分の月々の家賃から彼の父親に仕送りをしてくれるよう、ミセス・ハリスに約束させることで納得するより他なかった。ミセス・ハリスは意外にも気持ちよく聞き入れてくれた。

「これまで真面目によく働いてくれましたから」ミセス・ハリスは言った。「それに、あなたのお話を聞いて、またうちで雇う気になりましたよ」

第十二章

時間の流れは微妙で、逆説的である。今日から明日へと、不承不承移るかに見え、われわれがその流れに完全に身を委ねれば、時間はまったく静止しているように感じられる。だが意識を内面に向け、時間の累積に着目するなら、その耐えがたい速さと、その速度のむらのなさを感じずにはいられない。昼から夜へと橋を渡す夕暮れに気づくのみで、人は昼から夜へと滑りこむ。時間ほどすばやいものはない。だがこの容赦ない移行が生活の絶対的な単調さと結びつくとき、時間そのものさえ加速して、世界を熱帯の夜のような暗がりに封じこめてゆく、その速度に人は恐怖し打ちのめされる。最も短い人生でさえ、この上なく単調な人生だと、そのとき人は悟り、その単調さを免れたいと願う。

ステイン・ベルゲル・アンド・ストゥンプコフ社での勤めに明け暮れるファン・ブレーデプールにとって、ケノンの服役と釈放までの期間はあっという間に過ぎた。ベイトゥ・シンゲル通りの見栄えのいい職場のオフィスでは、羊毛のシーズンがいつしか船荷を倉庫に移す時期になり、それが過ぎるとトウモロコシのシーズンを迎える。戸外では、夏のあいだじゅう山にかかっていた熱いもやが晴れて、山頂付近に霧が発達し、夜ごとに市内に降りてきた。港の上空には雲が低く垂れこめてにわか雨を降らせ、大西洋の長いうねりが船首に打ちつけては崩れる船は、海上に立つ濃霧にしだいにまぎれていった。並木道の樫の木は葉を落とし、葉は風に運ばれて、行き交う車のあいだを舞い上がっては落ち、また舞い上がるのを繰り返した。暁は雲霧をほのかに染めて、夜は薄明かりから漆黒の闇へとおだやかに移行した。雨粒は、影さえも奪われた裸の木々から絶え間なく滴り落ち、夜ともなると、南極の風のように世界に雨音を響かせた。間もなく、ポートベンジャミンの彼方の山々は一面雪に覆われた。腹を空かせたカモメの大群が、雨がくる前に、街中を低く飛んだ。黄昏時、ガバナーズ・ウォークはすっかり人影が消えた。夏のあいだ、少人数のグループで公園を訪れ、歓声をあげていた人々の姿も今はない。寝室のランプには二、三時間早く明かりが灯り、黄色の矩形の明かりが外の雨を鈍く照らしていた。長いこと蓋の閉じられていたピアノは、夜毎に同じ曲を繰り返し演奏し、月賦払いで急いで購入した数え切れない蓄音機の助けを借りて、最もノスタルジックな夕べの時間帯を、ミュージック・ホールの郷愁で満たした。広間や休憩室には薪がたかれ、ミセス・ハリスの下宿屋では、ファン・ブレーデプールが夜仕事から戻ると、赤銅色の花瓶や青銅のトレーが、暖かい家庭的な輝きを放っていた。昼夜がこれほど接近して感じられたことはなかった。だが、それらがいつの間にか灰色の時間の行進に加わると、誰もが変化を意識することはなかった。

ある夜、ファン・ブレーデプールが宿に戻って二階の部屋に上がろうとしたとき、ミセス・ハリスが声をかけた。「いまお帰りですか、ファン・ブレーデプールさん？」

「ええ、そうです、ミセス・ハリス」ファン・ブレーデプールは返事をし、階段の途中で足をとめた。

「今では、足音であなた様だとわかります」ミセス・ハリスは笑って言うと、どこからともなく暗がりから姿をみせた。「ちょっとよろしいでしょうか？」

ファン・ブレーデプールは、ミセス・ハリスに従ってぼんやりと照らされた廊下をとおり、彼女の部屋に入って行った。分厚いカーペットを敷いた床が、ふたりの足音を消し、屋根に打ちつける規則正しい雨音に、パチパチと薪の燃える音が混じりあうのを妨げるものはなかった。と突然、階上でマスタード少佐の蓄音機から曲が鳴り出した。

「ミシシッピーという老人が
　おれはうらやましい
　世のなかの不幸にかまわず
　自由のない土地も、気にしない」

「ファン・ブレーデプールさん」ミセス・ハリスは、背後でドアを注意深く閉めながら言った。「今日はあのジョゼフのことでお話があるんです」

「ジョゼフ？　どういうことでしょう？」

「そう、ジョゼフです。このごろ、どうも様子が変なのです」

「様子が変って？　彼に会ったんですか？」

「驚いた、ご存じなかったんですか、ファン・ブレーデプールさん！　彼が戻ってきて二週間になるというのに」

「報せていただけなくて残念です、ミセス・ハリス。ぜひ教えてもらいたかった」返事をしながら、内心ではこう思った。「ケノンはぼくを避けていたんだな」

「当然、ご存じだと思っていました。彼にしょっちゅう質問されていたし、あの子の行動にとても興味をお持ちでしたから。そうと知っていたら、とっくにお教えしていたのに」

「彼がどうかしたんですか？」

「まさにそのことをお訊きしたいのです。彼がどんなに明るくて性格のよい子だったか、あなたもご存じでしょう。それが近頃のあの子はどこか不穏な感じがするのです。どことかいって仕事に文句があるわけではないんです。ただ何かがおかしいんですよ。最近では、調理場の女中たちと凄まじい喧嘩ばかりして。わたし、ちょっと怖くなりましてね」

「怖い？　どうして？」

「自分でもどうしてなんだかよくわからないんですが、あの子、やたらと扱いにくいんです。都会に出てきてしばらくたつと、ジョゼフのようになるケースが多いのです。最初の一、二年は申し分のない使用人なのに、その後、何かが狂って、別人のようになるんです。よく思うんですが、うちに来たばかりにあんなふうになって、哀れな話ですよ」

「非常に残念です。こんなところにやってくる人の気が知れない」

「そんな、ファン・ブレーデプールさん！」おかみは驚いて叫んだ。「ここがお嫌じゃないでしょうね？　わたしが何か……」

「いえ、そうじゃありません。こちらはたいへん快適です。問題はこの街です。とにかく、ミセス・ハリス、まず彼に会ってみないことには、ジョゼフの話をしてもあまり埒があかなそうです」

「それはそうですね。彼にお会いになったら、ぜひ感想を聞かせてください」

　ファン・ブレーデプールはミセス・ハリスにいとまを告げて、二階に上がった。

　ひとりの使用人がせわしなく部屋の前にお湯の入った水差しを置いていた。廊下はとても暗く、ファン・ブレーデプールには使用人の顔がはっきりと見えなかったが、その風貌はよく知っている人物に思えた。

どこか近くで、マスタード少佐の蓄音機から、あいかわらず黒人歌手のバリトンが流れていた。
「おれたちは汗水たらし、体は痛む
舟を引け、袋をかつげ
ちょっと酔えば　ぶち込まれる
もういやだ　何もしたくない
生きるのに疲れた　でも死ぬのは怖い……」
「ケノン、きみなのか?」隣の部屋のまえに水差しを置こうとして、召使いがかがんだとき、ファン・ブレーデプールは声をかけた。
水差しがもう少しで床にとどくところで、男は動きを止め、そのままの姿勢で答えた。
「そうです、ンコサン。私です」
「ちょっとなかへお入り」そう言ってドアを開け、電気をつけた。
ケノンはそろそろと部屋に入ってきた。ファン・ブレーデプールには、彼がとても疲れて沈んで見えた。それは恐れというより、憐れみの対象だった。以前に比べて顔色が浅くなったようで、目のあたりにぎこちない表情を浮かべていた。服は濡れて、彼は入口に立って震えていた。
「なかへ入って、ドアを閉めてくれ」ファン・ブレーデプールは優しく言った。
ケノンは言われたとおりにドアを閉めると、足元を見つめた。彼には生気のかけらも残っていないようだった。かつての精彩はすっかり影を潜めていた。今のケノンは見知らぬ人物だった。ファン・ブレーデプールは、彼を理解しようと試みてきたすべが、もはや絶たれたのだと思うとショックだった。そして、心の奥にあった相手への非難の気持ちが、たちどころに深い同情に変わった。

「きみにはほんとうに気の毒だった」ファン・ブレーデプールは言った。「あんなことになって。なぜ警察でぼくかハリス夫人を呼ばなかったんだ？　きみを助けられたかもしれないのに」

「ンコサン、ぼくにはわからなかった。それに、時間がなかったんです」

「なぜ裁判官に無実と言わなかった」

「ンコサン、ぼくにはわからなかった。自分が自分でなかったのです。頭にもやがかかっていて、ぼくの代わりに、裁判官ならきっと本当のことを知っていると思ったんです」

「でも彼は知らなかった。知っていたら、きみを懲役にしたりはしない」

「大勢の人たちが、ぼくを悪く言いました。あの人たちが嘘をつくと思いませんでした。ぼくは彼らに何も悪いことをしていないのだから」

「きみがほんとうに気の毒でしかたがない。初めから終わりまで、すべて誤解だったんだ。この件は、きっぱり忘れなさい。この件で、誰もきみのことを悪く思う人はいない。ハリス夫人も、きみが無実なのはわかっている」

「もう考えるのはやめます、ンコサン」ケノンはそう言ったが、確信のない声だった。

「ぼくにできることはないかい？」ファン・ブレーデプールの声は階下で勢いよく鳴る夕食の鐘の音にかき消された。ケノンは背を向けて行こうとしたが、ファン・ブレーデプールが待てと合図した。

「忙しいだろうから、引き止めないよ。でも、ぼくにできることがあるんじゃないか？　考えてみてくれないか。また明日、会えたら会おう」

「ンコサンにできることは何もないです。でも、お礼を言います」ケノンは手を頭より高く上げると、部屋を出て行った。

「可哀そうに。なんてことだ」ひとりになると、ファン・ブレーデプールはつぶやいた。「なんとかしてやらねば。そのうち必ず彼と話をしよう。きっと、立ち直ってくれるだろう」

だがステイン・ベルゲル・アンド・ストゥンプコフ社にとって冬は厳しい時期だった。この時期は大半の従業員が年次休暇をとるが、日常業務が減りはしないため、会社に残っている者は普段以上に忙しい。ファン・ブレーデプールは三日続けて深夜に帰宅し、また翌朝早くに宿を出て職場に向かわねばならなかったので、ケノンに会えなかった。ようやく時間ができて、ケノンの姿を探した時、取り乱した様子のミセス・ハリスと廊下で行きあたった。

「例のジョゼフですけど、出て行きましたよ、ファン・ブレーデプールさん。あなたには辞めると言ってなかったんですか?」ファン・ブレーデプールの驚いた表情に気づきもせず、感情を害した様子のミセス・ハリスは、ケノンが出て行ったのは彼の責任だと言わんばかりだった。

「いや、知りません。なぜ出て行ったんです?」

「まぁ驚いた！　だとしたら誰にも理由はわかりません」彼女は不機嫌そうに言った。「今朝、彼と少々言い争いをしましてね。それから姿が見えないんです。荷物は置いたままですけど。妙だわ。彼とは何度もやりあっています。それが理由だとは思えない。きっと何か別の理由があったに相違ないんです。彼がどこかヘンだと、わたし言いましたよね?」

彼女の言い方がファン・ブレーデプールを苛立たせた。

「もちろん、彼に何か問題があったに決まっています」彼は言った。「無実の罪で刑務所に六カ月も入れられて、尋常でいられるわけがない」

「とんでもない！　クロンボは別です。どんな刑罰も彼らには、アヒルに水をかける程度のもんです。

わたしら白人とはまったく違うんですよ。恥を知らないんです、あの連中は」

「また戻ってくる可能性はあります。今朝あなたが彼に何を言ったかによると思いますが」ファン・ブレーデプールは、ハリス夫人というより自分に向かって言っていた。「具体的に、何を彼に言ったんです?」

「ここのところ、とにかく手に負えなかったんですよ。あなたがいらっしゃらなければ、とっくに彼に暇を出していましたよ。前はあんなにいい子だったのに。皿洗いや調理場の手伝いを嫌がらずにやっていました。それが今朝、皿洗いを手伝うように言ったら、もろに拒絶されて、生意気に、自分は客室係で、皿洗いはしないと言うんです。よくもまぁ、そんなこと、このわたしに言えたものですよ。うちで引き取って、再雇用の口を与えてやったのに。よそでは刑務所を出てきた人間を雇うことなどまずありえないですから。彼にははっきり言ってやりました、クロンボのたわごとには我慢がならないってね。『調理場を手伝っていただけないのでしたら、ジョゼフさん』わたし言ってやりました。『とっととここを出ておいき』。今後、彼がわたしの前に姿を現したら、月半ばの人手のないときに辞めるような人間を、わたしがどう思うか聞かせてやります。最近のクロンボときたら、歯止めがないんですよ。例の扇動家たちと連絡をとっているに違いないですよ。警察によく調査してもらわなければ」

「でもミセス・ハリス、出て行けと言ったのはあなたでしょう!」ファン・ブレーデプールは叫んだ。

「それは、単に叱ってやるつもりでそう言ったんです。一カ月前の通知もなく、勝手に辞められると思うなんてうかつですよ」彼女は腹立たしげに言い返した。

間もなくファン・ブレーデプールは、ケノンの出奔に、ミセス・ハリスから聞いていたいきさつの他にも事情があったことを知った。翌朝、紅茶を運んできた使用人にケノンのことをたずねると、最近、黒人の召使いの男たちと、調理場と食堂付きの召使いとして雇われたカラードの娘たちのあいだで、激しい反目が続いていたことを聞かされた。カラードの娘たちは、ヨーロッパ人の血が流れていることを常に意識して、鼻にかけていたが、職場でも自分たちに特権的な地位を確保していた。彼女たちの言動は、黒人の男たちが劣った人種であることを、常に彼らに思い知らせるよう巧妙に計算されていた。どんなにささいな口論も、男たちを「野蛮人のカフィール！」と罵るよい口実になった。黒人たちの故郷の村では、男女の関係を規制する厳しいタブーが存在し、歴然とした男性上位の社会であるのを知っていたファン・ブレーデプールには、男たちが激怒するのも無理からぬことに思えた。

ケノンが宿を飛び出した日の前日、彼はいつものとおり、宿泊客の朝食の片付けを手伝いに調理場に降りて行った。仕事を終えると、彼は朝食をとるために召使いの娘たちと同じテーブルに座った。娘のひとりが遅れてやってきて、空いている席がないと見るや、ケノンの目のまえにやってきて、挑発的な態度で睨みつけた。ケノンは、彼女が目に入らないかのように食事を続けた。突然、娘は彼の肩をはたいて言った。「席を譲りなさいよ、このクロンボ」

「ふん！」と言って、彼はポリッジを食べ続けた。

「カフィールにお行儀を期待しようってんじゃないでしょうね？」ケノンの向かいに座った別の娘が言った。

ケノンはまたふん、と呻いた。

「そこをどきなさいよ、忌まわしいクロンボめ！」最初の娘がそう叫ぶと、ケノンを椅子から押しのけようとした。

「おれはクロンボだ」椅子にしっかりと座り直すと、彼は言った。「あんたはクロンボじゃない、ぜんぜんちがう！　白人じゃない。それもちがう！　だってあんたはブッシュマンの娘だろう！」

「あきれた！」娘は金切り声をあげた。「この野蛮人のカフィールが、あたしに向かってブッシュマンの娘だって！　このあたし、スコットランド高地連隊の兵士の娘に向かって！　そこをどけって言うのがわからないの、このクロンボ！」

ケノンはまたもやうなり声をあげ、椅子にしがみついた。

「神よ、聞き入れたまえ！　あんたを殺してやる！　見てなさい、あたしがあんたをどうするか」テーブルに置いてあるナイフをひったくりそうな勢いで、やみくもにまわりを見回したかと思うと、娘はいきなりまえかがみになってケノンの顔に唾を二度吐いた。騒ぎを聞きつけたミセス・ハリスが調理場に駆けつけなかったら、口論はさらに過激な展開になっていたかもしれない。

「おかみはそんな話一切しなかった」ケノンの出奔について、真相に近い話が聞けたことにファン・ブレーデプールは満足していた。「多分警官にも話さないだろう。話したところで、何かのたしになるとは思えないが」

だがそのとき彼の心には、半年まえまでは、その程度のことで逆上するケノンではなかったという思いが浮かんでいた。

第十三章

日曜の午後のポートベンジャミンは、長いあいだ街に垂れこめていた重い雨雲をやぶって太陽が射しはじめた。人々は数カ月ぶりに一斉に田舎へと繰り出し、市内の大通りは閑散としていた。ガバナーズ・ウォークはひときわ静かで、一台のタクシーがけたたましい音で近づいてくると、ミセス・ハリスの庭先の陽だまりに座っていた青年は、何ごとだろうと顔をあげた。車はいきなり門のまえで止まり、新しい宿泊客にちがいないと思いながら青年が見ていると、白人の運転手が窓から身を乗り出し、後部座席のドアを勢いよく開けた。降りてきたのは若い原住民で、鮮やかな紫色のダブルのスーツを着込んでいた。上着の丈は思いきり短く、ウエストに深いタックが入っており、極端に幅の広いズボンはうしろがスカートのように丸みをおびていた。足元は、つま先のとがった、白と茶のスエードのかかとの高い靴。明るい赤、黄、黒のネクタイを上着の上にゆるく結び、歩くたびにそれが風にとばされて首にまとわりついた。つば広のカウボーイハットを頭にのせ、片手に日本の杖を振りながら、初舞台のステージの上を行進する合唱隊の少年のように、おぼつかなさそうに庭を横切っていった。正面のドアのまえまでくると、彼は来客用のベルを鳴らした。

「ハリス夫人はいますか?」ケノンはドアを開けた使用人にたずねた。客の風采には見覚えのある部分とそうでない部分が同居していて、使用人はただぽかんとつったっていた。

「バディアクゴトラ二世が荷物をとりに来たと伝えてください」

昼寝の最中に起こされたミセス・ハリスは、船艦の出動さながらに、いきりたって玄関に向かった。

「正面のベルを鳴らしたですって？」彼女はぶつぶつ言いながらやってきた。「荷物をとりに来たですって？　彼を荷物に詰めてやりますよ！」

「何の用です？　しかも正面玄関のベルを鳴らすとは、一体どういうこと？」ミセス・ハリスはケノンの外観に面喰わされ、自分で期待したほど威厳のある口調になれなかった。だが突如ケノンの目のまえに現れた眠そうな強面の年配の女は、ありし日のおかみの権威を彷彿とさせ、彼女に逆らいもせずに従っていた当時の習性が、いまなおケノンを圧倒した。彼は丁重に帽子を脱いで挨拶した。「こんにちは、奥さま」

「何が『こんにちは』ですか！　ほんとうに性懲りもない子だね、おまえは！　今までどこで何をしていたっていうの？　いまさら、うちの正面玄関のベルを鳴らすとは、一体どういうつもりです？」

「荷物をとりに来ました、奥さま」ケノンはおとなしく答えた。

「荷物をとりにきたって？　涼しい顔をしてよくそんな厚かましいことが言えたもんだ。警察に通報されなくて、運がよかったと思うことね。ひと言の断りもなく出ていくとは、いったいどういうことです？」

ケノンは、おかみに追い出されたことを忘れ、おずおずと言った。「アウック！　奥さま。男というのは大抵そんなものです。ときどき、あたまがおかしくなるんです」

「よくお聞き」おかみはついにあたまにきて言った。「とっとと消えておしまい。そしてわたしの目のまえに二度と現れないでちょうだい。荷物が欲しいなら、裏に回ってメイドたちに言えばよろしい」

「でも、奥さまの推薦状がほしいんです」ケノンは、早々に引き揚げようとするおかみに向かって懇願した。

「ふん！　推薦状だって。誰が書くものですか」

「ぼくは良い使用人でしたよね？」

「良い使用人が聞いてあきれるわ」彼女は無理やり笑った。「刑務所帰りじゃないの」

「ファン・ブレーデプールさんに会わせてもらえないでしょうか？　奥さま」ケノンは最後の望みを託した。なかに引っ込もうとするおかみに詰め寄り、ドアのへりにしっかと手をかけた。

「ファン・ブレーデプールさんは、それは腹を立てておいでですよ。もう二度とおまえには会いたくないそうだよ」ミセス・ハリスはそう言って、ケノンの目のまえでピシャリとドアを閉めた。

後日、ミセス・ハリスがファン・ブレーデプールにこの出来事を伝えたとき、ケノンが彼に面会を求めたこと、それにたいして彼女がなんと答えたかには触れなかった。彼女は使用人を厳しく扱うことを信条としていたが、使用人たちの必需品で、彼らが一番手に入れたがっていたものは大抵彼女が持っていたので、この信条はみごとに守られていた。

十分後、庭先の青年は、木製の収納箱二個、古びた蓄音機、レコードの入った箱、狩猟用ステッキ数本、それに傘一本を詰め込んだタクシーが走り去るのを見た。青年は口をあんぐりさせて見ていたが、次の瞬間大声で笑いだし、口のなかでつぶやいた。「クロンボにもオシャレな奴はたくさんいたが、あんなに凄いのを見たのは初めてだな」

だが、ケノンにとっては笑い事ではなかった。その日の午後、ケノンは黙りこくって、ファン・ブレーデプールが以前に目撃した混血の娘の部屋に戻った。

ケノンはファン・ブレーデプールにアドバイスをもらおうとしたのだが、相手は自分に会いたくないとミセス・ハリスに告げていた。相手の態度を不当だと思いはしなかったが、それはケノンを深く傷つけた。予測や回避の余地のない何かが今また自分の身に降りかかっていた。もはや希望も絶望もなく、あきらめの心境だった。にもかかわらず、恨めしいのだ。この心のわだかまりは何なのか、考えれば考えるほど、わからなくなった。心に何かがわだかまっていたが、それは雲に隠れてみえなかった。

「自分が自分じゃないみたいだ」ケノンは首を振りながら、そうつぶやいた。

翌朝早く、彼は電車で故郷に向かったが、もはや心ときめくものはなかった。自分が欲しいものからどんどん遠ざかって行く気がした。だが何を求めているのか、彼自身にもわからなかった。旅のあいだ中、彼はまるで映画のなかの自分を見ているようだった。それは旅の終着点に始まり、旅立ちで終わる映画だった。停車場から彼の父親の小屋までの道のりはとても長く感じられた。靴が痛くて、首に流れる汗でシャツの襟がピタリと喉に貼り付き、息がつまりそうになった。木製の行李と蓄音機をそれぞれ両脇に抱えて歩くのにかなり難儀をしたが、大切な帽子をだめにしたくなかった。

両親や姉妹たちはケノンを見て大喜びし、彼は相変わらず自慢の息子だった。お祝いに二頭の山羊を殺したが、ケノンはもはや家にいても楽しくなかった。何週間かのあいだは、家族に服装や態度をほめられるのが嬉しく、気持ちも和んだ。狩りや踊りや歌に熱中し、心からそれを楽しんだ。仔羊や仔牛に焼印を施す手伝いをするのも楽しかった。だが早晩、あの落ち着かない気分が戻ってきた。何時間も何もせず、ただ小屋の壁にもたれて日光を浴び、何度も繰り返し同じレコードを蓄音機でかけた。父親の馬で鉄道の停車場に出かけては、電車がとおり過ぎるのを眺め、車窓の人々に晴れ着を見せびらかすのだった。そうした外出から帰ったあとは、ますます機嫌が悪く沈んでいることが多かった。家族が示す親切や気遣いにも、如才のないつくり笑顔でこたえたが、その表情は「みんなの親切はわかるが、ぼくにはなんの慰めにもなりゃしない」と言っていた。もはや徒歩では出かけたがらず、どこへ行くにも馬でなければ行こうとしなかった。

ある日、ケノンは馬で家から六マイルほど行ったところにある丘のふもとに出掛けた。エニシダの灌木の陰にすわりしばらく丘を眺めていて、さほど高くないのがわかると、歩いて登り始めた。頂上にたどり着く頃には息がきれ、古い見張りの塔の標識に腰をおろした。空気は澄みわたり、思いがけず遥か彼方まで見晴らすことができ、ケノンは目を見張った。しばらくのあいだ、地平線に連なってそそり立つ峰々を彼は眺めていた。「たしか、あの山だ。家を出た日に汽車から見えたのは」彼は思った。「なんて小さく見えるんだろう。片手で覆えるほどだ」

眼下の窪地に連なる丘の頂きには、いくつかの小屋が集まった茶色い円形が整然と点在し、それぞれが不規則な形をした耕地に囲まれていた。そこここに、白と黒の毛布で身を包んだ人が赤い道の上を落ち着いてゆっくりとしたペースで歩いていた。誰もがあてどのない旅人のように、見渡す限り広大な土地を渡っていった。広々とした眺めを一望していると、大西洋のまんなかで小型のヨットを発見したときの、汽船の見張り番の気分になった。ふと、この広大で肥沃な土地をどこまで歩いていっても、決して終着点に行き着くことはないのだという思いがよぎり、ケノンは言いがたい憂鬱に襲われた。時おり眼下で草を食む牛の群れから、数頭の仔牛たちが離れて行った。仔牛はひづめで草を踏みならして上ぼこりをあげたが、風の勢いが足りなくて空に舞いあがれず、蹴り上げた仔牛のひづめのそばにそれはふたたび落ちた。

「今から馬でゆけば」ケノンは考えた。「あの山々までどのくらいかかるかしら」。だが山を目指そうとはせず、気がつくと彼は、金曜の夜のポートベンジャミンの街を思い浮かべていた。他の何千という使用人たちと同じように、金曜の夜は仕事を免れ、にぎやかに街灯に照らされた大通りを、手に入れれば幸せになれるものがなんでも置いてある店先をのぞいて何時間でも歩き回った。彼は、陽気な一群の人々を思い出した。それぞれの意図が互いに交錯しあい、複雑な編み目模様を織りなしている。彼は、大勢の見知らぬ人間に混じって通りを歩いたときの高揚感が戻ってくるのを感じた。彼らがどんなむさ苦しい場所からやってきて夜中までにそこへ戻ってゆくのかも知らず、ただかりそめの姿を見ているのだ。それでもケノンは、人々が一様に魅力的な服装をして、屈託ない態度で往来する姿を心に描いた。またあの通りを歩くことさえできたら、人々の群れの奥から、ある声が呼びかけて来るにちがいないと彼は思い始めた。そして誰かが彼の腕をつかまえて言うだろう。

「おいでよ、ぼくがずっと探しつづけていたのはきみだ。ついにきみに会えた。おいでよ、ふたりで楽しくやろう」

数日後の朝、両親が起きてみるとケノンと馬がいなくなっていた。あとになって、ケノンが鉄道の停車場の商人に馬を売ったことがわかったが、彼の行方はわからなかった。ケノンの姉妹たちは、彼の蓄音機のことを今でも考える。彼女たちにとって、蓄音機はあの素晴らしいポートベンジャミンの数々の素敵なもののひとつだった。だが、姉妹はそのことに触れようとしない。蓄音機ともども、ケノンの姿も形も見えなくなったのだから。

ファン・ブレーデプールがケノンの家族よりも幸福であったかといえば、とてもそうとは言いがたかった。あの日の午後、ミセス・ハリスから、ケノンがふたたび姿を現し、また出て行ったと聞かされたとき、彼は二度とふたりが会うことはないだろうという予感がした。それがどれほど彼を暗澹たる気持ちにさせたことか！　一度など、黒人の召使いから、ケノンが内地の刑務所で長期の刑に服しているという噂を繰り返し聞かされたとき、彼は見るからに動揺していた。意識の奥深くで、忌まわしい罪悪感の種子が蒔かれた。ミセス・ハリスの宿での最後の日々にケノンが陥っていた状況は、単なる同情にとどまらず、何かそれ以上のものをファン・ブレーデプールに求めていた。彼は、ケノンの窮状が抜き差しならぬものであったことを、もっと早く見抜くことができなかった自分を責めた。彼をおいてほかに、ケノンに目をくばれる立場にいた者はいなかったし、ミセス・ハリスの与えてくれたいくつかの手がかりが、十分に警告を発していたはずなのだ。ファン・ブレーデプールは、当初は何の変哲もないものに見えたあらゆる些細なことがらの重要性に今ようやく気づかされた。

とりわけファン・ブレーデプールには、忘れられないケノンのある面影があった。日曜の午後のこと、彼は宿に仕事を持ち帰っていた。使用人の宿舎からは何の物音も聞こえてこず、人の気配はなかった。だが、窓を開けようとして近寄ると、意外にも使用人の部屋の入口にケノンが座っているのが見えた。ケノンには窓の開く音が聞こえたはずだが、彼は姿勢を変えなかった。両手で頬をはさみ、大きな黒い瞳でまっすぐまえを見つめ、誰かの視線に気づいている気配も、素振りもみえなかった。人を待っているのだろうと思い、ファン・ブレーデプールは机に戻って仕事をした。だが数時間後、外が暗くなり始めた頃、ケノンはまだそこに座っていた。すっかり暗くなっても、ファン・ブレーデプールが見たのはケノンのじっと動かぬ姿だった。ポートベンジャミンのとある裏庭の夕闇に消えていった、もの静かな黒人の姿が、このとき以来、ファン・ブレーデプールの心につきまとった。その姿は、助けることができるとすれば自分をおいて外にいないその青年を助けなかったことの象徴となった。遠い昔、個人教授に向かってひと言、「ですがブルックスマ先生、彼女は黒人ですよ！」と叫んで、原住民の娘などまったく興味のない自分を正当化しようとしたことがあったが、今の彼はそのときのように釈明しようとはしなかった。あの頃から思えば、彼はずいぶん遠くまで来ていた。

これはポートベンジャミンの外の世界では珍しいことではない。純粋に人間的な関心が、それに呼応する思想を創出する例はいくらもあるからだ。例えば惹かれあう男と女が、互いへの愛情から、それまでの人生の枠組みとは相容れない思考を生み出す。相手にたいする感情が、それまで蔑んできた関心や思想を容認する場となる。それは最初せいぜい点ほどの場にすぎないが、やがて膨れあがって、過去の自分を圧倒するほどの脅威となる。ファン・ブレーデプールのケノンとのかかわりはそれほど深くなかったにせよ、因習的な白人と黒人のあいだの障壁を打破するには十分だった。ポートベンジャミンの白人たちの心には、顧みられることのない荒涼とした回廊があって、それがヨーロッパ人を黒人やカラードの人々から隔てている。だがファン・ブレーデプールの心の壁には秘密の入口が生まれており、それをとおってひとりの黒人がひそかに入りこんでいた。彼の膝から下は野蛮人、膝から上は素晴らしく文明化されており、白人の身振りもいくつか身につけている。だがその心は？ 感情は？ ひとたび開かれた通路はこの先どうなるのか？

第二部

われわれの時代は、およそ一万年の歴史をつうじて人間がみずからにとって余すところなく完全に疑問となり、人間とは何かを人間が知らず、しかも自分がそれを知らないということを人間が知ってもいる最初の時代である。

マックス・シェーラー「人間と歴史」

第一章

　ポートベンジャミンの冬は足早に過ぎ、その後、夜ごとに大風が吹き荒れ、嵐に煽られる船のように街を揺さぶった。木々の黒く濡れた樹皮に新緑が芽吹き、まもなく並木道のあちこちに木陰を作った。空はこわばり、街の上空にはぴんと張りつめた空気が覆い、毎日がまるで巨大な鉄の球体に閉じ込められているようだった。家々の上空には、鮮やかだが、夢のように実体のない空気がたちこめていた。木と石と鋼鉄はもはや固体の体をなさず、煙霧の層や陽炎のなかで激しく揺れる色彩でしかなかった。海上では日がな一日、汽船がまっすぐに煙の尾を引いて、大西洋の長いうねりは防波堤に砕け散るのではなく、光の波に融けていった。夜ともなれば、深い闇が訪れ、星があざやかだったが、ひんやりとすることはなかった。ハリス夫人の宿では、陽射しが窓枠の塗装に気泡をつくり、木製の枠そのものをもたわめんばかりだった。ファン・ブレーデプールには、しばしば低音の音叉を耳に当てたときのように、昼間の空気の震えが聞こえる気がした。そして震えとともに深い焦燥感が、彼自身や、ポートベンジャミンの市民に伝わった。日曜日には、大急ぎで街を出ていく車で、通りは膨れ上がっていた。青白く硬い表情をした運転手や、つまらなそうな顔で、額に汗を浮かべた貨物車両の乗員を眺めていると、ファン・ブレーデプールには突然の暴動から逃げていく人々の姿と彼らが重なり合った。

　ある日曜日の朝、ファン・ブレーデプールは部屋で読書をしようとしていた。おもての使用人の宿舎から、蓄音機の単調な調べが繰り返し、陽炎の立つ外気のなかに流れ出していた。ファン・ブレーデプールは突然、ケノンのことが思い浮かび、ハリス夫人が彼の出奔を政治的扇動者の影響だと言ったことを思い出した。

「なぜそう思ったんだろう?」彼は不思議だった。「扇動家の連中、いちど見物に行ってみるか。こんな気分でいては、何も手につきやしない」

　外に出ると、午後の陽射しが容赦なく眼と耳を襲った。通りの向こうから、若い夫婦連れがやってきた。男は紺色のスーツを着て乳母車を押し、疲れてふさぎこんだその表情はあたかも隣にいる女性との生活に抱いていた大きな期待が完全に挫折しているかに見えた。傍らの女性は黒い服に、横にさくらんぼの房飾りのついた大きな黒い帽子をかぶり、血色の悪い、薄い唇の両端に不機嫌さをうかべ、彼女もまた、男に失望させられたという顔をしていた。乳母車に寝かされた、真っ白な赤ん坊の顔の、目の周りにたかったハエを、どちらも追い払おうともしなかった。ファン・ブレーデプールを見ると、とっさに男は妻に随分長いこと話しかけていなかったことに気づいたが、何を言っていいか思いつかず、気の抜けたか細い声でこう言った。「ねぇ、暑くないか? パンツまで汗グッショリだ」。まるで上手いジョークを言ったあとのように、そして自分たちはこれ以上ないぐらい幸せな世界で、もっとも幸せな夫婦であるかのように、彼は笑おうとした。だがファン・ブレーデプールとすれ違ってまもなく、夫はふたたび黙り込んだ。

　ファン・ブレーデプールはゆっくり歩きつづけ、シェパーズ・プレイスという広場に出た。そこは原住民のアジテーターたちが集会を開く場所だとされていた。最初はずいぶん人気のない広場だと思ったが、それもそのはずで、広場には直射日光が照りつけ、砂利を敷いた地面からはゆらゆらと陽炎が立ちのぼっていた。突然、大きな拍手がわきおこり、ファン・ブレーデプールは広場の奥の、シャッターの降りた果物の売店が並んでいるT字路を見つめた。T字路の一角の、広場で唯一の日陰に、大勢の人間の背中が見えた。そばに行って初めてその大半が黒人だとわかった。それぞれ完成度や成功度にばらつきはあるが、みな一様にヨーロッパ風の服装をしていた。ヨーロッパ人の若者が何人かいたが、どれも教養のなさそうな顔に、開襟シャツを着て、二、三人のグループを作って群衆に混じっていた。売店の並びの一角に置かれたテーブルの上に立った黒人の演説者が、何か明言するたびに、実際には稀であったが、ヨーロッパ人たちが大声で野次を飛ばした。テーブルの近くには、上着のボタン穴に赤いバッジをつけた黒人が数名いて、その近くにひとりの白人が顔を真っ赤にして演説の内容を一言漏らさず懸命に速記していた。その黒人の演説者はあきらかに前座だった。たびたび、「ドクターはどこだ?」「ドクターを出せ!」といった、悪気のない野次が飛びかった。ファン・ブレーデプールはなかなか聴講に身が入らなかった。遠くにぎらぎらと光る風景を見ていると、まるでひとつの人格にあたいするぐらいの、この残酷でゆがんだ午後の風景こそが、もっとも重要なものに思えた。

まもなく、演者が言った。「紳士淑女のみなさん」——女性の見物人はいなかった——「ドクターにご登壇いただくまえに、ご一緒に歌を歌っていただきたいのです。われわれがヨーロッパ人の集まりに行くと、必ず英国国歌の唱和を求められます。帽子をとり、ヨーロッパ人が歌い終わるまで、起立していなければならない。でも、あの曲はわれわれのものではない。われわれは、自分たちの歌を歌うのです。全ての諸君に、敬意を表していただきたい。それでは帽子をおとりください。アフリカ国歌斉唱です」ヨーロッパ人以外のすべての人たちが帽子を脱ぎ、深いバリトンで歌い始めた。曲は賛美歌のように始まり、中盤に向けて次第にテンポをあげ、高音域に達して、まるで戦闘の歌を思わせたが、最後はふたたび賛美歌に戻って、徐々に歌声が小さくなって消えていった。歌詞は、ファン・ブレーデプールのよく知らない原住民の方言だったが、その一部はこのように聞こえた。「待つこと長き者、アフリカよ！ いまこそ長い眠りから目覚めるのだ！」

「ずいぶんとまたご大そうなことだな。クロンボの奴ら」傍らの白人が言った。「いま壇に上がる男、あいつが親玉だ」

一分の隙もない服装をした原住民の男が壇にのぼり、新しい学生たちをまえに初講義に臨む気取った大学教授のように、もったいぶって周囲を見渡していた。無帽だが、高くて固い襟に顎がしっかりと固定され、体と同時にでないと首が回せなかった。襟元には一八九〇年代に流行した黒い絹のスカーフを巻いていた。胸が張り出して、腹はひっこみ、臀部のおおきく突き出した体型は、素嚢をふくらませ、下半身のぎゅっと締まったパウター・ピジョンにそっくりだった。彼が背をピンと伸ばし、手を上げて静粛を求めると、見物人から大きな喝采が起こった。「アウック！ ドクター！」

「紳士諸君、そしてご参集であれば、淑女のみなさん」そう言いながら彼は上着の裾に両手を差し入れ、つま先からかかとへ、そしてかかとからつま先へと体重を移動させて歩いた。「本日は重要な発表があります。画期的と言っても過言ではないでしょう。これは、まちがいなく諸君が初めてお聞きになる話です。だが、演説を始めるまえに、もう一度、アフリカの国歌斉唱をお願いします。さきほどの国歌斉唱は言語道断にまずい出来ばえでした。みなさん帽子をおとりください、そしてご参集のヨーロッパの同朋諸君、諸君が万国共通の礼儀作法に精通しておられ、卑劣で恥ずべき偏見と無縁であるなら、ご同様に願います」

ファン・ブレーデプールは、ドクターの英語の発音が、自分より達者なことに気づいた。そばで白人が言うのが聞こえた。「ひゃー、長すぎて言えやしない。ゴンゴドウダンって、ビル、おまえ、意味わかるか?」

国歌斉唱が済むと、ドクターはふたたび話しはじめた。「紳士諸君、もしおられたら淑女のみなさん、本日行う声明は、わたしの長年の困難な研究の成果なのです。謹んで申し上げれば、この研究結果に至るまでには、夜を徹しての研鑽の日々がありました。無理に無理を重ねてきたのです。今、確信を持って言えることは、今からお話しすることは決してみなさんにとって無用の長物ではなく、良心的な努力の結実であり、真実なのです。ご参集のみなさん! 同朋! 紳士諸君! そしてもちろん、淑女のみなさん。わたしの声明と言いますのは、この国の黒人は、この国の生まれながらのキリスト教徒であり、白人は異教徒、ペリシテ人〔古代パレスチナの住人でイスラエル人の敵〕、モアブ人〔聖書に出てくるモアブの子孫の古代セム人〕、バンダル族〔五世紀末に西ヨーロッパに侵入、ローマ文化を破壊したゲルマン系部族〕である、というものです。もし、今日、神から電報が届き、そこに『白人がキリスト教徒である』と書かれていたなら」——神がそうするのが当たりまえのように彼は言った——「その電報を送り返して、こう言ってやるでしょう。『神よ、いいですか。たわごとはやめて、よくお考えください』とね。わたしは続けます。『あなたはお忘れですか? 白人がこの国にやってきたとき、聖書を手にわれわれに近づいてきました。そう、彼らは聖書、われわれには土地がありました。今日、彼らが土地を持っていて、聖書はわれらの手にあります。哀れなことだと思いませんか、神よ?』神にとって耳の痛い話を打電し始めたこの日ほど頻繁に交信がおこなわれることは以後ないでしょう。『神よ、なぜ地獄の空気が鉄道の駅のそれと似ているか知っていますか？』知らないと言われたら、答えはこうです。『それはスマッツ〔南アフリカ連邦首相のSmutsと、ススを意味するsmutをかけている〕のような人間がひしめいているから』。そして次の質問です。『なぜ地獄への道は汚れたテーブルクロスのようなのでしょう？』神がわからないと言ったら、答えはこうです。『ステイン〔第二次スマッツ内閣の司法相のSteynと、しみを意味するstainをかけている〕のような人間がうろうろしているから』。さて、それでは諸君にお訊きします。われわれこそキリスト教徒であると言うのが正当だと思いませんか？　われわれこそ、困難な日に遭い、危険な日々を送っていないでしょうか？　われわれは抑圧されていないでしょうか？　結構です。だが、われわれが真のキリストの民だという理由が、もう一つあるのです」

空っぽの帽子からうさぎを取り出そうとする手品師のように、ドクターはひと呼吸置いた。

「キリスト自身が」組織のメンバーたちが声援を送るなか、彼の声明は続いた。「黒人だったのです！　諸君は驚かれるかもしれないが、わたしの長年の研鑽により、今やそれが一点の疑いもない事実だということに確信を持っています。これはきわめて確かな筋から得た情報で、典拠は、偉大なテルトゥリアヌス〔カルタゴの神学者（一六〇？―二二〇？）で、キリスト教教理の形成と、北アフリカのキリスト教に重大な影響を与えた〕その人です。白人の同朋諸君のなかに、この人物を知らない方がいらっしゃるといけないので申しあげますが、彼はキリスト教教会の創設者のひとりで、キリストがどのような話をされたかを十分知りえる程度に、キリストの同時代の人物です。このテルトゥリアヌス、キリスト教の重要人物ですが、かつて彼はこう宣言したのです（ラテン語で言うのは差し控えます。白人の同朋諸君を混乱させるだけでしょうから）、『キリストの母なる乙女マリアは黒人だったが、美しかった』。この『だったが』という言い方にご注目ください。このことは、わたしの説を、宿命的に裏付けているのです。この言い方は、かの偉大なテルトゥリアヌスが、乙女マリアが黒人でなければよかったと思っていたことを示していますが、真のキリスト教徒として、また正直な人間として、彼は名誉にかけて事実を述べねばならないと考えたのです。この点については、疑う余地はないと申しあげておきます。疑いというのは、無益な蛇足であり、放埒なヨーロッパ人が耽る贅沢であり、われわれのように勤勉で、抑圧されたキリスト教徒は放棄しなければならないものです。この国の、えせ牧師と呼ばれる人たちが黒人を転向させると言っているのを聞いて、わたしは陰で笑っています。彼らこそ転向が必要な罪人だからです。今日、神がこの国の牧師たちが何をしているかとたずねたら、わたしはこう答えるでしょう。『聖公会もオランダ改革派教会も、祈りや偽善と引きかえにパンを得ています。神よ、パンが何であるかおわかりですか? それは、黒人たちとその正直な労働、彼らに残されたわずかな土地と羊です。貧しい者の食卓にこぼれたパン屑さえも、金持ちは欲しがるのです。神よ、これは恥ずべきことではありませんか?』さて、紳士諸君、この国は両脚の関節がはずれています。全員が協力して矯正してやらなければなりません。われわれには神が味方についています。なぜなら、神の子は黒人だったからです。われわれがするべきことはただ一つ、一丸となって宣言することです。白人たちに奪われたものを、今度はわれわれが奪い返すのだと。彼らが機関銃や催涙弾を手に、銃剣をかまえ、警官を引き連れてやってきても、われわれは恐れない。神が味方だからです。われわれに必要なものは、主キリスト、団結、協力です。主キリストはわれわれとともにおられます。あとは団結と協力だけです。これら三つを求めるには、みなさんが、いますぐ、アフリカ労働組合に加入するだけでよいのです。そして、あとでまわってくる帽子に、できるだけたくさん小銭をいれてください」

ドクターの話に耳を傾けながら、彼の冗長な話がひとことでもわかる黒人が会衆のなかにひとりでもいるのか、ファン・ブレーデプールには疑問だった。だが見物人たちはみな熱心に耳を傾けているように見え、誰もが、ついに不正の原因が明るみにでるときがきて、彼らをここに導いたと感じていた。白人たちだけが野次をとばすのも忘れ、死んだタラのように口をあんぐりさせて演説者を見ていた。

「たいしたことじゃないさ」ファン・ブレーデプールはつぶやいた。「あのような男の訴えが誤ったものであっても。真の不満の種は残されたままだ。残されている以上、不満のある者は集結し、ときには死を免れないこともあるだろう。たとえみかん箱にのぼった人間が偽者であったにしても」。ケノンが救いを求めたのが、あの壇上の人物やその仲間のたぐいであったことにファン・ブレーデプールは愕然とした。

ややあって、彼は赤いバッジをつけたメンバーのひとりに、先ほどの歌の歌詞をたずねることにした。相手が答えようとしたとき、組織の別の男がふたりのあいだに割って入り、手荒く脇へ押しのけた拍子にファン・ブレーデプールの持っていた鉛筆が弾け飛んだ。

「白人がいったいおれたちに何の用だ?」男は怒鳴った。

不意打ちにあったファン・ブレーデプールは、体勢をたてなおそうとしながら鉛筆を拾いあげ、さきほどの男は無視したまま続けた。

「さっき何と言いましたっけ?『ヴカァ〔Vuka: ズールー語で目を覚ますの意〕』でしたか?」

「おれは白人は誰も信用しちゃいない」さきほどのけんか腰の男がそう言ったが、その声に、自分の非を認める痕跡が認められた。ファン・ブレーデプールはなお無視し続けた。

「旦那のことを言っているわけじゃない」また同じ男が言い始めたが、わずかに狼狽している様子が窺えた。「白人全般のことを言っているんだ」。ファン・ブレーデプールが依然として彼を無視しているので、男はこう言い足した。「悪気はなかったんです、旦那。それじゃ、これで」

彼は逃げるように立ち去った。

ファン・ブレーデプールは、最初の原住民の男から、歌詞を最後まで聞き出すことができなかった。些細な出来事だったが、このことはファン・ブレーデプールに深い印象を残した。彼にはそれが悪い予兆に思えた。黒人や有色人種にたいする偏見に始まるものは、早晩、原住民やカラード〔十七世紀中葉にケープに入植したオランダ移民と、先住民や奴隷との混血によって生まれた人々の総称〕の人々の白人にたいする偏見に終わるだろう。救われないのはどちらだろうと彼は思った。

歩いて家に向かっていると、大勢の人の流れが、潮が満ちるように、ポートベンジャミンに戻って来た。通りにはたえまなく人と車が往来し、たいていどの車にも、遠くのビーチで日に焼けた顔がのぞいていた。歩道には、日曜日の晩餐の給仕をしに急いで家に帰る、よそ行きの服を着た召使いたち、白いスポーツウェアに身を包み、テニスラケットやゴルフバッグを手にした若い男女、教会に向かう黒い服装の年配の人々が歩いていた。まだ暑かったが、ポートベンジャミン上空の大気は、一日じゅう街を苦しめていた熱さへの怒りにわき立っていた。突然の強風が、山の上にひとしきり吹き、分厚くねじれた雲の一群をふもとの街に送り込んだ。山頂で吹き荒れる風が、あまりに湿って重たく、ポートベンジャミンの上空は無風または至軽風が吹いていたので、雲は崖を急降下し、途中の岩に跳ね返っては周囲に飛散し、あの想像を絶する、巨大なナイアガラの滝の飛沫のようだった。旋回し、ねじれる大気に運ばれて、いくつもの教会の鐘の音が、その大きな金属的な音を、震わせては鳴り、鳴っては震え、まるで激しいヒステリーの真っただなかだった。どこかの中世の都市で、不可避の災害にたいして人々に祈りを促す鐘の音が鳴りひびいたように。

彼はひどく動揺していた。いったい彼に何があったのだろう? なぜ、身のまわりの出来事がこれほど身にこたえるのか。たったいまシェパーズ・プレイスで目撃した光景を、なぜその場にいた他のヨーロッパ人たちのように、軽く受け流せないのか。つまり、一笑に付すか、せいぜい野次のひとつも飛ばして終わりにできないのか。彼の人生へのケノンの出現で、ファン・ブレーデプールの目が非常に偏った、特定の見方をするようになったために、彼自身の孤独とも相まって、人間の挫折や不満から目が離せなくなったのだろうか。そして多分、これは彼に限ったことではなかった。おそらく他の大勢の人々の見方も、同じように集中し特殊化しただろう。彼はとっさにシェパーズ・プレイスで、長広舌をもって鳴らす扇動家と、彼をとりまく熱心な聴衆を思い浮かべた。人々が参集したのは、演説家が賢明な人間で、彼が自分たちを助けてくれると信じていたからではなく、彼が根拠のない仰々しい演説をぶちながら、自分たちの苛立ちの不可解な原因に照明を当ててみせてくれると感じたからだった。われわれは医者をそれほど信頼していないものだが、彼らが病気の原因究明にあたるという理由だけで、誤診がままあるとわかっていても、病気になると医者にかかろうとするのだ。ファン・ブレーデプールは、子どものころに叔父が言っていたことを思い出した。年寄りのボーア人の農夫たちが日がな一日、穏やかで幸せそうに玄関ポーチに座っていたものだと。彼らはコーヒーを飲み、パイプをふかして愚痴のひとつも言わず、自分たちの過去にも未来にも満足していた。あのポートベンジャミンのレストランや映画館を息が詰まるほど埋め尽くしているもったいぶった人間たちが、半時でさえひとりで座っている姿を、彼は想像できなかった。だがひとりになると、とたんに彼らはファン・ブレーデプール同様、偏った考え方に傾き、人々に共通の窮境の秘められた原因に、目を向けずにはいられない。そして、このような考えは、誰しも避けて通りたいのだ。もっと時間がほしい、もっと余暇がほしい、と彼らは日々声高に要求する。だが、ひとたび欲しいものが手に入ると、あらたな性急さの虜となり、決して逃れられないのだ。人々は睡眠薬を求めてわれがちに殺到しはじめる。彼らは自分に背を向け、日々の現実から逃げ、スポーツや映画館や本に逃避する。そうした娯楽は、誰もが自分の行為の報いを受けなくて済む魔法の国に、彼らを運んでくれる。人々の陽気な快活さは、おそらく子どもたちのそれを除いて、ファン・ブレーデプールの目に、内心の憂鬱を偽り、粉飾しただけのものに見えた。

彼が思うに、教会や革命を形づくるものに感情という実体があり、それは二つの種類に分けられる。一つは、人々がミカン箱のまわりに集まる心理を生む一連の感情、他方では、祈りを捧げるために人々を教会に向かわせる感情だ。前者は社会というものが個人に強いる欲求不満から生まれたものだろう。後者は、人間が神に祈りを捧げなければ、個人、個人と社会、さらには人生全体が、常に自然の力による気まぐれな介入を受け、ときには絶滅することさえあるという、漠然とした信念から生まれている。これが、叔父が語っていた老人たちの穏やかさの理由だったのだろうか？ 彼らの穏やかさは、自分たちの社会と祈りへの信念から生まれたものだったのだろうか。ポートベンジャミンでは、人々はそのいずれも、もはや信じていなかった。したがって、社会や宗教が提供するサービスに支払う代価が変わらない一方で、それらの価値は下がっていた。「この街では」ファン・ブレーデプールは思った。「暮らしは表向きは秩序という形をとっているが、その実態はカオスだ」

突然、「フェルハレーヘン」（「はるかに遠い地」の意）の廊下に飾られていた一枚の絵が彼の心に浮かんだ。その絵は、ファン・ブレーデプールの父親がオランダから持ち帰ったもので、彼が亡くなったときに叔父のウィレムに受け継がれた。ヨハンはこの絵に強く惹きつけられていた。家にある唯一の画家の真作として、他のどの絵よりも皆の注目を集めていたその絵に、子どもの彼はいやでも夢中になった。カンバスはたいそう古く、どっしりとした金の額に縁どられ、それが絵の最も微妙で仔細な色調を引き出し、支えているようだった。叔母は、召使いたちに決して絵に近寄ることを許さず、しばしば二時間ほどもかけて額とガラスを丁寧に、繊細に、ほとんどあがめるように磨き清めた。

フェルハレーヘンに来客があると、マルガリータはきまってこう言うのだった「みなさまに、ぜひわが家のデ・フロートをお見せしますわ。れっきとした本物の、デ・フロートです」。はるばるオランダから取り寄せたタイルを敷き詰めた長い廊下を、客の先頭にたって進み、彼女はまっすぐに絵のまえに立った。背が高く、王室の家庭教師のように誇り高く背すじを伸ばして彼女は言った。「みなさま、どうか近づきすぎないように。わたくしの隣でご覧ください。ここから見るのが一番です。どうです、素晴らしいでしょう？ 自分で言うのはおかしいですが、世界中にこれほどの名画があろうとは思えません。なんて美しいディテール、そしてデッサンの正確さ。まるで血の通う肌そのものではありませんか。ただただ、驚きでしょう？ 幼い女の子の手の中指の爪をご覧なさい。この輝き、わかりますか？ 何とも可愛らしいじゃありませんか？」

彼はその絵を実によく覚えていた。それは、スクルダスグラフト運河に沿った、ライデンの街の通りの一角が描かれたものだった。わずかに見える運河の水面は光り、悲壮感が漂うほどの静謐を湛えていた。二本の古木が運河に枝を垂らし、互いに枝をからませながら、カンバスの上部に届き、やがて、刺繍をした漁網を通して見るように、中央に描かれた家が現れた。絵の一番上近く、ところどころ雲のかかった空に向かって、切り妻が物憂げなリズムを放っていた。下のほうには、家々のレンガの壁が、煙るような木々の影の間で光っていた。絵の中央には、家の片側の、大きく開かれたドアの先に暗い廊下が伸び、その奥にぼんやりと光の射した小石で舗装された中庭がのぞいていた。戸口では微笑ましい、ごく当たりまえの光景が描かれていた。十八世紀初頭の服装をした母親が小さな女の子に、首の細い陶器の瓶を手渡していた。どちらの人物の顔も明るく、満たされ、世界一幸せな母娘のように見えた。背景の壁のレンガでさえ、温かい家庭的な輝きを放っていた。

その絵には、自分の人生に欠けているすべてのもの、すなわち、信頼、安心、落ち着き、満足といったものがあるとファン・ブレーデプールは思った。絵のなかのこれらの要素が、画家自身に由来するものでなかったことは間違いない。というのは、叔母の得意の説によると、画家は手に負えない放蕩者だったらしい。明らかに、画家が自分の生きた時代に顕著な特徴をおそらく無意識に表現したものだろうと思われた。落ち着きと安全の色濃かった時代に、画家の無秩序の感覚は消滅させられたか、伝統的な秩序のうちに居場所を与えられたのだ。

ファン・ブレーデプールはまた、叔母が初めてブルックスマ教授に家のなかを案内したときのことを思い出した。おずおずとふたりについて行った彼は、マルガリータ叔母が、実際に教授の注意を絵に向けようとするまえに、老教授が大慌てで振り返ったために、タイル敷きの床に足を滑らせ、絵に突っ込みそうになったところを目撃した。

「なんと！」老人は叫んだ。「これはまぎれもない本物ですな！　すばらしい！　本物のデ・フロートだ！　この暗黒の大陸で、これほどの光に出逢おうとは、思いもよりませんでしたな」

自分が皮肉なお世辞を言ったばかりか、叔母の得意分野を侵害していたことにも気づかず、老教授は同じ調子でつづけた。

「いい絵だ！　実にいい！　見ていて幸せになります。絵そのものが、大きな喜びであるうえに、こちらが期待していなかった分、さらに喜びは大きいのです。わが国の天才画家の絵が、小売商人の手に渡って、また別の商人へと売買を繰り返すだけでなく、家庭という手入れの行き届いた場で、煩雑ではあるが心やすまる暮らしの、一家団欒の場におさまるのは嬉しいことです」

一枚の絵にすぎないものを、複雑微妙な角度から鑑賞するところは、いかにも老教授らしかった。

「実に愉快な気分です。ご覧なさい、この絵には、オランダの暮らしの本質、その素晴らしさのすべてが描かれています。ここに描かれた人びとの表情には、生来の迷いのなさ、落ち着き、そして確信に満ちた性格がうかがわれます。思い起こしてみてください、わが国が、スペイン王フェリペにたいし戦いを挑み、勝利したことを――すべてはそこから始まったのです。わが国の強さの偉大な要因のひとつはそこにあるのです、つまり、われわれの信念は揺るがず、それが真実かつ正義であることに一瞬も疑問を抱かなかった。もしもわれわれが不服で、当時の過激主義者〔Bolshevik=ボルシェビク〕たちから結局のところわれわれは聖書の信憑性そのものではなく、その一解釈をめぐって戦ったにすぎず、宗教の本質ではなく、単にその粗探しをする正当性を述べたてただけであると揶揄されたなら、そして例えば、運命予定説と自由意思が相容れないことについて頭を悩ましたのであれば、アルバ公の軍勢のまえにたちまち霧散していたでしょう。だがこの絵が描かれた当時はまだ、オランダ国民にとってあらゆる人生の謎がまるで科学の理論のように、あるいは一面に咲き誇るチューリップの花畑のように、明快な姿で確実に解き明かされていたのです。われわれの学説に解明できない謎や問題や不安は存在しませんでした。こうした信条が、どれだけわれわれに確信を与え、計り知れない満足と繁栄をもたらしたことか。この絵が描かれた時代は、レンブラントの感性からいかに遠く隔たっていたか、考えてごらんなさい。レンブラントは、彼の想像力を、われわれが徐々に抜け出てきた暗黒の中世から、切り離すことができなかった。彼の意識は常に薄暗く翳り、その影はパレスチナの十字架に射す一条の光によってのみ破られるのです。そして突然影は消え去り、われわれはこの絵のなかの光と静謐の世界にいるのです。あの堅固な家並みをごらんなさい。そのシンプルで調和のとれた発想！こういう家々はもう見られなくなりました。こうした家々を、われわれの知る純然たるゴシック建築の作品と比べてごらんなさい。そこに見られるのは、希望と絶望、神秘と啓蒙のあいだを炎のように揺さぶられ、苦悩する画家の精神なのです。希望と絶望そして救済への引き裂かれた切望が、ゴシック様式の大聖堂の尖塔のように、心を占有するのです。だが、この絵は、そして家々は見る者に安らぎを与えてくれ、それこそ平和の真髄である秩序を感じさせます。雲ひとつとってごらんなさい。いまにもどこかで北西の強風がわき起ころうとしているが、そうした強風が吹きあれても、絵のなかの運河は空に向かって静けさを湛え、ドアの大きく開かれたあの家は、暗く謎めいた宇宙にたいして、秩序、平穏、そして幸福を湛えているのです。そんな世界はいったいどこにいってしまったのでしょう？」

老人の情熱的な語りは、彼の話がたいていそうであるように、筋書はなく即興なのだが、ヨハンの叔母の自尊心を少しばかり傷つけ、彼女は短く礼を述べた。「大変興味深いお話ですこと、ブルックスマ先生」。ふたりが去ると、ヨハンはもう一度絵をながめた。その家のドアは大きく開かれ、はっきりとなかへ招き入れるように開いていた。ヨハンは絵が描かれた時代に生きていた人々が羨ましかった。その当時は、絵のなかのようなドアが何千とあって、そのうちのたったひとつを通れば、さきほど老教授が語ったすべてがそこにあったのだ。

最近では、彼の思考や感情の根底に、常にこの気分が横たわっていた。彼は相変わらず規則正しく勤勉な生活を送っていたが、仕事にも余暇にも心は満たされなかった。一日の仕事が終わるのを待ちかねたように下宿の部屋に戻るが、そこに片時もじっとしていることができなかった。彼は頻繁にポートベンジャミンの街をあてもなくさまようようになった。映画館や劇場やレストランから流れ出てきた人々が、さっさと少人数のグループに分かれ、すぐに気安い間柄になる様子を眺めていた。実に不思議なことだ！　彼の交友関係は、そのなかにはシマリングもいたが、数は多くなく満足を与えるものではなかった。彼は概して自分の友人たちのことを、彼自身の自信のなさや、迷い、自己嫌悪を体現しているとしか思えず、彼らのことが好きではあっても、それ以上の意味はなかった。ヨハンが自分への監視を一瞬でもゆるめたなら、第二のシマリングになりかねないと感じていた。そして、自意識過剰で、不本意な、二流の音楽家になるぐらいなら、一流の船積係でいたほうがましだと思った。だが自分の人生になくてはならない何かが欠けていること、スティン・ベルゲル・アンド・ストゥンプコフ社のきまりきった日常のなかで何かが枯渇しそうなことに、彼は気づいていた。だが、彼に何ができただろう？

夜、ひとりさまよいながら、この問いがあたまから離れなかった。ポートベンジャミンの遊歩道を歩くとき、答えが見つかるまでは部屋に帰れないと思うことがしばしばだった。海岸沿いに並んだ緑色の鉄のベンチに、みすぼらしい服装の男たちが膝を顎につけるように折り曲げ、暖をとるため新聞紙でからだを巻いて寝ていた。ファン・ブレーデプールは同じベンチに腰掛けて、岩にあたって砕ける波の音を聴いていた。その同じ海で、ヘロドトスの言葉が真実なら、かつてフェニキア人のトリガイの殻を貼りつけた船が波に突き上げられ、アルブケルケ〔ポルトガルの第二代インド総督（在任一五〇九―一五）〕とアルメイダ〔初代インド総督（在任一五〇五―〇九）〕の大艦隊が前線に赴いたといわれている。背後のポートベンジャミンは、この謎に満ちた長大な大陸の突端で燃えさかる火さきなのだ。その一方で、八千マイルの彼方の中国と日本では、六億もの人々が明るい太陽の下で暮らしている。彼は、虚無と破壊が、黒々とした満ち潮となってじわじわと彼の上に這い上がってくるのを感じた。彼はすでに人生の半ば近くが過ぎたと考えていた。「ぼくの生きた痕跡などあるだろうか」彼は思った。「自分以外の誰の迷惑にもならず、ある程度の根気と誠実さがあり、月に二十ポンドの給料と、前科はなし、迷いだけは人一倍ということを除いて、ぼくに何があるだろう? だがこんなふうに悩むのは、ひとえに心のゆがみなのかもしれない。ぼくが見ている世界は、心の反映にすぎないのかもしれない」

答えのないまま、夜ごと部屋に戻った。彼はついに自分の不安と焦燥を受け入れ、もう自分に問いかけることをやめた。そしてこころの平安を渇望することをやめ、いつかそれが叶うと夢見ることさえしなくなった。

第二章

ポートベンジャミンに来て五年が過ぎていた。五年という時間は短いが、個人の一生にとっては長い。いろいろな変化が起こっていた。街の郊外では、急速に古い樫の大木の森林が伐採され、その跡に、赤い屋根の小さな家々が何列も並んで建てられた。性急な開発計画により建設された住宅群は、見た目に新しいが、いいようのない単調さとうらびれた印象を免れなかった。波止場は拡張され、ポートベンジャミンの港は、外航船舶の入出港船舶数がほぼ倍増に近い数字を誇った。街の労働力を補給するために、北方より電車で毎日、途方にくれた、素朴な黒人たちが山のように運ばれてきた。農業が不振になるたびに、何百という貧しく、技術も教養もない白人の家族が都会に流入した。ビジネス地区に近い、ポートベンジャミンの港は、ありとあらゆる種類の人間であふれかえっていた。人々は不幸だけを共通項として寄り集まり、無防備さがお互いを結束させていた。夜になると、公共の広場はみすぼらしく、空腹で、当惑した人々で埋め尽くされた。彼らは、社会問題の解決策について口達者な演者が語るのを期待もせずに聞いていた。黒人が大部分を占める労働者と警察の衝突がますます頻繁になっていった。だが、ポートベンジャミン市議会は、市がかつてないほど繁栄していることを、海外への貸付の増加と不動産の評価額の上昇を示す数値を挙げて報じた。

いまではポートベンジャミンの目抜き通りには必ず映画館があり、子どもだましのムーア風の宮殿を模した建物には、クッション付きのビロードの椅子、分厚い絨毯、フラシ天のカーテン、電子オルガン、それに制服を着た案内係がいた。多くの映画館には託児所が設けられ、いつも子どもたちを公園に連れて行っていた母親たちが、制服を着た保育士たちに子どもを預けて、気軽に映画を楽しめるようになった。広々としたバルコニーのカフェからは、目抜き通りを見下ろせ、どの店もひっきりなしにお客がやってきた。彼らは日がな一日、冷たい飲み物をゆっくりと楽しみながら、「バルセロナの闘牛士」「ルーマニアのジプシー」「スペインの吟遊詩人」「チロルの山岳民」のそれぞれに扮した、太ったはげ頭のミュージシャンの演奏に耳を傾けていた。

ステイン・ベルゲル・アンド・ストゥンプコフ社は繁盛していた。あのカレル・ステインがオフィスに姿を見せることはほとんどなく、いまでは公的機関の委員の仕事や、ロータリークラブの「超我の奉仕」についての講演に忙しかった。

週末になると、人々はポートベンジャミンから田舎へ溢れ出し、通りには車の列が黒々と続いた。木陰のある場所ではどこでも、魔法瓶と蓄音機を備えた、完璧なピクニックが行われていた。教会はほとんど人がいなくなったが、スピリチュアリスト派、全身浸礼派、ハレルヤ・ハイステッパーズ派は着実に信徒の数を増やしていた。市議会によれば、ただひとつ不振な分野があり、それはシマリングが所属する市のオーケストラだった。コンサートの収益は着実に減少し、市議会はたびたびオーケストラの指揮者に採算がとれなければ、オーケストラを廃止すると警告した。

ミセス・ハリスの宿では、変化はそれほど極端ではなかったにしろ、現実であることに変わりはなかった。ケノンとその同僚たちの頃と比べ、いまでは二倍の数の使用人が働いていた。ガバナーズ・

ウォークの通りの反対側まで別棟が広がり、宿泊料金や下宿代も値上がりした。

同じ連隊の仲間と一夜酒を酌み交わした翌朝、マスタード少佐は、椅子に座って死んでいるのを発見された。ミセス・ハリスの妹は相変わらず毎年会いにやってきたが、以前に一度連れてきた女の子はもうほとんど大人の女性だった。毎年のように五年間、彼女に会っていたファン・ブレーデプールは、あるとき、彼女がもはや子どもではないと知ってショックだった。少女の変貌はごく自然なことだったが、彼を驚かせ、やや憂鬱にさせた。

ある夜、ファン・ブレーデプールが宿に戻ると、一通の電報が彼を待っていた。「サクジツ　オジシキョス　ホンジツソウギ　オバヨリ」。葬儀にはもう間に合わなかったので、急いで休暇をとって家に帰ると返事を送った。次の郵便で叔母より、彼の申し出を固辞する内容の手紙が届いた。おまえの気持ちは嬉しいけれど、仕事を休むなど思いもよらないことです。おまえにできることは特にありません。叔父さんの埋葬も済み、財産のことは信頼できる弁護士に任せています。すべて落ち着いたら、必ず会いにゆきます、と書かれていた。

数カ月後に叔母はやってきて、ファン・ブレーデプールと一週間を過ごした。もっと長くいたいのだけれど、と彼女は言った。高齢の兄がオランダにいて、いつ逝かれてもおかしくないから、その前に一度会っておかなくては。

自分の過去に対して、叔母が苦々しい思いを滲ませたのは、ただの一度だけだった。それはかすかなしるしほどのものだったが、叔母をひどく不愉快にさせる場面で露呈したため、叔母の思いをそれ以上臆測するのは危険かもしれなかった。

ヨハンはこれから叔母をのせてオランダに向かう船の船上で、彼女に別れを告げていた。叔母にとって、それは人生で二度目の長い船旅だった。四十年以上もまえの、初めてのときのことを、彼女はヨハンに話して聞かせた。当時の彼女は若い妻で、夫とヨハンの父母と一緒に船に乗ってポートベンジャミンにやってきた。

「港などと呼べるものはなく」叔母は言った。「船の乗客は全員、船から降ろされて小さなボートで波打ち際まで漕いで行きました。そこへ、大きなからだの土人が、水をばしゃばしゃかき分けてボートのほうへ近寄ってきて、わたしたちを巨大なかごにのせて岸まで運んだのです。みな順番に運ばれていき、おまえの母親の番になりました。巨大で真っ黒な生き物が、ニヤニヤ笑いながら自分のほうにやってくるのを見た彼女は恐れおののいて、父親にこう叫んだそうです。『わたしを悪魔に渡さないで！』。そして……」突然話をやめて、叔母はヨハンの腕をつかんだ。若かった頃、希望と期待に胸をふくらませてポートベンジャミンにやってきた四人のうち、残ったのは自分ひとりだということに突然気づいたのか、またはヨハンとの別離の悲しみに動揺したのか、彼にはわからなかった。ただ、いまでも変わることのない穏やかで落ち着いたイメージとなってヨハンの心に焼きついている叔母の穏やかなブルーの瞳が、突然潤んだ。彼女が何か言うまえに、すぐそばで船の銅鑼がドーンと鳴り響き、一発のサイレンが、長々と悲鳴のように鋭い警報を発した。叔母は努めて平静を取り戻そうとして、ヨハンに低い声でこう言った。「ハンスや、わたしたちがこの国に来たことは大きな間違いだったのです。この国に来て、よいことは何もなかった。根無し草になることは誰のためにもよくないことなのです。頭は切り替えられても、血はそう簡単にはいかないのです。頭は忘れることができても、血は決して忘れないのです。おまえもそのうちオランダに呼び寄せなくては」

ヨハンがマルガリータに会ったのはそれが最後だった。数年のうちに、叔母も亡くなった。叔母が亡くなって、彼の孤独感はいっそう深まった——それは頭というより血のなかに流れる孤独に思えた。

ある午後、仕事帰りの路面電車のなかで、そうしたことに思いを巡らせていると、すぐそばで人の動きを感じ、ファン・ブレーデプールは思わず目を上げた。彼の座席は電車の二階の最後部寄りにあり、彼の後ろに一、二箇所の空席がある以外、ポートベンジャミン市の条例で原住民と混血の人々のために指定された四列の座席には、他に空席はなかった。若い女性が乗り込んできた。彼女は、ファン・ブレーデプールの後ろの席に座ろうとして、躊躇しているようだった。あきらかにどうしようかと迷いながら、彼女は一瞬立ち止まったが、隣同士になる黒人の男を見て思い直し、吊り革に手を伸ばした。よくある光景ではあったが、ファン・ブレーデプールは反射的に女性の行動に注目していた。他の乗客は、ほとんどが中年の男性だったが、こちらを振り返って、女性のほうを見たり、乗客どうしがお互いを見比べていた。最初のうち彼は、これはまだ序の口で、このあと、いつものように四、五人の男性が自分たちの席を譲ろうと勢いよく立ちあがる光景を想像していた。だが、いつもと違ったことが起きていた。乗客たちは相変わらず前を見つめて座っていた。一、二分後、電車のなかの空気にビリビリと電流が走った。隣どうし座っていた白人の男がふたり、突然すっくと立ち上がり、ものも言わず、固い表情で、電車の端まで歩いていくと、さきほどの女性が立っている場所のすぐ横の座席までやってきた。そこで、片方の男が、座席に座っている黒人に言った。黒人は若いインド人で、頬のこけた顔に優しい茶色の目をしていた。

「ちょっと、そこをどいていただけませんか?」

「なんでです?」当惑した表情でインド人が聞き返した。

「なんでだかわかるだろう!」白人の声に込められた怒りに、今度はファン・ブレーデプールが当惑した。

「このご婦人は、席を探している」連れの白人が言った。この男のほうが小心者で、相手をなだめるような言い方をした。

「席なら十分あります！」インド人の青年は反論した。民族的な直感によって彼は用心しなければと思い、動揺を隠すために生意気な態度をよそおった。ファン・ブレーデプールは青年を気の毒に思った。彼にはインド人の青年が自尊心と恐れの板挟みになっているように見えた。

「彼女がそこに座れないことはわかってるだろう！」最初に口を出したほうの男が叫んだ。

「さっさと席を立て。つべこべ言うな」

「そんなにこのご婦人に席を譲りたいのなら、あなたの席を譲ったらどうですか？」若い男はけんか腰だった。

「なんだと？ そこをどいてもらおう。いやが応でもだ」男は金切り声で叫び、インド人の上着をぐいとつかみ、座席から引きずり出そうとした。

「この席は、非ヨーロッパ人専用です」そう言うと、青年はますます座席にしがみついた。

「どうか、もうやめてください！」女性は目に涙をためてうったえた。

「いいえ、マダム」インド人を強引に椅子から引き離そうとしながら、男は小声で言った。インド人は、前のめりになって、左右の肘置きにしがみついていた。「いいえダメです、マダム。いい加減、この黒人たちに自分たちの居場所をわからせるべきです」

彼はインド人の上着を思いっきり上に引っ張りあげた。ジャケットの襟が破れ、白人の男は反動でよろめいて後ずさりし、反対側の座席にどさりと崩れおちた。周囲の黒人の男たちの顔が喜びの笑顔に輝くのをファン・ブレーデプールは見た。椅子に倒れた白人の男も黒人たちの表情を見たのか感じとったのか、自分がばかにされたとわかると、ますます激昂した。猛然ととってかえし、真っ青な顔に息を切らせながら、インド人の胸ぐらをつかんで席から引きずり下ろそうと奮闘した。だが、若者はしっかりと椅子にしがみついていたので、洋服がビリビリに破れただけだった。

ちょうどその時、ひとりの白人の若者が前のほうの席を立って、もみあうふたりのほうへ歩み寄った。断固とした、だが緊張した面持ちだった。彼は目立って背が高く、あまり高いので電車の天井に頭をぶつけないように、かなり前かがみになって歩かねばならなかった。そのせいで、落ち着いて慎重な態度の根底に、本質的に神経質でずる賢さに近い性分が潜んでいるという印象がなおさら濃くなった。ファン・ブレーデプールにとって最も印象的だったのはこの男の目だった。並外れて大きいだけでなく、馬の目のようにやや飛び出していた。だがそれは非常に生き生きとしていて、神秘主義者の情熱を宿した目に似ていた。それは、決して憩いを得ることはないが、信念を持つ者の目にちがいないと、ファン・ブレーデプールは思った。そうはいったものの、この人物の外見にはどこか少女を思わせるところがあった。格好は、粗末な服装に、意図的に庶民的な身なりをしていた。だが、顔や手の肌、そして髪には透明感があり、肌理《きめ》が細かく、肺病を病んだ少女のようだった。彼の性格同様、その両手は片時もじっとしていなかった。

その男がそばに来たとき、ヨーロッパ人のほうはインド人を席から引き剝がすことをあきらめ、姿勢をただし、喘ぎながらこう言った。「そうか、言うとおりにしないなら、これでもくらえ!」

彼はインド人の顔面めがけて殴りつけた。一瞬、肘置きを摑んでいたインド人の両手がはずれ、男が再び殴りかかると、インド人の身体が男に突っ込むように倒れ掛かり、その両腕を摑んだ。だが、白人は相手のみぞおちを膝で蹴り上げ、彼から身を離すと、さらにこぶしを振り上げた。だが、一撃が下るまえに、上背のある若者が男の腕を摑み、よく通るかん高い声で言った。「やめろ！　この下種《げす》野郎！」

白人は顔が驚嘆一色になった。数秒間のあいだ、彼はものも言えず、次に、何も言わずに背の高い若者の肩を摑み、激しくわきに押しのけた。他の白人の乗客たちの心境がどうあれ、それまでの彼らの行動は厳密に中立だった。だが今や、乗客の全員が、たったいま受けた衝撃があまりに大きく、白人とインド人のあいだではなく、白人どうしの介入にはいる欲求に駆られていた。

「ちくしょう！」誰かが叫んだ。「白人どうしやりあっても仕方がないだろう！」

「そら、黒人びいきめ！」インド人を襲った男が叫び、インド人の青年を、助けに入った若者に向かって突き飛ばした。「おまえの兄弟だ！」

ファン・ブレーデプールには、乗客全員がもみあうふたりに近づこうとしているような気がした。彼はインド人と彼を支援した若者の身を危惧した。そのときいきなり電車がガクンと急停止し、車掌が警察官に従われて慌てて乗り込んできた。

「落ち着いてください！　みなさん、落ち着いて！」警官が、近くの乗客に手を添えて言った。「席に戻ってください、みなさん全員です！」次に、そっけない口調で、たがいにまだもめている三人に言った。「きみたち三人は何をしているんだ？　一体なんの騒ぎだ？」

三人ともいっせいに口を開いたが、警官はノートを取り出しながら遮って言った。「ひとりずつ順番に願います」

警察官は、加害者の男を振り向いてきいた。「名前、職業、それに住所は？」

「ちょっとすみません」車掌が言った。「ここに一日中停まっているわけにいきませんよ。今だって十分交通の妨げになっているんです」

「スピード違反の切符を切りにきたんじゃないことはわかっていますね？　なら、さっさと事情を聞かせてください」

「落ちついてください。この三人の話さえ聞いてもらえばいいんです。わたしは仕事に戻らせてもらいますよ」

「いくつか言いたいことがあります」背の高い若者が言ったが、先を言わないうちに、非難するような目付きで警官が割り込んだ。「なるほど、きみか。それで、きみの問題は？」

「この男が、正当な理由なく、ここにいるインド人の若者に故意に危害を加えたことを証言したいんです」

「それは忌々しい作り話だ！」加害者の男が言った。「わたしは単にこいつに礼儀作法を教えていただけだ。そうだろう、ビル？」

「そのとおり。誓ってそう言えます！」仲間の男がおっかなびっくり言った。

「ちょっと待って、ふたりとも。もう少しゆっくり話しなさい」察官はふたりを遮り、インド人の若者を振り返って言った。「インド人のきみの意見は？　何か訴えたいことはないですか？」

「あります！」怒った声で返事が返ってきた。「無礼かつ凶暴な人たちによって、公共交通機関での移動を妨害されたことに強く抗議します。さらに……」

「この場は、そんなところで結構」警察官は皮肉な笑いを浮かべながらそう言った。「三人とも、駅まで一緒に来てもらいます」

「みなさんに訴えます」長身の若者は警察官を無視して社内の他の白人の乗客を振り向いて熱心に呼びかけた。「どうかわたしと一緒に来て、さきほど見たことを証言してくださるよう、みなさんに訴えます」

彼の訴えに、野次が飛んだ。ただひとりファン・ブレーデプールだけが、若者の訴えによって、自分が傍観者的な人生から引っ張り出されて、公衆の面前で論争せざるをえなくなったことを不快に思いながら、駅に向かう一行に加わった。彼は戸惑い、自意識過剰になりながら立ち上がった。だがステップを降りようとして、警察官にこう言って差し止められたときには、自分が出しゃばりな愚か者になった気がした。

「お名前と住所だけいただければ、同行はいりません」

しばらくのちにファン・ブレーデプールには、インド人、若い男、そしてふたりの白人が車窓の下の往来を横切るのが見えた。電車が運転を再開すると、ファン・ブレーデプールは前の座席の乗客の様子に気がついた。もう何年も同じ電車に乗って顔見知りになっている人たちが、あらためて彼を値踏みするように、こちらをコソコソ振り返って見ている。みな黙っているが、自分に反感を持っているのだろうか？ 彼はできるだけ普段どおりに人前を気にせず、無関心を決め込んで電車を降りようとした。だが、車両の後部に近づいたとき、擦り切れた洋服を着た年寄りの原住民が前かがみになって、粗末な帽子をとって挨拶した。そのとき彼はある刻印、カインの印が、彼の行為のうえに押されたと感じた。自分は向こう側の人間であり、大手を振って歩いているヨーロッパ人の側でないことが、乗客の胸に確実に刻み込まれた。ファン・ブレーデプールは、自分にこのことを気づかせた老人が忌々しいとさえ感じた。

数日のあいだ、ファン・ブレーデプールは、法廷からの召喚をいまかいまかと待ちかねていた。だが数週間たっても呼出状は届かず、事件のことはそれ以上考えなくなり、あの日の午後、市電に乗っていた人々の脳裏からも消えたものと思っていた。するとある日の午前、彼が昼食に出ようとしていたところ、目の前のガラス張りのドアの向こう側に、誰か上背のある、場違いそうにしている人物の姿が見えた。背が高いことを恥じるように前かがみになり、神経質そうに何度も入口を出たり入ったりしている。なにかの問い合わせにやってきたのだろうと、急いで帽子とステッキをとって応対に出た。彼がドアを押すと同時に訪問者はこちらを振り向き、ファン・ブレーデプールには相手が誰かすぐにわかった。あの市電での出来事は彼の念頭から跡形もなくなっていたので、まるで忘れていた嫌な仕事を突然目の前に突きつけられ、即刻対応を迫られているような気分だった。できることならすぐさまオフィスに引き返したかったが、相手は大股で近づいてきて、不安そうに愛想笑顔を作りながら、大仰でぎこちない握手をした。

「お詫びを言わなければなりません」あの日の午後、ファン・ブレーデプールが聴いたかん高い声だった。「もっと早く来るべきでした。出張で、昨晩こちらに戻ったものですから。あのときあなたからいただいた、精神的ご支援を、わたしが忘れたと思っていらっしゃらないといいのですが。一日も早くお会いしなければと思い、すきを見て、警察官のノートから、お名前と住所をこっそり写し取ったんです。そんなわけで今日、こうしてやってきました」

「やってきました」と言うとき、彼は繰り返し神経質そうに笑って、若い娘がするように肩をよじった。訪問者を見ながら、よくこの男にあんなことをする勇気があったものだなと、ファン・ブレーデプールは思った。目のまえの相手は、確たる信念や指針をもっていず、内気で、自信がなく、元来が神経質そうにみえた。一種の気まずさのようなものが、ファン・ブレーデプールにも伝わったが、そもそも好意を持ちたいとは思っていない相手だった。

「あぁ、全く問題ないですよ。わざわざお越しいただかなくてよかったのに」

「いや、でも、どうしても来たかったんです。来られてよかったです。ちなみに、昼ごはんでもお付き合いいいただけませんか？」

「残念ながら先約があります」ファン・ブレーデプールは続けようとし、相手の顔にあからさまな落胆が浮かぶのを見て、衝動的に言い添えた。「が、昼食はご一緒できそうです」

「よかった！　けれど、失礼しました、まだ名乗ってもいませんでした。われらの友人の警察官のお得意な、『名前・職業・住所』でしたね。ここに全部書いてあります」

彼の態度はずっと自然になり、発言に添えられる笑い方も、少女っぽさが薄まった。彼はファン・ブレーデプールに名刺を手渡したが、階段にあたる日光をうけて、直視できないほどの白さだった。名刺にはこう書かれていた。

　J・バージェス
　アフリカ労働組合　書記官

「インド人のご友人はどうなりましたか？」オフィスを出て歩きながら、ファン・ブレーデプールは訊ねた。

「彼は友人というわけではないんです」バージェスは言った。「会ったことは一度もない。ああいうことがあると、はらわたが煮えくり返るんです。あの件ですが、警察に捜査を依頼したが断られました。わたしも彼も自前の捜査を行える金はありませんでした。いずれにしろ、警察はわたしのことを驚くほどよく知っていて、余計なことはするな、と言われたようなものです」

「あのときあなたが介入したのは、とても勇気ある行為だと思いました」ファン・ブレーデプールは彼に伝えた。

「とんでもない！　あれがわたしの仕事なんです。うちには有望な新入会員もいるんですよ。ところで、あなたこそ、勇気ある行動だった。なぜ、助けてくださったのか、教えてくれませんか？」

ファン・ブレーデプールは答えに窮した。「わたしにもわかりません、衝動的でした。あなたに言われなければ、ぼくにそのつもりはなかった」

「ぼくはなにも言ってません。あの場であなたが立ちあがる寸前まで、あなたがいたことも知らなかった」

「いや、ほんとうになぜだかわかりません。一つだけ言えることは、あんなことはやりたくなかったが、自分で気づかぬうちにやっていたのです」

だが、話しながら、ファン・ブレーデプールの脳裏に、ケノンのイメージが一瞬浮かんで消えたように思えた。

第三章

その日から、ファン・ブレーデプールとバージェスは親しくつきあうようになった。ファン・ブレーデプールは、バージェスに自分にないさまざまな資質を発見した。バージェスのぎこちない身振りや、苦悩に満ちた表情から、一見、彼のほうが優柔不断で不安定な性格だという印象を与えた。だがやがて、ファン・ブレーデプールは、バージェスが並々ならぬ一貫した人生を歩んできたことを知った。彼は熱い情熱と揺るぎない信念を抱いていた。いかにも神経質そうだが、分別は備えていた。バージェスは自分の手に入れたいものが明確で、それを不断に追い求めた。いわば、ファン・ブレーデプールが「長距離型」と呼ぶ性格だった。ファン・ブレーデプールは、表面上の秩序と几帳面さの傾向とは裏腹に、迷いながら手探りで進むのが自分だと思った。バージェスの人生と比べると、自分の人生はかすんで見えた。

仕事が早く退けると、ファン・ブレーデプールはしばしばアフリカ労働組合でバージェスと落ち合った。そこに行くには、ポートベンジャミンのいかにもビジネス中心街といった大通りを避けて脇道に入り、不潔な地区を通らねばならなかったが、その存在は異様であると同時に醜悪だった。崩れた路面は水で濡れ、腐敗しかけた汚物があちこち転がっていた。道端で元気に遊ぶ大勢の粗末な身なりの子どもたちが、この地区の貧困と人口過密を物語っていた。界隈の家々は、ハウスナンバー通りに並んでおらず、その数字は消えかかっていて、初めてバージェスの事務所を訪ねたときは見つけるのに苦労した。ずいぶん探しまわったあげく、古着屋のとなりの、灯りのついていない狭い通用口に、白い案内板を見つけた。それには黒い握りこぶしが描かれ、一本立てられた人差し指の先に、手書きの活字が並んでいた。アフリカ労働組合、三階。

階上から差し込む午後の陽射しが色褪せた壁にあたり、顧みる人のない静寂を漂わせていた。壁に挟まれた狭い階段を上ると、だだっぴろく埃っぽい部屋に置かれた、書類の散乱する長いテーブルのうしろにバージェスが座っていた。部屋の一角に、黒い服を着た原住民が、古色蒼然としたタイプライターに向かっていた。壁一面に貼られたポスターには、どれも、想像しがたい重荷を背負わされてよろめく筋骨たくましい原住民の姿が描かれ、その傍に、飽食して無関心な表情の太ったユダヤ人らしきヨーロッパ人が、腹に金の鎖をぶらさげ、原住民に向かって葉巻の煙を吐きかけている様子が描かれていた。ほとんどのポスターの下の部分にはこのような文句が刻まれていた。「彼は持てる者、あなたは持たざる者。正義を求めるなら、ぜひアフリカ労働組合にご加入ください」

「ダニエル」ファン・ブレーデプールが部屋に入ると、バージェスは原住民の男に呼びかけた。「今日はもう終わりにしていい」

ダニエルは擦り切れた山高帽と汚れた黒いコートを手にとると席を立った。黒いスーツにぴんと糊のきいた立襟、それに帽子とコートを着せると彼は社会革命を支持する労働者というより、福音派出身の議員候補者に近い雰囲気があった。「明日は何時にくればいいかな、バージェス?」部屋を出ようとして、男がバージェスに親しげに質問するのを聞いて、ファン・ブレーデプールは心なしか驚いた。

「明日の朝は早く来てもらいたい」バージェスは答えた。「港湾労働者の人たちとの会合の議事録をとってほしいんだ」

「オーケー」そう言うと、彼はドアを閉めた。

「なんて不思議な人物なんだ」ファン・ブレーデプールは思った。この種の原住民と接触したのは初めてだった。

それから、ファン・ブレーデプールはバージェスにケノンのことを話した。バージェスは共感を示し、たいそう興味をもって熱心に耳をかたむけていた。「あのとき、市電のなかで、きみがなぜぼくを助けてくれたのか今わかったよ」ファン・ブレーデプールが話し終えると、彼はそう言った。

「ほんとうに？」

「ああ、わかるよ。だけど、その若者に会わせてくれたら、ぼくが立派なコミュニストに転向させるんだがな」

「だから、彼はどこかに行ってしまったんだよ。そのとき以来、会っていない」

「なんて情けない話だ」バージェスは続けた。「そういう少年たちが、教育も受けずに、こんなはきだめのような場所にやってくるなんて。ここに来たら最後、期待できることなどなにもありゃしない。故郷でよるべとしてきたものが、ここではもはや役に立たないことがわかるんだ。おなじ部族の経験の外へ踏み出したものの、われわれの偏見に阻まれ、こちらの領分にも入ってこられないのだ。徐々にきみがみたような矛盾へと追いやられてゆく。この場所は、しっかり栓がされていないソーダ水のボトルのようなものだ。ボトルの底から炭酸の泡が湧き上がってくる。あと戻りもできず、そうかと言って出口もない、ガスは栓の下にあつまって、しだいに圧力が高まり、ついに栓が弾き飛ぶか、ボトルが割れるかのどちらかだ。でも、ぼくが文句を言うことはない。ケノンのような人間がこの街に増えるほど、ぼくにとっては好都合だからね」

ダニエルが帰ったあとの事務所で、ふたりはよく、お互いの顔が見えなくなるまで話をした。おもての通りの音もしだいにやんで、ひとの往来の少ないこの時間、むさくるしい通りを遊び場に変えて遊ぶ子どもたちの叫び声が鳴り響いていた。暗がりの中で、バージェスは本来の彼に戻った。夜の訪れとともに彼は能弁になった。ファン・ブレーデプールは電気を点けたくてうずうずしていたが、ある晩、実行に移したところ、バージェスの会話に大いに差し障りがあったので、その試みはそれっきりになった。

あとから思い出すと、仕事の話を除いてバージェスが自分のことを話したのは、暗闇のなかでだけだった。だが暗闇のなかでさえ、彼がなかなか思い切って自分のことを語ろうとしないのを、ファン・ブレーデプールは残念に思った。バージェスに直接言うつもりはなかったが、ファン・ブレーデプールはバージェスの論理的思考よりも、彼の感情や、仕事への並々ならぬ献身や誠実さのほうに内心興味があった。

バージェスは、英国で初めてマルクス主義を受けいれた社会主義者の家系の出だった。彼の祖父は革命の熱に駆り立てられ、有名校の教師という居心地のよい地位を捨て、リバプールのスラム街で社会主義を説くわびしい生活に転じた。性格は極端に走ることはなく、譲歩による問題解決には定評があり、その力を借りて、革命のための政治的扇動を比較的無害で体裁のよい、賃金引き上げの運動に切り替えることに尽力した。彼の息子であるバージェスの父親は、親の足跡を忠実にたどり、労働組合の書記官として優れた交渉能力を発揮した。その息子バージェスは、父同様の職業に就くよう教育され、そのまま行けば父のあとを継ぐことは間違いなかったが、顕著な結核体質の家系であることがわかると、発症を恐れた家族は彼をアフリカに送った。家族はあらゆる影響力を行使して、バージェスのためにポートベンジャミンの労働組合総評議会のアドバイザーという、名ばかりの職を工面した。微々たる給料だったが交通費は支給され、さしあたり、すべては計画どおりに運んでいた。彼の家族は、健康が十分に回復して、英国に帰国するまでのあいだだけ、彼を仕事に就かせたいと考えていた。だが、いったんポートベンジャミンに落ち着くと、バージェスには根底から変化が訪れた。着任早々、彼は雇用者と言い争いをした。祖父と父の特徴だった中庸と妥協の才能は、彼を見限っていた。彼は雇用者に訴えた。労働組合が擁護し実践する社会主義は、見せかけにすぎません。それは、資本主義の大枠のなかの、資本主義の一形態にほかならないのです。攻撃しようとする相手に匹敵する勇気も頭脳も持ちあわせない、けちな資本主義なのです。労働組合の上層部は、自らが公言する信条にたいして、裏切り行為をおこなっている。労働組合主義は、断じて社会主義などではない！——そう軽蔑を込めて語る口調は、だんだん金切り声に変わっていった。社会主義とは、革命を意味する。過激な経済革命だ。この世にありえる唯一にして、真の革命なのだ。賃金引き上げの運動は、経済革命を成し遂げるのに価値ある手段かもしれないが、それ自体が目的になっている点で、革命への裏切りであり、資本主義に寄生してみずからもその恩恵に浴することに甘んじているにすぎない。

父親は息子に譲歩するよう英国から手紙を書いたが、努力の甲斐なく、かえって本人の思いは強くなるばかりだった。突然無言で事務所を出てゆき、二度と戻らないという、如才なさや礼儀のかけらもない辞め方で職を辞した。ファン・ブレーデプールはしばしば、なぜ妥協を重要視するように育てられた彼が、自らの育った環境や教育に反するような極端な行動に突然出たのか不思議に思った。心の奥底では、バージェスにとって社会への反逆と家族への反抗は同じものなのではないかとファン・ブレーデプールは疑った。だがバージェスの発言に、このことを直接裏付けるものは何もなかった。

ファン・ブレーデプールは、バージェスが最初の労働組合を辞めて、別の労働組合に乗り換えただけだと指摘したが、それにたいしてバージェスは答えを用意していた。率直な話、アフリカ労働組合は明らかに革命的な組織である。漸進の不可避性〔英国の政治家、シドニー・ウェッブ（一八五九―一九四七）のことば。漸進的な社会改革を主張〕などという戯《ざれ》言《ごと》は存在しない。われわれは組織の整備を終えた段階で、好機をとらえて資本主義の打倒に踏み切るだろう。あいにく著しく後進的な人々から支持者を選んだため、組織内の整備に時間を要した。だが、この後進性にも利点があった。黒人は生まれながらのコミュニストであり、誰よりもコミュニストとしての実践を幅広く、はばかるところなくおこなってきた人々だ。コミュニズムは、彼らの血と伝統に根づいている。バージェスが黒人救済の活動に身を投じる機会に飛びついたのは、そういう理由からでもあった。もう一つの利点は、黒人がこの国で唯一の真の労働者だからである。「ポートベンジャミンの労働党なんてとんでもない！」彼は叫ぶだろう。「あれはただの白人の監督者の集まりだからね」

ファン・ブレーデプールがやんわりと社会主義の価値についてたずねるたびに、バージェスは肩をすくめた。彼の返事はこうだった。きみが望むと望まないとにかかわらず、社会主義は実現する。われわれの制御を超えた経済的要因は、絶え間なく社会主義の実現に向かって進んでいる。資本主義社会も、その根本において、封建主義同様、生命が尽きている。実にそれは、封建制の経済的な表れにすぎなかった。ここで、資本主義の出現した状況について考えてみなければならない。職人の生活への不安が広がったことによってのみ、それは可能となった。だが、パンと安全が脅かされたとき、自由がいったい何になるだろう？　それで人々は、代償は問わず、いちばん安全でいられる場所にこぞって身を寄せたのだ。男爵と引きかえに百万長者が出現した。公平に言って、初期の資本家たちはリスクをとって、最初の鉄道の敷設や鋼鉄製の船の建造のために労働者を雇ったことを、バージェスは認めた。なぜなら、これらの事業は失敗に終わったかもしれないからである。しかし今日、資本家のリスクは大幅に低減されている。人間が自然を征服し、距離と時間を消滅させたことによって、労働者の生命はずっと安全なものになったか、またはより安全になったはずだった。したがって、資本家が提供するサービスの価値は減少した。だが、労働者や社会の納付物は変わらなかった。それは封建制の復活と同じだった。封建制を滅ぼしたその同じ要因が資本主義を滅ぼそうとしていた。

ファン・ブレーデプールの返事はこうだった。きみの言うことはもっともだし、おそらく公平だろうが、それ以上のものではない。究極のところ人間は、経済的要因だけに制御されるものではなく、時代の趨勢に押されて、経済的側面が軽視されるという不見識がしばしばみられた。心の変化が伴わないならば、世の中が大きく変わることなど、疑わしくさえ思えた。バージェス自身も、資本主義が封建主義の別形態だと言ったとき、封建制への抵抗に失敗したことを暗に白状していなかっただろうか。精神的な変容をともなわないならば、物質的な再調整など意味があるだろうか？

コミュニズムのもとでは全てが乳と蜜だなどと思うほどぼくは愚かではない、とバージェスは言った。そこには惨めさや不幸はあるだろうが、貧困はなく、無駄もない。持てる者と持たざる者も存在しない。それだけでも進歩というものだ！　それ以上期待することは誰にもできないだろう。まずそれが実現できてから、きみは次にすべきことを悩めばいいのだ。

ときどき、ふたりが話をしていると、ダニエルがいつまでも事務所に残っていることがあった。そんなときファン・ブレーデプールはその場をバージェスに譲り、ダニエルを観察した。ダニエルのことが興味深くもあるが、不可解でもあったからだ。数千という同朋が屈服してきた困難のなかを見事にやり抜いた、ダニエルのような原住民と接したのは、初めてだった。彼は成功者で、後から来る者たちの指導者になろうとしていた。バージェスはダニエルに絶大な信頼をおいていたが、ファン・ブレーデプールは彼の心を測りかねていた。ダニエルのことを注意深く、思いやりをもって見守ったが、彼を理解するにはほど遠いように思えた。ダニエルのほうも歩み寄ることはなかった。ファン・ブレーデプールは彼となんども話をし、いつも会話はダニエルが同意して終わったが、その口調はファン・ブレーデプールを、お互いの考えが合おうが合うまいがどうでもよい、という気持ちにさせた。見知らぬ相手には、ダニエルはよく笑った。バージェスとファン・ブレーデプールにたいしては、彼は深刻な、牧師のような態度をくずさず、太く低い声で美しい手振りを交えて議論をした。質問をするときは、手のひらを上に向け、長い指をわずかに曲げて、必ず右手を差し出したが、まるでその手に答えを摑もうとするようだった。彼のそのしぐさをみるたびに、ファン・ブレーデプールは思った「手のひらは、なんて白いのだろう！　見てはいけないものを見た気分だ」。思わず逸らした視線がふたたびダニエルの目と合うと、その憂鬱な、だが熱のこもったまなざしに検分されていたことに気づくのだ。

あるとき、ダニエルは手首を切った。なめらかな黒い肌にそって、暗色のぎらぎらした流れがつたい降りるのを見て、ファン・ブレーデプールはこれほど真っ赤な血をみたことはないと思った。わずかにショックを受けている自分に、彼は驚いていた。この大男の体が、血と肉でできていると想像したことがあっただろうか？

間もなく、ファン・ブレーデプールはダニエルについてあることを発見した。ダニエルのものの見方は常に限定されてはいたが、驚くほど明快で正確だった。この黒人の視線は、人生でただひとつのことに注がれ、一度もぶれたことがなかった。彼は、常に顕微鏡のレンズの下に置くように、黒人と白人が接触するその一点を見据えていた。バージェスとファン・ブレーデプールは新聞を読んでいて、めぼしい記事を見逃すことがよくあった。ダニエルは何も見逃さなかった。遅かれ早かれ、二人が見逃した記事に注意を促した。あるとき、ふたりが事務所を出ようとしていると、ダニエルが言った。

「夕刊に何か面白い記事は出ていなかったかい、バージェス？」

「いや、特にない」そう言いながら、バージェスは長年の経験から、自分が何か見逃したにちがいないと思った。

「それじゃあ、キャンベルズ・タウンで何があったか、読んでないのか？」ダニエルの声には非難に近いものがあった。

「いや、」バージェスが答えた。「読んでくれ、ダニエル」

ダニエルはまるで聖書を朗読するように新聞を読みあげた。しだいに記事の内容が頭のなかで形になっていった。それは、キャンベルズ・タウンで黒人女性と白人男性にかかわる裁判があったと報じていた。ふたりは性交渉を持ったことで起訴されたが、ポートベンジャミンの背徳法により、それは禁じられていた。黒人女性は有罪を認め、白人男性は無罪を主張した。ふたりは全員が白人の判事と陪審に審理された。女性は有罪とされ、重労働四年を科せられた。一方、男性は無罪放免となった。

「おかしくないか、バージェス？」読み終えると、ダニエルは真顔で訊いた。

「まったくだな」バージェスは言った。「教えてくれて助かった。われわれで調べて、何とかならんか考えてみよう」

「大してできることはないと思うがね」とダニエル。

「女性側が控訴するという可能性もある。記事をメモにとっておいてくれ。明日、あらためて考えよう」

「彼はああいった記事をもれなくチェックしている」外に出ると、バージェスがファン・ブレーデプールに言った。

「彼をどこで発掘したんだい？」

「少数派部族の首長だった。戦争が始まると、彼は少数の部族の者たちで志願部隊としてフランスに渡った。のちに国に戻り、土地と権利を売って資金を手に入れ、ここで小さな学校を開いた。この仕事を始めたとき、たまたま彼に会って、一緒にやろうと説得した。ぼくの判断は正しかったと今でも思っている」

「ぼくには彼がわからないんだ」

「彼を人間だと思ったら一生わからないよ。あれは人間じゃない。原理原則が服を着て歩いていると言うのか、またはひとつのことに執着する人と言ったほうがいいかもしれない。それにきわめて用心深い」

ある日、バージェス、ダニエル、ファン・ブレーデプールの三人ばかりが事務所にいたとき、突然、ドアを大きくノックする音がした。ダニエルは立ち上がって部屋を出て行き、数分後に、普通の大きさの三倍はある名刺を手に戻ってきた。それには大きなゴシック体の金色の文字でこう書かれていた。

ジオ・P・ハルトマン、Esq.
ポートベンジャミン市議会議員
歳入委員会　議長

バージェスの許可を得て入室するというこの事務所のしきたりに従おうとして失敗に終わったダニエルのすぐあとにつづいて、名刺の持ち主が、驚いたような、非難がましい視線を黒人に向けながら入ってきた。バージェスが目をあげると、小柄な中年の男が立っていた。固太りで、髪は灰黒色、小さな緑色の目に、きっと結んだ口元をしていた。

「バージェスさんですね」男は大きく自信に満ちた声でそう言い、椅子をぐるっと一回転させて背をバージェスのほうに向けると、その上に馬乗りに座り、腕を組んでまえのめりになった。「そこに書いてあるとおりの者です」

「名刺は見ました」バージェスは答えた。「ですが、わたしにいったい何のご用でしょう」

「さっき聞いたところ」とダニエル。「答えを拒まれました」

「誰もいなくなったら、すぐに答えますよ。わたしの行動を説明するのは慣れていないもんで……」

――「クロンボ」ということばが喉まで出かかっているのを引っ込めると、彼は言い添えた。「ああいう連中のまえで」

「秘書とはお互いに隠しごとはないんです」バージェスは言った。

「わたしはちがう」上手い冗談でも言ったように、ハルトマンは笑った。

「すぐ終わるから、ファイリング・ルームに行っててくれないか、ダニエル？」バージェスは優しく言った。「友人がここにいても問題ないでしょうね？」

「ええ、もちろん」ハルトマンはそう言うと話し始めた。

「聞いてくれ、バージェス。わたしはこのとおり裸一貫でここまできた人間だ。なんでもありのままに言う性分なもので、単刀直入に本音の話をさせてもらうよ。いいかい、くだらん話をしにきたのではない。はじめに断っておくが、きみが熱中している過激主義者の戯言《たわごと》につきあっている暇はない。思うに、国家が立ち行くには、優れた経営者による健全な事業が必要だ。だが、きみの組織が訴える、原住民とカラードの人々の劣悪な住宅事情には多くの真実があるんじゃないかとわたしは常々考えている。この問題について、わたしからきみたちに助力できることがありそうだし、同じくきみたちの力も貸してもらいたい。われわれは、ついに市議会から日和見主義者たちを追放して、若い議員を数名送り込むことに成功した。市の経営は企業経営としてやっていくつもりだ。従業員にまともな住居をあてがうことは、ビジネス上も良い提案ではないか。フォード社がなにをしたかみろよ。反体制派の感傷主義にただの一瞬でも耐えられると言うつもりはない。だが、市の就業者を正当に処遇することにかんしては人後に落ちぬつもりだ。その点については疑問の余地はない。ひとつ率直に、きみの胸に一物あることは忘れて、レーニンやトロッキーのような連中を読んだことも忘れて、答えてくれ。原住民の居住区はきみたちが言うほどひどいのか？」

「実際に行って、自分の目で見てくれればどうです？　なぜ市の衛生局に対応策を依頼しないんです？」バージェスは言った。

「まさに、そこなんだよ」訪問者はもどかしそうに座りなおした。「なにごとか始めるまえに、あらゆる角度からこの問題を精査したいんだ。公式見解を手に入れるのはたやすい。なにが難しいかって、きみたちのようなひとの意見を聞くことだ。そうすることで、両側からビールの泡を吹き消す——わたしははっきりものを言うタイプだからね。きみたちの言う悲惨な現状を見に連れて行ってくれないかね？」

かくして、近いうちに原住民居住区を訪問することになった。バージェスが訪問者を出口に案内しているあいだ、ファン・ブレーデプールは隣の部屋でダニエルが新聞のファイルのページを次から次へと繰る音が聞こえた。バージェスが戻るやいなや、ダニエルがファイルを抱えて入ってきて、彼のまえにそれを置き、ある箇所を無言で示した。そこにはこのような一節が載っていた。

「市議会に新たに加わった議員のなかでも、もっとも精力的なメンバーのひとりが、ジオ・P・ハルトマン氏である。ハルトマン氏は、ポートベンジャミンでも有名な建設業者ジョージ・P・ハルトマン・アンド・サンズ社の創業者。今回、ブルーベル選挙区で無投票当選した」

ふたりは、「建設業者」という文字に、ダニエルが太い青字で棒線を引いてあるのを見た。

「全部聞いていたらしい」バージェスは小声で言うと、ファン・ブレーデプールに笑いかけた。

ファン・ブレーデプールはバージェスとハルトマンに同行してポートベンジャミンの原住民居住区を訪ねたが、この時に見た細々したことの多くを、あとで思い出すことができなかった。一般に記憶に最も適しているのは、見たものが感情を喚起しないときである。感情的な反応のひとつひとつが、それらと同じぐらい強い好奇心によって、バランスがとれているときだ。一方、全身が強い感情にとらわれているときは、どの瞬間にも、客観的な思考の機能が、知ろうとする欲求や、憐れみや嫌悪や恥を冷静に観察する欲求を擁護する必要性に圧倒されるために、記憶は明瞭さを失い、その場で気づきもしないような些細なものばかりが記憶される。それらはあとになって、知性による意志的な努力ではなく、ふと感じる匂いや、流れ去る音楽の一節、または色褪せた壁を照らすランプの光によって呼び起こされる。したがって、原住民の居住区で過ごしたその晩のことは、ファン・ブレーデプールの頭に、明瞭で整然とした細かな情景として、何も残らなかった。覚えているのは狭い道をとおったことだ。夕暮れどき、あと半時間もすれば真っ暗になるころ、まばらな街灯の灯りのおよばない狭い道に深い影が射していた。そんな場所でも、子どもたちはなぜあんなに元気に笑って遊べるのだろうと、彼らの勇気に驚いたことを思い出した。あたり一帯に、息の詰まるようなごみや詰まった排水管の臭いがたちこめ、雑居部屋が並んでいた。マレー、ヒンドゥー、原住民、カラード、みすぼらしい身なりの白人たちが、舗装が剝がれて濡れた道路の泥のなかに頭を横たえて寝ていた。ファン・ブレーデプールは、ある部屋に女が裸で寝ていたのを思い出した。彼女は腕にふたりの子を抱え、からだ中ひどい床ずれだった。彼はまた、そばでメモをとるハルトマンの事務的な声がしていたのを思い出した。「リーボック街四番地、平屋建ての四部屋、正面の部屋に窓がひとつ、三・七メートル×三メートル。ベッドなし。父母、子ども七人、トイレなし、裏庭に灯油缶、数年間壊れたままの排水管、入居者合計三三人」ハルトマンが同じことを何度も繰り返すのを彼は聞いた。

夜も終盤になると、バージェスはハルトマンのメモに記録されたのと同じような家を出ると、そのまま通りの向かい側にある大きなコンクリートの建物に三人を案内した。

「ここだ」バージェスがハルトマンに言った。「ポートベンジャミン市議会は、ラバを飼育している。入館の許可をとってもらえますか？」

建物のなかに入ると、全員の目に入ったものは、清潔なコンクリートの床、きちんと仕切られたラバ舎、よい餌を与えられ、よく手入れされ、満杯のまぐさ桶から満足そうに飼料を食べるラバだった。

「このラバ舎は」バージェスは言った。「日に二度掃除しています。どちらに住みたいと思いますか？　さっきお見せしたところかここか？」

「ラバといっしょのほうがずっといいですね」ファン・ブレーデプールが言った。

「まったくそのとおりだ」ハルトマンも同意した。「今のは特記しておこう。よく聞いてくれ、あの市議会の老いぼれ連中にもこのことはよくすり込んでおくよ。もし一年以内にあそこに住む人たちにまともな住宅が建たなかったら、わたしの名がハルトマンでないぐらい、それはあり得ないことだ」

それ以後、ふたりはハルトマンに二度と会うことはなかった。だが、数カ月後、夕刊を読んでいたバージェスが、突然うんざりしたように叫ぶと、ファン・ブレーデプールをふりむいた。「まったく！なんて嫌な街なんだ！　これを読んでみてくれ。市議会は、ハルトマン議員の原住民居住区住宅建設計画のための建設費九万ポンドを否決した。いまはそれに割く金がないそうだ。だが、見ろ、同じ議会で、観光客のための遊歩道と遊園地の建設費用三十万ポンドに賛成票が投じられたそうだ！」

「あぁ！」背後で、ダニエルが深刻な調子で言った。「では、遊園地と遊歩道の建設を請け負ったのは誰か知っているかい？」

「知らないね」バージェスは不可解そうに答えた。

「ジョージ・P・ハルトマン・アンド・サンズ社です」ダニエルはその名をゆっくりと入念に発音した。

「どこでそれを知った？」

「ここだ」ダニエルはバージェスに、彼が読んでいた新聞のうしろに出ていた公告欄の短い一節を示した。

「それだけじゃない」ダニエルは続けた。「ハルトマンの住宅建設計画についてのスピーチの記事が短く出ている。彼は、住宅計画は緊急ではないことを認め、議会にたいして、こう語ったそうだ。スラムの生まれであっても、根性があれば、誰でもそこを抜け出すことができる。彼自身もスラムの出身で、それが今ではこのとおりだ！」

「ひどい面汚しだな」バージェスが叫んだ。

ダニエルは無言だったが、ファン・ブレーデプールが見守っていると、彼は窓の外を好奇の目で見つめていた。あたかも、世界の果てから、彼をよろこばせる何かが近づいてくるのを見ているようだった。

ポートベンジャミンに、「バンツー・ヨーロッパ人親交協会（Bantu-European Approach Association）」と称する団体があり、協会員のあいだでは、「ザ・ビー（The Bee）」でとおっている。協会の定款の前文には、このように書かれている。「当協会（B.E.A.A.）の目的は、ポートベンジャミンの白人、黒人、カラード間の嘆かわしい現状を、役員会が妥当と考えるあらゆる手段を講じて改善することにある。定款の草案作成を担う起草委員会は、全会一致の同意により、B.E.A.A. の唯一の敵が野蛮時代の恥ずべき遺物、人種偏見であると規定する。起草委員会は、B.E.A.A. 協会員がその神聖な義務として前述の偏見を根絶すべく精励することを強く支持する。また、起草委員会は、栄えあるアメリカ独立宣言の文言を協会員に想起させることをその責務と考える。『われわれは、以下の事実を自明のことと信じる。すなわち、すべての人間は生まれながらにして平等であり、その創造主によって、生命、自由、および幸福の追求を含む不可侵の権利を与えられている』。上記に照らし、いかなる男女も階級、人種、肌の色にかかわらず B.E.A.A. の会員として適格であり、唯一の入会資格は、われわれに共通する人間性であることは言うまでもない。なお起草委員会は年会費としてヨーロッパ人十シリング、原住民とカラードは五シリングを申し受ける」

B.E.A.A.の役員会が、白人とカラードおよび黒人の関係改善の手段として妥当と考えたもののひとつに、毎月第一金曜日の夜、郊外の教会で開かれる「親睦会」があった。第一金曜の朝になると、会員同士が電話でたずねあった。「今夜行くべきか、行かざるべきか（To Bee or not to Bee）？」

ファン・ブレーデプールもそうした会員の存在はうわさに聞いていた。以前、会員のひとりに例の合言葉で懇親会に誘われたことがあり、おおいに彼を辟易させた。そんなわけで、バージェスからB.E.A.A.の「集いの夕べ」への誘いの電話がかかってきたとき、彼はとっさに断ろうと考えた。

「悪いが、行けそうにないよ」

「どうしても来てほしいんだ」バージェスは言った。「会はどちらでもいいんだが、きみに大事な話がある。今夜を逃したら、次はずっと先になる。明日から三カ月の出張に出るんだ」

ファン・ブレーデプールは結局つきあわされることになり、その夜八時に、郊外の小さな教会でバージェスとダニエルのふたりに落ち合った。ダニエルは入念な服装をして来ていた。仕事着を、少々くたびれてはいるが清潔なモーニング・コートと縞のズボンに着替え、シルクハットを手にしていた。昼間の彼にくらべ、いちだんと謹厳で、福音派の牧師のようにみえた。バージェスとファン・ブレーデプールはどちらも昼間の服装のまま来ていた。ファン・ブレーデプールと握手をしながら、ダニエルは四角ばったお辞儀をしたが、その目には新たな歓迎の色が浮かんでいた。それはあたかもこう言っているようだった。「きみともそのうち仲間になれるさ」。ダニエルを見た瞬間ファン・ブレーデプールは、今夜のバージェスの話は、この黒人の男にも関係のある話だと思った。バージェスとダニエルがおだやかに会話をするなか、三人は広間に向かった。テーブルの周りには、人々がグループになって、小さくて窮屈なプロテスタントの教会のベンチに座っていた。ヨーロッパ人が六十人、そして二十人ほどの黒人とカラードの人たちがいた。ファン・ブレーデプールは、参加者の多くが女性であることに気づいて囁いた。「なぜこうも魅力に欠ける女性ばかりなんだ?」

「魅力はここに集まってるのさ」バージェスは額をコツコツと叩いた。

広間に入って間もなく、背のとても高い、やせた、前歯の出た女性がファン・ブレーデプールに近づいてきて、他のふたりとのあいだに割りこんできた——ように見えた。彼女は言った。

「カテリナ・プリムローズです。あなたは?」

「ファン・ブレーデプール」

「そちらじゃなく」彼女は男のような握手をしながらそう言った。

「ヨハン」彼は答えた。

「なら、ヨハン、あなた幸せ? 出身は? ここにはもう長いの? 仕事は? きっとなにか面白いことをしているんでしょう! あなた、革命論者でしょう。ここに来ているひとたちは皆そうです。仕事は楽しい? まさかね。インテリなら、決してそう思えないはず、そうでしょ?」

「ぼくは船積係の仕事をしています」女性のマシンガン掃射のような質問がやむと、ファン・ブレーデプールは言った。

「嘘でしょう」女性の顔に、さっと失望の色が浮かんだ。

「いいえ、本当です。バージェスに聞けばわかります」

だが、まだ望みが消えたわけではないと思ったのか、彼女は、戦闘開始の顔つきになった。

「仕事を辞めなきゃだめよ」彼女は熱心にまくしたてた。「不本意なことはわかります。仕事が嫌なんでしょう。だったら仕事を変えなさい。あなた、きっと何か大きなことができますよ。小説を書くかもしれない」

　彼女はなかなかファン・ブレーデプールを放そうとしなかった。彼女の質問に機械的に答えながら、ファン・ブレーデプールは自分の周りの会話に耳を傾けていた。

「こっちへきて座れば、ブランキン」女子学生が、目のまえの元気のいい若者に話しかけていた。

「そうしたいけど」ブランキンが言った。「きみの隣に座ると、なんていうか興奮するというか、性的に。わかるでしょ」

「そんなことなんでもないわ」彼女は彼よりも自分のほうが解放されているところを見せようとして言った。「わたしの隣に座る男性はみなそれどころじゃ済まないわ」そう言って思わず赤面し、ファン・ブレーデプールの視線に気づいて、いっそう真っ赤になった。

「でも、他のやつよりぼくのほうが重症だ」若者も真っ赤になりながら、わざとらしく笑った。

「愛をまじめに考えすぎだと思います」

「ぼくが?」愛について考えていなかった彼は、聞き返した。

「そうです」彼女は答えた。「結局、愛ってなんだと思う? ただの条件反射よ」

「なるほど、うまいこと言うなぁ」若者は感心したようすだった。

「そう、条件反射です。条件なんて、つけはずしができるものです。深く考えなくていいのよ」

「あなたの言うとおりだわ、ファン・ダー・ブエル」ファン・ブレーデプールを見捨てたミス・プリムローズが口を挟んだ。

「幸福なんて、ドラッグとおなじです」

　ようやく自由になって仲間のもとに行くと、ふたりはひとりの女性と並んで立っていた。外見は、どちらかといえば男性ふたりよりも男性的だった。話をしているのはもっぱらその女性で、バージェスを素通りしてダニエルに、彼女のすべての関心が注がれていた。ダニエルはほとんど口を開かず、終始、彼女の言うことに笑いながらうなずいていた。

「あなたたち黒人は、本当に気の利いたことを言うわね」紹介されたばかりのファン・ブレーデプールには目もくれずに、彼女は言った。「天性のウィットの感覚っていうんでしょうね。先日、すごく面白い話を聞いたんです。ブラダーマンって政治家がいるでしょう。ご存じのように、バンブーランドの選挙区の議員です。その彼が、黒人の有権者に、自分に立派なニックネームをつけさせようとした。というのは、上等なニックネームを持つ人物は、黒人社会では一目置かれるんですって、ご存じ？　それで、召使いたちに自分のことを大きな白い雄牛と呼ぶように言いつけ、召使いたちの知り合い全員にも、ご主人さまは大きな白い雄牛と呼ばれていると言えと命じたんです。さて、その後、彼はバンブーランド中で小さな白い仔牛という名で知られるようになったのですって。傑作でしょう？　すごい才能だわ。あなたたち黒人の実に素晴らしい資質です。それはわたしたち白人の失った能力なんです」

ダニエルは、初めてその話を聞いたように笑った。実は、その話の出どころはダニエル自身で、バージェスを経由して広まり、一巡して元に戻ったのだ。

数分後、ふたたび三人だけになると、こんどは別の女性がやってきてバージェスとファン・ブレーデプールを無視してダニエルに話しかけた。「まぁ、バンバティーさん、今夜は来てくださって嬉しいです。あなた方黒人は、一緒にいると楽しくてウィットのある方ばかり。先日、面白い話を聞きましてね。あのブラダーマンっていう、バンブーランドが地元選挙区の議員ですけれど、ご存じでしょ?」

ダニエルは彼女の話を真面目に聞き、話が終わると、こんな話は一度も聞いたことがないという顔で笑った。

「おい、あれを聞けよ」バージェスが言った。ふたりの新聞記者が女性のグループに話をしていた。ひとりの記者は顔色の青白い若い男で、きまじめな青い目に、悲しげな表情をしているのは落ちこんでいるか、肝臓が疲れているかのいずれかが原因だろう。「読者からよく、原住民問題にかんする発言が目立つとお叱りを頂戴するんですが、逆にわたしは彼らに問いかけるんです『わたしにどうしろって言うんです?』ってね。われわれは、無意識のうちに原住民問題に目が向いている。わたしがポートベンジャミンに戻ってまだ三週間です。ヨーロッパに三年いて、原住民問題の存在すら忘れていました。船で帰国した日の午後に国会の取材に行きましたが、議場ではとても退屈な討論が行われていました。わたしの記憶が正しければ、鉄道の予算についての議論でしたが、その退屈さたるや、おわかりでしょう。定足数にはほど遠く、議員の半数は居眠りをしている。傍聴席から見下ろすと、首相がエドガー・ウォーレス〔一八七五―一九三二。英国生れ。新聞記者出身の流行作家。キング・コングの著者〕を読んでいました。『黒人の労働政策にたいするこの著しい矛盾を……』鉄道相の突然の発言に国会は大騒ぎになり、彼はそれ以上先を続けることができませんでした。エドガー・ウォーレスよりも『黒人』の二文字に興味をそそられたとみえて、首相は本を置きます。議場のいたるところで、ロビーでたばこを吸っていた議員らが戻ってきて着席します。野党席では四、五人の議員が立ちあがって『議長、議事進行上の問題を提起します』と叫び、ひとりが発言を許されます。『議長、議事進行上の問題を提起します。さきほどの鉄道相の発言は、むろん本気ではなかったのでしょう……』そこでまた議場が騒然となり、発言はそこで中断。

こんどは鉄道相が立ち上がって叫びます『議長、今の議事進行上の問題の提起にたいして、訂正をもとめます。ウォータークルーフの議員がわたしを侮辱し、先ほどのわたしの発言が冗談だなどと言う権利はあるのでしょうか？　担当大臣という立場にある者にたいしてそのような発言が許されるのですか？』『ウォータークルーフ地区の議員に発言の取り消しを求めます』と議長。『発言を取り消します』ウォータークルーフの議員は続けた『次のように言い換えます。大臣閣下はふざけていた』。あらたに『異議あり』の連呼が沸きあがり、そこでわたしは議場を出ました。『黒人』の一語をめぐってこれだけもめたのです。自分の妻が淫売女だと言われても、これほどショックは受けないでしょう。そうした一種の神経症を病んでいるわたしたちが、原住民の問題について黙っていられると思いますか？」

「鋭い観察ですこと」女性たちのひとりが言った。

「あなたのご意見は、本質的だわ」もうひとりが言った。

「聞いたか？　彼のことばには真実がある。きみはこのような制度をどう思う？」バージェスはファン・ブレーデプールにたずねた。

「ばかげている」ファン・ブレーデプールは言った。「でも、ぼくには関係のないことだ」

「きみのような傲慢な無関心を抱く人たちが、そういう制度を可能にしている」失望したバージェスは、怒った勢いで友人にたいして公平でなくなっていた。「健全な反対意見はいくらでも歓迎だが、きみのような無関心はご免こうむりたいね」

親睦会のあいだ中、女性たちはかわるがわる壇上にのぼって歌を歌った。歌はきまって米国の黒人霊歌か、それとも現代ロシアとドイツの革命歌で、他の歌は存在しないかのようだった。

「もういこう」ファン・ブレーデプールは言った。「なぜこんなことに時間を浪費するんだ?」

「それはちがうな」バージェスは真剣な口調で言った。「時間の無駄じゃない。ここにいるひとたちは、教師か女性教諭、学生、新聞記者、画家または音楽家のいずれかだ、そうだろう? 一般人からみて、この国の知的文化的レベルの高い人々の代表と目されるひとたちだ。こういうひとたちこそ、革命に有利な知的、文化的先入観を社会に広めてくれる。自分は馬鹿ではないと思いたいが、自分の判断に委ねられない一般庶民に、革命を支持しなければ知的にも文化的にもなれないと思わせるのはこのひとたちなんだ。すべての正しい革命はそのようにして始まる」

たわいない会話をつづける人々のあいだを縫って、ふたりは出口に向かった。外の階段で、三人の白人の女性が、ひとりの黒人の少女に別れの挨拶をしていた。白人の女性たちはみな、黒人の少女にはあたたかいキスをしたが、自分たちは互いに握手をしただけだった。

「いまのを見たか?」ファン・ブレーデプールはバージェスに訊いた。

「ああ。それが、どうかしたのか?」

「偏見は偏見を生む」ファン・ブレーデプールが言った。「外の世界では黒人でいることはいいことじゃないかもしれないが、ここでは、白人でいることが不利だ。ここの白人たちは、自分たちの肌色にたいして偏見をもっている」

「何も差し支えないだろう。秤は、片方に大きく傾きすぎている。それに……」

バージェスは話をつづけようとしたが、ふいに気をそがれた。階段の下から、突然馬の蹄の音が聞こえ、通りが普段より混雑していることにようやくふたりは気づいた。教会堂のまえを、人々の一団がつぎつぎに、みな同じ方向へ通り過ぎて行った。そのなかを、騎馬警官隊があわただしく進んだ。

先導していたのは、立派な白馬にまたがったひとりの警官だが、その姿は、一九一一年の改正条例第D条E項に規定されたとおりの、とってつけたような威厳を呈しており、腹部は、鞍の上に洗濯物の山がのっているようだった。馬はみごとで、神経質なタイプだった。警官の拍車が触れるたびに横に跳ねのき、風にとばされた木の葉のように軽やかに群衆のなかに飛び込み、その皮膚のうえを水銀のように震えが走った。

バージェスはあきらかにその警官のことを知っていた。「どこかで事件があったらしい。あの男がここにいるということは」

言い終わらないうちに、付近の群衆から、憎しみの激しい叫び声があがり、それは長々と続いた。暗黙の了解によって、ふたりは階段を降り、ダニエルのことはすっかり忘れて、群衆を追った。通りは混雑をきわめ、人々の流れに完全に身をゆだねるほかなかった。数分後、ふたりは周りの群衆とともに、以前、原住民の活動家の演説を聞いたシェパーズ・プレイスに出た。広場の中央に置かれた木製の壇上に、ファン・ブレーデプールがよく知る男、例のドクターという人物が、いっこうに静まる気配のない聴衆に向かって片手をあげて静粛をうながしていた。演台のまわりには、何百という黒人とカラードの人々が密集隊形を組んで整列し、話に飢えたその顔を街灯が照らしていた。まばらなパトロール警官による非常線が広場のあちこちに張られ、興奮した白人の見物人がそれに寄りかかり、からだを押しつけていた。どうやらドクターは長々と演説をぶっていたようだ。その証拠に、群衆の敵対的な気分は勃然と沸きあがったものではない。多くの瞬間を経て醸成された、持続性と深みと一様さをもち、いまや頂点に達しようとしていた。

ドクターの演説もこのまま立ち消えになるかに思えたが、しばらくすると聴衆はかなり鎮まった。

人々の叫び声が途切れると、広場をぐるぐる回りつづける馬の蹄の音が聞こえた。突然、ドクターはかざした手を下ろし、体を緊張させ、大声で叫んだ。「もし白人の女性たちが……」

　それ以上何か言うまえに、海底の地殻変動に巻きこまれた大型船のように、会場は激しく動揺した。

「女の話は持ちだすな！　クロンボ！」ファン・ブレーデプールには、愚かで非人道的な聴衆の叫び声が、ひとりの人間の声のように聞こえた。ふたりの周りには、イブニングドレスや、スポーツウエア、そしてブルーの作業着を着た人たちがいた。布製の帽子をかぶった労働者の隣に、華奢な肩をシルクのショールで包んだ、シングルカット〔一九二〇年代のアメリカで流行した男性のように短い髪型〕のブロンドの髪の女性たちがいた。だが、人間どうしのそうした優劣の差は消えていた。ここでは貧乏人も金持ちもなく、聴衆はひとつの有機体を構成する細胞の寄せ集めにすぎなかった。

「あのいかさま師、気をつけないと」バージェスはドクターを指差し、ファン・ブレーデプールに向かって叫んだ。「まずいことになるぞ」

　そう言っているまに、ドクターの立っている演壇の周囲に石やレンガやビンが降ってきた。大きなレンガの塊が演者の足元に落下したが、彼は身をかがめて表向きは冷静にレンガを拾いあげて頭上にかざした。演説が再開できそうになると、彼は聴衆に向かってレンガを振りながら叫んだ。「諸君は白人にパンを求めるが、彼らが与えるのはミサイルだけだ。したがって、わたしが申しあげたかったのは、仮に白人の女性たちが……」

　それがドクターの最後のことばだった。群衆の奥深くから数発の発砲音が漏れ、つづいて一瞬の静けさがシェパーズ・プレイスを覆った。拳銃の発砲などありえないと思っていたかのように、誰もが驚きと恐怖で周囲を見回した。一方、ドクターは堅物の教師のような姿を醜く歪め、つんのめって演壇に倒れた。二度、三度、立ちあがろうとしたあげく、壇上のきわにずるりと転がった。とたんに沈黙が破られた。ドクターの支持者たちは手当たり次第にあるものを摑み、ヨーロッパ人めがけて突進した。白人も負けじと、警官の警戒線を突破して、支持者に相対した。だが、小競り合いに突入するまえに、広場の奥の柵を大きな白馬が飛び越え、着地するや横へ飛び跳ね、再度向きを変えさせられると、対立する群衆のあいだへ一直線に向かってきた。その後ろに、騎馬隊員が従っていた。広場の中央の薄明かりが、赤銅やニッケルに反射して輝き始めると、たちまち敵対する人々の空気が一変した。警官から逃れたい一心で、敵味方の別なく融合し、ファン・ブレーデプールとバージェスのいるほうに全速力で駆けてきた。同じく、ふたりもくるりと向きを変えて走りだしたが、すぐに周囲で人々が激しくもみあいだした。

ふたりは音の洪水と群衆ヒステリーに巻きこまれた。ファン・ブレーデプールは、あたかも自分が砕け散る波に呑まれ、嵐の波に翻弄されて揺さぶられるのを感じた。意識と行動の調和が完全に乱れ、頭が進めと言っても足が後退し、目前の集団の間隙をすばやくとおり抜けようとして、よろめきながら脇へそれた。バランスをとろうと、すぐまえの人物の肩にすがると、相手は瞬時に振り返り、狼のように肩にかけた手をはじきとばした。その顔は怒りもあらわで、歯をむき出し、よだれを流し、目には意識のかけらも宿していなかった。しっかりと腕を組み合って群衆のなかを突進する夜会服の若い男性の一団をかわそうとしたファン・ブレーデプールは、そのなかのひとりから一発猛打を浴びたが、それは故意によるものだった。群れになって襲うときは一致団結していた者たちも、追われるときはバラバラになって逃げる。足元で倒れる者たちを、彼は良心の呵責なく平気で踏みつけた。なすすべもなく混乱したまま、かなりの時間この混沌とした状況の一部と化していたが、ある瞬間、彼の耳に馬の蹄の音が飛びこんできた。人々の小競り合いは百倍も激しさを増し、無知の奥底からわき起こる絶望の叫びが群衆をおののかせ、人々の顔色は青ざめていた。突然、彼は頭に強打を浴び、猛烈な力で横に突き飛ばされた。長いこと、倒れていた気がした。身体が地面に激突して転がった感覚はあった。身体を起こすと、警官隊の背中が、まるで鋤で耕すように、人間を土くれ同然に左右につきとばしながら、群衆のなかを前進する様子が見えた。一瞬、あたりが静まりかえったかと思うと、近くの街頭の時計が時を打ち始め、何の変哲もない日常の音が通りを満たした。時間とは実に無関心なものだ。ファン・ブレーデプールはよろよろと立ち上がった。衣服のゴミをさりげなく払い、いつもどおりに振る舞おうとしたが、身体が激しく震えていた。わずかばかりの誠実さと自尊心を修復できないまでに粉々にされた者のように、彼は心底憤りを感じていた。そして、演壇の隅にだらりと転がった黒人の姿を思いうかべて涙がこみあげた。あたりを見回すと、バージェスが起き上がるのが見えた。

「怪我はないか?」バージェスが叫んだ。

「平気だ。そっちは?」

「大丈夫」バージェスはファン・ブレーデプールに背を向けて、しばらく立ったまま、まるでバナナの皮で足を滑らせただけだというように、器用な手つきで神経質そうに衣服のほこりを払っていた。だが、ファン・ブレーデプールに、バージェスの目は見えなかった。

ファン・ブレーデプールは突然、その場にかがみこみ、側溝に膝をついた。身体は激しく震えていた。バージェスが急いで駆け寄ると、ひどい熱だった。ファン・ブレーデプールが顔を上げると、バージェスが心配そうに自分のうえに身をかがめていた。

「大丈夫」彼はバージェスにそう言った。「ずっと気分がよくなった」

「そうは思えない」バージェスは友を立たせながら言った。「だが、まずどこかで何か飲もう。喉がからからだ」

ふたりは連れ立って脇道に折れ、黙々と歩いた。しばらく行くと、ふたつの平行四辺形の灯りが歩道に洩れ、グラスの触れあう音や、入り乱れる会話の呟き声が聞こえてきた。誘われるままに、ふたりは灰色の凝った装飾の、色褪せた仰々しい建物に向かった。バージェスは先頭に立って、大股でさっさとなかへ入ると、左手でガラスのドアを押さえ、医師が患者にするように、右手でファン・ブレーデプールを部屋に通した。なかに入ると奥へと急ぎ、バーのカウンターとつきあたりの壁のあいだに落ち着けそうな場所を見つけた。

「ぼくはブランデー。同じでいい?」バージェスはそう言うと、答えを待たずに注文した。

飲み物が運ばれてくると、ふたりは黙ってそれを飲んだ。なにから話してよいのかわからなかった。周囲の客は猥談や馬場情報で盛り上がり、ファン・ブレーデプールが忘れたいと思っていたシェパーズ・プレイスの暴動も話題にしていた。ドクターの名前がなんども耳にはいった。事件を忘れさせてくれるような、別のことを考えようとしたが何も思い浮かばなかった。手もとのグラスには、琥珀色の液体の表面に、バーのミニチュアが映っていた。トゲを抜かれた現実の縮図だ。グラスのなかの世界では、天井からぶら下がるライトは、揺れうごく細かい氷のかけらだ。天井付近にたちこめる煙は、碧い北極霞だ。そうすることでまるで事件を忘れられるかのように、ファン・ブレーデプールはグラスのなかに映る像を、ひとつひとつ注意深く観察した。だが少しして、彼はひとりごとのように言った。「あの男は、ほんとうに死んだんだろうか」

「気の毒だが、まちがいない」そう言うと、バージェスはもう一杯ブランデーを注文した。飲み物が運ばれてくると、彼はグラスを明かりにかざした。それから数分間、ゆっくりとグラスを回しながら、明かりにかざしつづけ、液体にくまなく光が浸透した。ファン・ブレーデプールには、バージェスの身ぶりは、古くからの伝統的な儀式のようにすらみえた。それは、アウトローの誓約だった。だがそのことをそれ以上考えるのはやめた。頭のなかであれこれ考えるうち、思考が散乱していた。熱っぽい気がしたので、グラスをあげ、額に当てて目を閉じた。そのまま、彼はバーの人々の話に耳を傾けていた。ただの想像だったろうか? 周囲の音が停滞し、回転数を下げたレコードのように、大儀そうに流れている。彼は目をあけた。電灯がゆっくりとスローモーションフィルムのように揺れ、バージェスのグラスは、クレーンの先のかごのようにゆっくりとカウンターに下ろされた。時間が滞りだしたのは、それが空間の動きだけでなく、感情の動きでもあるからだ。そして、忘れがたいある瞬間に感情が固定して動かなくなると、時間はもはや存在しないに等しい。

「あの男のことは気にしなくていい」バージェスはゆっくりと言った。「ようやくすべての苦しみから解放されたんだ」もはや名前で呼ぶ必要はなかった。

「あるいは、ようやく始まろうとしているのかもしれない」ファン・ブレーデプールは言った。

「どういう意味だ?」バージェスの口調は挑戦的な響きでさえあった。彼はファン・ブレーデプールを注意深く観察していた。その目には、疑いと不安が入り混じっていた。

「きみはこの世のことしか考えていないね」ファン・ブレーデプールは質問を質問で返した。頭のなかが混乱し、ろれつが回らなくなっていた。

「きみこそ、命が二十あったって、いつも次のことばかり考えて、結局みんな無駄にするんだろう」

バージェスはファン・ブレーデプールが否定することを期待して待った。が、友人はしばらく何も答えず、それから不意にこう言った。

「吐き気がするほど嫌なものを見たな。あの暴動、あれは、とても人間とは思えないヒステリー状態だ。無分別なノイローゼ患者だ。きみが世の中を改革したいと思うのも道理だ」

バージェスは、音をたててグラスを置くと、ファン・ブレーデプールの腕をつかんで言った。「おもてに出よう。きみに話がある」

すでに人気もなく、静かな夜だった。バージェスは足早に歩き、ファン・ブレーデプールは苦労してついていった。バージェスはある種の期待感をみなぎらせ、傍らの友人が遅れがちなことに気づかなかった。

「きみにたずねたいことがあるんだが、そのまえに、率直に言わせてもらう」一瞬の間をおいて、彼は先をつづけた。「まず、きみの生き方にはかなり失望させられている。きみほど直感の鋭い男はほかに知らない。そして、きみほど直感で生きていない人間もみたことがない。正しい直感を感じても、きみはすぐに疑わしいと思ってそれを打ち消す。きみは仕事になんの興味も持っていない。だが、それをどうにかしようと思っているのか？ きみは、今夜の暴動に吐き気を催すと言ったが、それで終わりか？ きみは、たびたびぼくに、ケノンのような人間が被っている不正を憎むと言ってきたが、その憎しみはどうする？ きみはすべて否定して終わりなんだ」

「ぼくにきみのようになれと言われても無理だ」彼は口を挟んだ。「きみの場合、社会を変革することしか頭にない。ぼくは、生計を立てることが最も重要で、他人のことに口出しする気はないんだ。きみは、世の中はどこかおかしいと確信していて、自分が改革できると信じているのだから、迷わず行動に移せばいい。でも、ぼくには、それがまるで他人事のようで、自分と何の関わりがあるのかわからない。自分のような人間は時代遅れだと思う。それよりきみの……」

「きみのような人間は、どの時代に生きていても、時代遅れだと感じるだろうね」バージェスは興奮ぎみに言い、言い過ぎを恐れたのか、口をつぐんだ。

ふたりの足音が街路に響き、次々に壁に反響した。ファン・ブレーデプールは、お互いの傍らに他人がいる気がした。突然、バージェスはファン・ブレーデプールを止めて、その肩に手をかけた。

「ヨハン」彼は呼びかけた。友の洗礼名を呼ぶのは初めてだった。「なんどかきみが自殺しやしないかとおそれていた」

「バカなことというなよ！」ファン・ブレーデプールは大声で叫んだ。あまりの音量に、それは周囲にこだまして、「バカなこと」を繰り返した。

「聞いてくれ」バージェスは言った。「きみは必要以上になんでも疑いすぎる。ものごとを客観的に見て疑っているなら心配しないが、きみの疑いは、いかに自分の考えや関心と行動が折り合っていないかを示す基準でしかない。いいかい、きみのような不安感しか抱くことができないなら、それは誰もがそう思いたがるように世の中全体がおかしいのではなく、きみ自身の生き方に問題があるということの、明らかな兆候だ。最近のきみは、仕事の嫌悪感と生計を立てる必要との板ばさみで苦しんでいるようにみえる」

話を続けようとするバージェスを、ファン・ブレーデプールが遮った。「ひとはパンのみにて生くるにあらず。だが、パンなしには生きられない」

「そうだ」とバージェスは言った。「だが、肉体と精神は両立するはずだ。正直いって、きみみたいに双方の板ばさみになって生きねばならなかったら、ぼくに仕事はできないだろう。尊敬するもののために仕事をするのは、自分自身への義務だ。人生でなにも愛するものがないなら、きみが愛するものが人生に欠けているということだ。自分の人生に、愛するものを、与えてやらなくちゃいけない。愛を与える勇気がないなら、神に助けを求めるほか、きみを助けられるものはない」

ファン・ブレーデプールはなにも答えなかった。彼は、バージェスと自分のあいだに霧がかかっているのを感じた。何か言いたかったが、答えが浮かばなかった。

「わかっている」バージェスはさらに続けた。「ぼくと同じぐらいきみが抑圧を憎んでいて、たぶんぼく以上に社会の不正に心を痛めていることも。ぼくとダニエルと一緒に働かないか？ そうすればきみはパンを手に入れ、かつ、尊敬に値する仕事ができるだろう」

「きみの言うことにも一理あるよ」彼はゆっくりと答えた。「まだ完全にきみに説得されたかどうかわからないが、きみの申し出に興味はあるし、真剣に考えたい。すこし時間をくれないか」

「もちろんだ！」バージェスは元気づいて叫んだ。

「明日から三カ月出張にでるが、戻ったら、返事を聞かせてくれ」

「わかった」そう答えて、ファン・ブレーデプールはバージェスと別れた。

彼はゆっくりと歩いてミセス・ハリスの下宿屋に戻った。闇はいっそう濃くなり、もう時間も遅いので、ポートベンジャミン一帯にこうこうと輝いていた電光の灯は、波止場を照らす照明だけになっていた。むさくるしい建物の屋根の上には、煙突や柱を避けて星が大きくくっきりと輝いていた。山からの微風が、長い夏の日々の香りや、蚊の羽音に悩まされた夜の思い出をはこんできた。風は汚れたぼろ紙にカサコソとかすかな抗議の音をたてさせ——捨てられた食べ物の腐敗臭を空き缶ゴミの上に漂わせた。通りに並んだ家々は、入口が閉鎖されてかんぬきがかかり、窓には、街灯のわびしげな灯が映っていた。脇道を曲がり、微風をからだに受けながら、ファン・ブレーデプールは、船出を見ようとただひとり大型船のデッキにあがった乗客のような気分だった。

ミセス・ハリスの宿まで来ると、突風に帽子をさらわれ、側溝掘りの黒人作業員の一団の近くまでそれは飛ばされた。走って追いかけると、ひとりの黒人が、つるはしを打ちやって側溝から飛び出し、帽子をとりに行った。彼は笑いながら戻ってきて、ファン・ブレーデプールに帽子を手渡した。受けとりながら、ファン・ブレーデプールは相手の顔をのぞきこんだ。男はぼろをまとい、眼は腫れて充血し、顔は埃で黄色かった。ファン・ブレーデプールは同情に駆られ、衝動的にポケットに手をつっこむと、あるだけの小銭を黒人の掌にあけた。男は、何年か前にケノンがそうしたように、両手をカップの形にして差し出していた。金を渡してしまうと、彼は視線をそらしたが、その晩二度目の涙で眼が滲んだ。

その夜、ファン・ブレーデプールは夢うつつの境地にいた。彼の思考は、昼とも夜ともつかぬ黄色い光のなかを行くようだったが、完全な闇に陥ることはなかった。彼自身は、巨大な聖堂に立ち、天井には星々や月がかかっていた。何本もの柱が山のごとく聳え、そのあいだをおびただしい人の群れが埋めていた。ゴルフやポロに興じる人々もいれば、オレンジや林檎を売る者、トランプをする者、教科書を手に、無為な会話を続ける人々もいた。突如として、黒人の若い男が、重い荷物に腰を屈め、人目に触れることなく、通路を這うようにやってきた。男を犬用のチェーンで引いているのはバージェスのポスターの資本家で、葉巻きを燻らせていた。近づいてきた黒人の顔にケノンの面影をみとめて、ファン・ブレーデプールは愕然とした。駆けよって抱き起こしたい衝動に駆られたが、彼は目をそらし、涙をためてこう呟いた「ぼくには関係ない」。言い終わらぬうちに、隣に誰かいることに気づき、その人物がバージェスに似た声で言うのが聞こえた。「きみの同情はみせかけだ。きみが人を気の毒だと思うのは、さもなければ自分の根本的な無関心に耐えられないからだ。同情心から行動を起こす勇気がないなら、それは同情の名に値しない」

「ぼくには関係ない」彼は繰り返した。しだいに怒りが湧いてきて、彼は叫んだ。「きみにも関係ないことだ！」それは天井にこだました。「きみにも関係ない……カンケイナイ」。突如すべての人々がそれぞれの行動を停止した。ボールを打とうとしていたゴルファーは、クラブを肩にかついだ姿勢で動かなくなり、全員が叫んだ。「ぼくらには関係ない。あなたにも関係ない！」言い終わると、ゴルファーはクラブを振り下ろし、白いボールが巨大な弧を描いて高く舞い上がり、群衆の頭上を越えて説教壇に着地した。「一ホールを三打で回った。まずまずだろう？」男が言った。ファン・ブレーデプールはゴルファーから目を離し、隣の人物と議論をしようと振り向いたが、彼の姿はなく、群衆の頭上を浮遊しており、ファン・ブレーデプールに叫び返した。「もう待ちきれない、そろそろ音楽が始まるぞ」。説教壇に神父が現れ、手を差し上げて言った。「キリストの愛と聖母のおとりなしによってのみ、兄弟たちよ、汝はあがなわれるのです。愛によってのみ、兄弟たちよ……」だがその声は、バージェスに似た人物が、長い象牙のストップレバーを熱狂的に引きながら演奏するオルガンから聞こえる大音響に飲みこまれた。彼がストップレバーを引くたびに、噴水のように血が噴き出した。「誰か蓄音器をとめてもらえませんか？　あの音が苦手でしてね」ブリッジをしていた禿げ頭の男が言った。「あの音は嫌だね。商売の邪魔だ。お客が寄りつきやしない！」オレンジ売りが叫んだ。「静粛に！」図体の大きい警官が横柄に叫んだ「首相にご自分の発言が聞こえないではないか！」。だが、音楽はいっそう大きくなり、ファン・ブレーデプールの頭のなかで雷のようにごうごうと鳴り響いた。空気が抜けるように資本家がしぼんでゆき、驚いた拍子に口元の葉巻きが落ち、犬用のチェーンが鋭い怒りの悲鳴をあげて石のうえに落下した。すると巨大な黒い人物がむっくり起きあがり、どんどん大きくなって、ついに聖堂の天井に達した。巨体のどこかに光が現れ、皮膚は透けるようになったが、色は黒と白のどちらでもなかった。「あんな音楽は嫌いです。バッハ以来、オルガン音楽は書かれていないと言いたいですわ」すぐうしろで優雅な装いの婦人が言った。彼女がそう言い終わると、聖堂にいた人々が全員起立し、意気揚々と歌いだした。「待つこと長き者、アフリカよ！ いまこそ長き眠りより目覚める時がきた！」ファン・ブレーデプールはとてつもない高揚感を感じた。大きな炎の柱のごとく、いっきに身体が舞いあがるような気がした。彼の身体の動きに、複雑な音の旋律が微妙に絡みあった。下界では、人々がやみくもに駆け回りはじめ、スティン・ベルゲル・アンド・ストゥンプコフ社のカレル・スティン氏が帽子もかぶらずドアに駆けより、こう叫んでいた。「警察をよべ！ 消防隊をよべ！」次の瞬間、彼はフェルハレーヘンの部屋のベッドに寝ていて、叔父が聖書の一節を読み聞かせていた。「わたしたちが幼な子であった時には、幼な子らしく語り、幼な子らしく感じ、また、幼な子らしく考えていた。しかし、おとなとなった今は、幼な子らしいことを捨ててしまった」。傍らにはろうそくの炎が静かに燃え、叔父の声はいつまでも止むことなく、ついに黄昏時の平原を恐怖に駆られて逃げまどう無防備な羊たちの、鳴き声と融け合った。四方から稲妻がさし、近くで激しい戦いの喚声があがっていた。

翌朝、ファン・ブレーデプールは高熱にみまわれた。診察の結果、後頭部に大きな腫れがみつかった。地方に向かうバージェスは、友が生きられるかどうかもわからなかった。

第五章

熱病が引き起こす譫妄の深みははかり知れない。肉体の異常がもたらす精神の変容も日常を超えている。健康なときでさえ、ベッドに入り、灯りを消すという単純な行為が知性と精神を日常の思考から解き放つ。過去と未来の映像が妖しく花開き、東方の雲のように頭上に垂れこめる。現実のものとは思われぬ音が聞こえ、世界は百万本の弦を張ったギターとなって震動する。底知れぬ深みから青光りする蛸が闇夜の海面に浮上するように、未知の概念が意識の膜を突き破る。だがこの過程が熱病のリズムと合体すると、身体という世間との回路が日常的コミュニケーションから遮断されて、放蕩の限りを尽くす。そのとき生じる精神状態を思考と呼びうるかどうかは疑わしい。というのも思考は整合性を前提としているが、ここでは脈絡のかわりに底知れぬ断絶が存在するのだから。日常的必要によって矯正され統合されたそれまでの自己に向かって、観念、記憶、のひとつひとつが反逆する。反逆のなかでそれらは本来の勢いを取り戻し、原初の力強い衝動に押されて、互いの関連を断ち切り、それまで閉じ込められていた枠組みから脱して、渇望や不安を打電する。自分の顔を覗きこむひとつの顔は、今まで見た全ての顔のなかに溶けてゆく。スプーンがひとつチリンと音を立てて床に落ちると、ナイアガラの滝のような無数のスプーンが視界を埋め尽くす。眩しさから顔をそむけても無駄だ。

身体が属する世界は遮蔽されるが、目が内面に向かうとき、目蓋は空のように広大な空間を覆う天蓋となり、その下にはナイアガラばかりか、コンゴ川やザンベジ川も出現する。外側の世界――長らく内面の世界と微妙なバランスを保ってきた外界――のみが排除されている。バランスは揺らぎ、縦横に震動する。自己、または自己を構成するあまたのものが崩壊する。時計は時を刻むが、もはや時間は存在しない。時間は必然であり、意識は熱病のなかで必然に反逆しているのだから。ひとつの音は深みを、次の音はさらなる深みを導く。世界は崩れ落ちる。それとも天がけるのか。それは平凡な数学の問題で、目下の関心ではない。どこかで何かが動く。ベッドのそばに来た制服の看護婦は、体温表の折れ線でそれを測ったと考えるが、ベッドの患者は動きの一部だから、動きそのものだから測ることはない。自分を測るとは？ 患者は無関心になる。意識は刻々に変化するが、比較の尺度が消失している以上、どの状態も同じようなものだ。それぞれの状態それ自体が尺度なのだ。一方世間から見れば、患者は彼自身のぞっとするような戯画だ。外界の受け皿である口、目、耳、鼻はそれぞれの機能を簡単に放棄しない。生物としての長い伝統を背負っているこの装置はすぐに停止することはない。しかし熱病にかかった今、装置に命令を下す者が不在となる。それは、みずから尾を切り捨てたあと、ずっと動きつづけるトカゲの尾に似た動作をする。患者はことばを口にするが、内なる自己はうわの空で、しゃべるという習慣的な動作によって、なにかを伝えることができない。つまり意味を与えられない。傍らの人たちには意味を持ち、整然と映る世界が、病人の目にはピンボケの世界だ。なぜなら、内面の支持と共感の機能が停止しているからだ。患者はロボットだ。もはや腹話術のできない主人に操られる人形だ。それればかりか、見物客には、人形と腹話術師が一体だったときの記憶が残っておりその矛盾に苛まれる。だが、価値というものの存在しない世界に住む患者には、混沌も秩序もない。感覚の境界さえ失われる。朝の空気のなか、魚売りの荷車がかすかな悲鳴をあげてとおるのを聴覚が知らせる。漁師のラッパの音は、患者の耳にとどき、さらにはアトラス山脈の稜線をつたい、緋色の山頂へと、硫黄色の光に包まれて上昇していく。突如としてある考えが、沈没した潜水艦から脱出する人のように浮上した。「学校に遅れる！」患者は恐慌をきたし、狼狽する。長いあいだ忘れていた過去の醜態がよみがえり、それまでの記憶と衝突し、口もとにひきつった笑いが現れる。ふたつの純白のテニスボールが上昇し、やがて黄昏の空を背に、ぶつかってはじける。口が渇きをうったえている。青白い子どもたちの頬に赤みがさすほどさわやかで冷たい空気が、粉末ガラスのように喉を下りてゆく。だが、患者の心を占める世界で、その音は聞こえない。そこでは、遭難信号のひとつひとつに思い出の煙幕が張られる。患者は、かつて首を絞めつけていた、イートン・カラー〔上着の襟の折り返しにつける白い幅広の襟。イートン校の制服に因む〕の幻に悩まされる。誰も水をくれなければ、彼はそれが必要だったとも知らず死んでいく。だがある日、長いこと、目を向けているだけで、見ていなかった患者の目が、正面の壁のうえの物体に釘づけになる。徐々に焦点が合いはじめる。目の前に、額ぶちの輪郭があらわれる。まもなく患者の視線は絵そのものに移る。趣のある、金色にかすむ光が絵に射し、患者は驚異の念にとらわれる。しばらくのあいだ、彼は絵にみとれているが、突然むやみに苛立ち始める。絵がまっすぐに掛かっていない。少なくとも二十度傾いている。長いあいだ混沌を味わったせいで、患者はいまでは数学的秩序の狂信的な信者だ。敵の塹壕を最初に爆破した軍隊のように、すべての意識が壁の一点に向けられていた。内的な世界はまだ混乱もあったが、この単純な事実によって、患者はとうとう秩序の大切さを認めたのだ。絵をまっすぐに掛けるよう、彼はただちに要求する。

患者が首尾一貫した要求を口にしたのはあまりに久しぶりのことだったので、周囲の人たちは動揺し、単にこれも、錯乱状態の一種ではないかと疑う。躊躇する彼らに、患者は苛立ちをつのらせ、横柄な口調になる。絵をまっすぐにしろと言ってきかない。そしてその後目を開くたびに、間違いなくそれがまっすぐであることを確かめる。その夜、看護婦は体温の折れ線グラフが下がり始めたことに気づく。要するに、体温の曲線は、患者が長らく置かれていた状態と何らかの関連性を持っていたのだ。外から病室に入ってくる物音を、彼は徐々に聞きわけられるようになっている。こうした音や室内のぼんやりとした照明を受けて、患者は外界のイメージを、おぼろげな現実を、作りあげる。通りで子どもたちの声が聞こえ、暗くなるまで遊んでいる姿が伝わってくる。患者の部屋にとおされるのは午後の太陽だけだ。丸い埃の粒子が日差しのなかをふわふわと上下に動いて、数をおぼえるのに使った、枠にはまったステンレスの棒にすべらせる透明のおはじきに似ている。それは患者に、地球が動き、自分の知らぬまに変化したことを気づかせる。できることなら、時間の進行を止めたいと彼は思う。長い時間を影のなかで過ごしたため、もう闇は要らないと思う。外界の騒音が夜の到来を受け入れ、しかるべき場所に収まって、穏やかな状態へと落ち着くのが、彼は無念でならない。目がまだ弱っているために、部屋に運ばれた蠟燭は、孤独の象徴となる。不安におびえながら、白く長い蠟燭が影に浸食されていくのを彼は見つめる。廊下をとおる足音に、彼は毎回熱心に耳を傾けるようになる。そうして、少なくともひとりの人間が部屋の前で立ちどまり、回せば容易に開く鍵を開けて、部屋のなかに入ってくることを無言で願う。とうとう患者は蠟燭の火を吹き消し、そうせざるをえなくなったいま、ようやくある事実を認める。ひとりで夜を過ごさねばならないこと、そして、たしかに自分が孤独だということを。

そして最初の外出の日。世界は耐えられないほどの美しさだ。光は触れることのできる物体で、空腹を満たしてくれる食物のよう。泣きたいほどだ。これまでの無反応を思うと、自身の変化が実感される。新たな物語の始まり。ここに至るまでの道を注意深く思い出そうとするが、すべてを遡ることは望むべくもない。というのもこの期間、時間と記憶が併走しつつも向き合ってはいないために、両者の現実が食い違うからである。この単純な事実のなかに病んだ者の悲劇がある。通常われわれと時間とのあいだには一体感があり、記憶が或る時点と別の時点のあいだの間隙と差異を忠実に記録してくれていなければ、時間の軌道が着々と進む一方で、自身の軌道が薄れつつあるという意識が生じなかったことだろう。記憶のみが、一連の選択によって、また一見無関係な現在の事柄を過去の事柄と対比させることで、自分に起こった変化を忘れさせない。知らずのうちに過去の自分は現在の自分へと移行し、その過程で多くのことが起こり、多くのことが忘れ去られた。だが熱病から回復した人間は、当てどのない長い旅に出て、道中であった苦難を忘れ、しかもふとした天候の変化が脳裏に祖国の海を呼び覚ますとき、言い知れぬ悲しみに襲われる旅人に似ている。個人的な記憶が消える時点においてさえ、他の記憶がざわめいて測量の尺度を広げてくれる。自分と時間のあいだの溝が深まり、両者が併走する距離は目に見えて短くなる。夜の漁を終えて戻る漁夫の櫂の音を聴き、帆に差しこむ日光を見る者は、思わず詩の一節を思い浮かべるだろう。

「彼女の乗った小舟は、磨きあげたる玉座さながら燃ゆるがごとく水面に浮び、艫は金の延べ板、帆は深紅、焚きこめられた香のかをり」

漁夫の船とナイルに浮かぶ女王の船を結ぶものは読み手だけである。否、読み手ですらなく、読み手を通して語る詩人のことばである。読み手の視野のなかで漁夫の船とナイル川の船は時間のなかで遠ざかってゆく。後者はかつてエジプトの陽を受けてめらめらと燃えたち、その光景に打たれた者たちは死ぬまでその壮観を胸に刻む。印象の強烈さゆえにその記憶は、他の人間の記憶のなかに生き続け、人類の集合的記憶のなかに、当事者たちを超越した不滅の位置を獲得する。記憶は漣《さざなみ》で、投げた石が底に沈んだあとまでも水面は揺れ続ける。漣が石と違うように、記憶は現実と違うのでは？そうだ。記憶は歴史家ではない。記憶は詩人で、しかも多くの偏見に満ちた詩人なのだ。記憶は真実ではなく偏見に資する。病から回復して今一度自分に立ち戻った者は、それまでの時間が無為な年月であったとしか言うことができない。砂漠で道に迷い、意気込みにもかかわらず日暮れに出発点に戻り、朝焚いた火の灰を眺める、そんな旅人に自分が似ていると思うだろう。一切は自分に明白な進路も、導きとなる確信もなかったためだと、すべてが恣意的であったゆえに自分の警戒は無為であったのだと、思うだろう。迷った地点を知ろうと己の臭跡を辿り、砂のなかの己の足あとを眺める旅人のように、彼はただひとつのことだけを知る。朝には太陽に向かっていた道が、今や夜のなかに降りてゆくのだということを。

第三部

私はあらゆる暴力的な革命を憎むのだ。そのさい良いものが得られるとしても、それと同じくらい良いものが破壊されてしまうからだよ。私は、革命を実行する人びとを憎むが、またその原因をつくり出す人びとも憎む。

ゲーテ

第一章

ファン・ブレーデプールはバンブーランド・メイルのコンパートメントの窓から身を乗りだしていた。列車は、ゆっくりと薄暗い駅にすべり込んだ。プラットホームには濃霧がたちこめ、「ポールスタッド」とかかれた鉄看板の文字がかろうじて読みとれた。シマリングから聞かされていたこと以外に、この町と周辺の土地がどのようなところなのか、ファン・ブレーデプールには見当もつかなかった。二時間まえ、次第に日没に向かうころ、列車は深い森に覆われた広大な山脈に近づいていたが、日没までにだいぶ間があるうちからみるみる霧がたちこめて、視界が閉ざされた。彼は車窓からぐっと身を乗りだして、ポーターを待ち構えた。だが、かろうじて見分けられた構内には、ほとんど人けがなかった。切符売り場の入口で、男が柱にもたれて立ち、まるで興味がなさそうに列車を眺めていた。さらに先では、機関車から漏れる明かりに照らされたプラットホームで、人々があちこちに荷物をほうり投げていた。乗馬ズボンとレギンスをはき、サイの皮のムチを手首からぶらさげた男が、電車を降りようとする女性に手を貸していた。

「この辺にポーターはいますか?」ファン・ブレーデプールは、入口の男に声をかけた。

「いまなんて言ったのかね? 兄弟」そう言うと、男はくわえていたパイプをはなして歩み寄ってきた。あとになって、ポールスタッドの住民は必ず返事をする前に「いまなんて言ったのか？」で始めることに気づいた。

「どこかでポーターがみつかるかしら？」彼は繰り返した。

「あぁ」男は答えた。「ホテルのポーターがそのへんにいるはずだよ。どこに泊まるつもりだい？ ポールスタッドホテル、それから……」

「あ、そこです」ファン・ブレーデプールが口を挟んだ。

　ポールスタッドホテルは、シマリングの推薦だった。

「それなら、その辺にいるかみてこよう」

　男はもやのなかへ姿を消した。まもなく、駅の裏の方から騒々しい叫び声があがり、入口から四、五人の小柄なカラード〔十七世紀中葉にケープに入植したオランダ移民と、先住民や奴隷との混血によって生まれた人々の総称〕の男たちがなだれこんできた。頭にはハンチングをかぶり、一斉に別々のホテルの名前を叫びはじめた。

「どうやらここは、シマリングの話よりずっと大きな町にちがいない！」ファン・ブレーデプールはそう思った。

　一分もすると、四人のポーターたちは、ファン・ブレーデプールの車窓の下で笑い騒ぎ、互いに押し合いへし合いしていた。

「きみの探していた男だ、兄弟」ポーターを呼びに行った男が、ゆっくりとプラットホームに近づいてきて、四人のうちの一人を指さして言った。ファン・ブレーデプールが礼を言う間もなく、男は背を向けると、入口の所定の位置に、ゆっくりと戻って行った。他のポーターたちは、もみあうのを止め、車窓の前にスペースをあけようと、脇の方によけて、ひと固まりになっていた。彼らは客を獲得したライバルの行為を批判がましい目で見ていた。

「おやまぁ！　あのブッシュマンときたら、なんてのろまなんだろう！」ひとりがファン・ブレーデプールのポーターを茶化すような目でみて言った。

「おい、ブッシュマン！」別の男が叫んだ。「おまえ、もっとミーリー・ミール（ひきわりトウモロコシ）を食べないと一人前の仕事ができないぞ」

　全員がくったくなく、いつまでも笑いやまないので、ファン・ブレーデプールの目には誰もが幸せに満ちていた。だが、帽子を除けば彼らはみなぼろを着て、頬はげっそりやつれていた。

「のろまだって？　のろまだって？」ファン・ブレーデプールのポーターが叫んだ。飛びあがろうとするように腰をかがめて、頭から帽子をサッとつかみ取った。「ハイランド生まれのオレを、のろまだっていうのかい？　おまえら、よぉく見ていろよ！」彼は列車のドアを勢いよくくぐり抜け、個室のドアを一気に開けると、ファン・ブレーデプールの止めるのも待たず、わめきながら荷物を窓の外に投げ始めた。「のろまだって？　のろまだって？　黄色い雄ヤギめ、これを受けてみろ！　これもだ！　だてに七面鳥を食べて育ったわけじゃないぜ！　これも受けてみろ！」

「ブッシュマンのやつ、気がヘンだぞ！」こう叫んで、仲間たちは車窓に突進した。

　だがファン・ブレーデプールの荷物はみな無事にホームの上に下ろされた。

「この辺でタクシーはつかまるかな？」ファン・ブレーデプールは、男子生徒のようにいたずらな笑顔でこちらを見ているポーターにそう訊ねた。すると満面の笑みはさっと消えて、とたんに憂鬱そのものの表情になった。

「駄目です、旦那。このあたりじゃあタクシーはありません。あいすみません。タクシーはないんです」まるで自分のせいだとでもいうように言った。

「では、どうすればホテルにたどりつけるだろう?」

「歩くんです、旦那」明るさを取り戻してそう言うと、他の仲間に飛びついて叫んだ。「旦那の荷物をくれ!」

「でも、全部は持てないだろう?」ファン・ブレーデプールが声をあげた。

「いいえ、運べますとも、旦那。このブッシュマンがどうするか見ててください!」

彼の仲間たちが、トランクを持ちあげて頭に載せるのを手伝ってやった。スーツケースを三つ取り上げると、二つを両手に持ち、一つを脇に抱えて、ポーターは駅から出て行った。

通りでは、おもったより霧が濃くなっていた。街灯はなく、辺りを照らすものといえば、広々とした庭園に囲まれた家々から漏れる明かりだけだった。夜気は冷たく湿っていて、ファン・ブレーデプールは生い茂る樹木の気配を感じた。霧は、土地がたっぷりと水分を含んでいる証だと思った彼は、ポーターにたずねた。

「ここは雨がよく降るんだろうね」

「いや、降らない。でも降るときもあります、旦那」彼はそう答え、ファン・ブレーデプールのほうを向こうとするたびに、頭の上の荷物が危なかしく傾いた。

「もうずっと降っていません。いつもは雨がよく降って、乾期でも水に困りません。けれど、山の向こう側」そう言って、彼は霧のなかに向かって指をさした。「バンブーランドじゃ、にんげんは飢えて牛や馬のように死んでいる」

「でも、この霧はたっぷり水気を含んでいるのに」ファン・ブレーデプールは反論した。

「それはちがいます、旦那。毎晩、海から霧が立ちのぼるんです。雨が降るからじゃない、そうじゃないんです、旦那」

「でも、それほどここは海に近いわけじゃないだろう?」

「馬で行けば四時間です」

男の話し方には、好ましい特徴がふたつあった。まず、彼の発音だが、「ノー」と「サー」と言うとき、無意識に、初期のオランダの入植者たちと同じアクセントをしていた。ことばや言い回しはもっと新しく、この地方特有のものだったが、彼は、いまでもオランダの人たちが話しているのと同じように発音していた。もうひとつは、距離の測り方だった。彼はポールスタッドが海から二十マイルだと言わずに「馬で行けば四時間」と言ったが、それは自動車や速度計が発明される以前の時代の計算法だ。ファン・ブレーデプールは、ポートベンジャミンの暮らしにもはや共感は抱いていなかった。いまや彼は大都市への追従に、仮に追従したとしての話だが、嫌悪感を隠さない小さな田舎の村に好意を寄せていた。

村の奥に入ると、通りは狭くなり、家々の前庭も姿を消した。ふたりは、壮大な白い壁によく釣り合う破風屋根が美しい家々が醸し出す、前時代の優雅さとゆとりの雰囲気のなかを通り過ぎた。ファン・ブレーデプールはそうした家並みに興味を惹かれ、途中でたびたびポーターの足を止め、近づいて丁寧に観察した。窓ガラスは、光の射し込み具合から判断すると、年季が入り、傷がなくはなかった。そこここで、ガラスのひびによって屈折したガス灯のまばゆい灯りが、霧中に小さな二つ折りの虹をこしらえていた。ドアの外に、古い鉄の枠に入れられた石油ランプが灯り、その光と影で面取りされた破風屋根が、優美な曲線をみせている。一軒の家では、蓄音機からかつて何年もまえに流行った曲が流れているが、その後、同じように流行した軽薄な曲が百曲はあっただろう。ずいぶん前に流行った曲なので、曲のもつ魅力というより、聴く者の胸に、それが過ぎ去った人生を連想させるという意味である種の力があり、初めてポートベンジャミンにやってきた頃のファン・ブレーデプールの悲しみをよみがえらせた。家々をながめながら耳を傾けていると、近くの通りから、かつて慣れ親しんだ音が聞こえてきた。これから旅に出ようとする馬と馬車の音だ。一瞬、長旅からようやく安住の地に帰りついた者の気分になった。振り向くと、通りの真ん中でポーターがトランクのうえに座り、その周りにスーツケースが積み上げられていた。

「このあたりの家はかなり古いんだろうね」ファン・ブレーデプールはそう訊いた。

「そのとおり！」ポーターは答えた。「むかしのひとたちが建てたのです」

「いつ頃かわかるかい？」

「はい。むかしむかし、伯父たちが建てたのです。あのカフィール戦争よりも前のことです」

ファン・ブレーデプールが興味をひかれた家々はそこで突然途絶え、ふたりはコリント様式まがいの柱のうえにブリキの屋根が載ったみすぼらしい小さな建物のまえを通りすぎた。だが、躊躇なく無視することに成功すると、彼は自分にこう言い聞かせた——ポートベンジャミンではこんなふうに素通りできはしなかった。小さな映画館の入口の前を通ったとき、フィルムの回る音にまじって、戦前のダンスミュージックを弾くピアノの音が、静まり返った通りに聞こえてきた。

「旦那がこれから行くのは一番いいホテルです」だしぬけにポーターが言った。

「へぇ、そう？」

「町でたったひとつの、二階建てで、電灯のつく建物です。ほら、あそこです、旦那」

ふたりは、砂利を敷いた、大きな広場を歩いて行った。一方の側には、背の低い、横長の、黄色い壁の建物があり、地面より高くなった、広いベランダで囲まれていた。ベランダには編み物をする女の姿があり、正面玄関につづく階段の前には埃まみれの自動車が一台停まっていた。車のまえを通りすぎるとき、ファン・ブレーデプールはナンバープレートが、ポートベンジャミンのナンバーだったように思ったが、はっきりそうとは言えなかった。彼は、車のエンジンがかけっぱなしなことに気がついた。ベランダに続く階段をのぼりかけたとき、ホテルの入口から飛び出してきた車の持ち主とあやうく正面衝突しそうになった。詫びようとして振り返るとき、階段の下段にいた相手が一瞬動きを止め、既にベランダに上がり、燦々たる日差しを浴びて立っていたファン・ブレーデプールを見あげた。そのとき一瞬、男がこちらを認識したように思えたが、ファン・ブレーデプールにはあきらかに面識のない人物だった。男はそのまま出てゆかず、振り向いて、なにか忘れていたとつぶやきながら、階段を引き返した。正面玄関でホテルの主人に出くわした彼がこう言うのが聞こえた。「聞いてくれ、ロスマン。即刻、あの手紙を総督に届けてもらいたいんだ。重要な件なんだよ。まもなく総督も戻るはずだ。ここで待っていたいが、今夜ポートダンカンに行かなくてはならなくてね」

ファン・ブレーデプールが彼らに近づくと、男はこちらを盗み見るようにしていたが、ついにくるりと背を向けて、車に向かった。ファン・ブレーデプールがホテルの主人に話しかけようとしたとき、乗用車の持ち主はベランダの階段でポーターを呼びとめ、運んでいたスーツケースに貼られたタグを点検しはじめた。他人の身元をこそこそと確認する男の態度を見て、ファン・ブレーデプールは憤慨して男の方を振り返った。ファン・ブレーデプールがこちらにやってくるのを見ると、男は急いでポーターに言った。

「たのむよ、ジム！　これでケープ・トゥー・カイロの五十本入りを一箱買ってきてくれ」

「こっちの荷物の方が先だ！」ファン・ブレーデプールがポーターに叫んだ。

「くそっ、待てるか」そう叫んでポーターの手から金をもぎとると、男は車に飛び乗って走り去った。

この一件でファン・ブレーデプールはやや動揺していたが、宿泊の手配をしているうちに、じきに頭から消えていた。

　ポールスタッドホテルのなかはカビ臭く、埃っぽいにおいがして、しばらく掃除もしていず、あきらかに長いあいだ閉めきりだったようだ。リノリウムの床ははがれて黒ずんでいた。正面の入口近くの長い廊下に、背の高い机があり、その上に古い聖書のように、ひと隅をニッケルのチェーンで綴じた本が置いてあった。ホテルの主人は何も言わずにファン・ブレーデプールを机のところに連れてゆき、勢いよく本を開いて言った。「こちらに署名をお願いします。お泊まりは、一泊でよろしいですか？」

「いや、一カ月か、または八週間になるかもしれません。まだ、わかりません」

「一泊お泊まりの場合、規定では十シリング六ペンスですが、一カ月滞在されるなら、六シリングで結構です」主人が言った。

「では、一週間にしておいて、また考えます」

「かしこまりました」主人は堅苦しいお辞儀をすると、ポーターを振り向いて言った。「ジム、お客様を二十三号室にご案内して」

　ジェームズはファン・ブレーデプールを案内して、狭い廊下を進んだ。枝角のある、何種類もの雄ジカのガラス玉の目が、壁の上からふたりを見下ろしていた。廊下のつきあたりの階段を上ったとき、足下で砂糖を踏んだようにざらざらと埃が音をたてた。二十三号室は、もう一つ先の廊下の角だった。ふたりが部屋に入ると、箪笥の小さな引き出しが、ガタガタと激しく揺れた。部屋の片隅には鉄製のシングルベッドが一台置かれ、別の隅には、鉄製の洗面台の上にエナメル製の水差しと洗面器が置いてあった。窓はひとつしかなかった。ベッドの横の壁には、最後の審判の日を描いた不気味な絵が掛かっていた。絵の左上の端に、巨大な瞳が、燃えながら大地に沈んでゆく太陽のように浮かんでいた。それは海、地、火、そして天の大異変から遠く、超然としていた。天変地異により、略奪、殺人、骨肉の争い、戦争に没頭する浅ましい人間たち。ファン・ブレーデプールは絵に不快感を催し、壁から下ろしてボーイに渡した。

「ジェームズ、これをどこかにしまってくれないか。あんな目に見下ろされていたら、ぜったい眠れないよ」

　ポーターは驚いたふうだったが言われたとおりにした。そして部屋を出て行き、数分たってノックもせずに入ってきた。部屋に入ると、彼はファン・ブレーデプールから目を離そうとしなかった。スーツケースに貼られたタグが、彼の好奇心と驚きをかきたてた。それを見て、ファン・ブレーデプールはポールスタッドとポートベンジャミンは互いにあまり馴染みがないのだと思った。

「もう行っていいよ、ジェームズ」ファン・ブレーデプールは言った。

「はい、旦那」相手はそう言ったが、動こうとしない。

「これを」ファン・ブレーデプールはチップを渡した。「忘れていて、すまなかった」

ジェームズはチップを受け取ったが、まだ出て行こうとしなかった。

「ポートベンジャミンはいいところだそうで」彼は言いだした。

「ああ」

「旦那はまたポートベンジャミンに帰るんですか?」

「ああ。とりあえずまだ決めていない」

ジェームズは憂鬱になった。彼はドアを背に立ち、ファン・ブレーデプールが手を洗うのを見ていた。目に失望の色が浮かんでいた。

「旦那には召使いがたくさんいるんでしょう」ファン・ブレーデプールが手を洗い終えると、ようやく彼は言った。

「ひとりも」

「ぼくはいつでも行く用意があります……」そう言いかけて、ジェームズは気が変わり、最初に言おうとしたことをとりやめて、こう結んだ。「いつでも浴室とバーと喫煙所にご案内します」

喫煙所はだだっぴろく、がらんとしていた。室内の照明はどんよりして薄暗かった。テーブルには、十八カ月まえの週刊誌や、戦前の写真雑誌まで置いてあった。壁には戴冠式のローブ姿のオランダ女王と、ユリアナ王女の肖像画が掛かっていた。肖像画の女王は、かつての若く美しい姿で描かれ、さきほど村の通りで耳にした音楽や、目にした家々と同じように、ファン・ブレーデプールは女王の肖像画をみて、このホテルやポールスタッドの町がはるか過去の時代に属しているように思えた。これらの肖像画に混じって他の絵も飾られていた。一見すると英国の狩猟の場面に見えるが、よく注意して見てみると、馬の胴体は巨大なウィスキーまたはブランデーのボトルで、そこに「初めて獲物をしとめたとき居合わせた、ジャックのウィスキー」と書いてある。これらの絵も、多分ずっと昔に描かれたのだろう。

「失礼ですが、ファン・ブレーデプールさん」傍らに、ホテルの主人が立っていた。「ぶしつけなことをお訊ねしますが、宿帳のお名前を拝見して、もしかして、ダルマヌーサで戦死されたファン・ブレーデプール指揮官のご親戚ではないかと思いまして」

「父です」

「お父上でしたか！」主人は叫んだ。「それなら、宿代はいただけません！　どうぞ、いつまでもお好きなだけいらしてください！　あなたのお父上には二年間お仕えしました。戦死されたときも、お父上の部隊で戦っていた」

ファン・ブレーデプールは、ホテルの主人に抱擁されたらどうしようかと思ったが、彼はくるりと向きを変えて、「マリア！　マリア！」と叫びながらドアに走り寄った。

ファン・ブレーデプールがホテルに着いたときに、ベランダに座っていた女が編み物の手をとめずに、ゆっくりと部屋に入って来た。

「ファン・ブレーデプールさん」女を客の目のまえに押しやり、彼は言った。「わたしの妻です」。そして今度は、ファン・ブレーデプールの隣で背筋を伸ばして気をつけの姿勢をとると、こう言った。「マリア、こちらがヴォルフェルト・ファン・ブレーデプールさんの息子さんだ」

「それはそれは、ようこそおいでくださいました」女は答えて、握手をしようと、肉厚の手を差しだした。「もしお役に立てるようなことがありましたら、よろこんでさせていただきますよ、ファン・ブレーデプールさん」

彼女は呑気で屈託のない様子でファン・ブレーデプールを上から下まで眺め、生来の、そして職業柄身に着いた、詮索しない目でじっと彼を見た。そして、編み物をとりあげると、またベランダに戻っていった。彼女には、健全な動物的な満足感のようなものが感じられた。身振り手振りを交えて話す主人ととり残されたファン・ブレーデプールが部屋に戻ることができたのは、ずいぶんあとのことだった。

主人には実のところ、二通りの性格があることがまもなくわかった。午前中の主人は、腫れぼったい目に仏頂面をし、これ以上ないぐらい型どおりの朝の挨拶を渋々繰りだし、周囲にどんよりとした影を投じている。それは彼の血のなかに流れる、根深く、分析のできない、惨状の影だった。こういう主人をみるとき、ファン・ブレーデプールは思った「この人も、戦争を経験したのだ」。だが、夜になって十分酒が入ると、いやというほど友好的でよくしゃべり、彼の頭のなかが、多くのいいかげんな考えや、無駄な自己学習のでたらめな成果でまるで屑かごのようにいっぱいであることがわかった。そういうとき、彼が会話を切り出すときの文句はこうである「わたしは一介のホテルの主人ですが、哲学を少々かじりまして」。またあるときは「心理学を少々」と言ったり「人間の観察と研究をしています」などと言うのだった。

だが妻のマリアはつねに円満至極な性格で、生来の管理人であり、いつも鍵の束を腰にぶらさげていた。穏やかに編み物をし、温和で、沈着なまなざしでポールスタッドの街を見おろし、ゆきかう人々やできごとを見つめていた。だが、愚か者でないかぎり、規則正しく鼓動する彼女の胸のうちの温もりを知らない者はいなかった。

第二章

翌朝、ファン・ブレーデプールはいつになく早く目覚めた。霧は晴れて陽射しがすでに強く、気温がみるみる上昇して、家の中にじっとしていられなかった。階下に降りると、黒人の召使いの男たちが、客室に朝のコーヒーを運び始めたところだった。ポーターのジェームズが両腕にブーツの山を抱えてやってきて、ものいいたげな表情を浮かべたまま、ファン・ブレーデプールのまえをむなしく通りすぎた。

しばらくベランダにとどまっていると、近くの小さな家から、朝の祈りの歌声が聞こえてきた。風はなく、空は朝靄に碧く霞んでいた。霞は濃くなったり、薄くなったりしながら街の上空に立ち込めた。ポールスタッドの中心には平和が深く根をおろし、街は過去と未来に安んじていた。

通りに出ると、家並みが定かでないほど木々がうっそうとしていた。長らく雨が降っていないとポーターが言ったが、木々の葉は生き生きと強い香りをはなっていた。庭のない建物はたいがい事務所や公共の施設、または商店だった。どの家の庭にも、男たちがシャツ一枚の姿で、木々に生った果実の初めての収穫をしているか、植物に水をやっていて、土とやわらかな草の香りが空気中に入り混じっていた。誰もが急ぐ様子はなく、和やかな表情を浮かべ、見ず知らずのファン・ブレーデプールにも落ち着いた物腰で挨拶をした。それは、あの古い家々の美しさに現れていた伝統につうじる暮らしを思わせた。「シマリングの言ったことで正しかったのはこれが初めてだな。ここはぼくにぴったりの場所だ」ファン・ブレーデプールはそう呟いた。だが日がたつにつれ、新鮮味は失われた。ポールスタッドも、ポートベンジャミン同様、しょせんはアフリカの一角にすぎなかった。ポートベンジャミンがそうであったように、この町の景観は、町を見おろす山々にあり、石に覆われたはるかなアフリカの大地を背景にそれらは聳えていた。稀に自動車が町を通過すると、もうもうたる砂埃があがり、車が走り去ったあとまで、しばらくあたりに漂っていた。山々の向こうがわのバンブーランドでは、人々が家畜のようにばたばたと死んでいくとポーターは言った。空は黄色く、山々の頂きは黒ずみ、町の上空には、古い映画の画面に現れる余白のように、蜃気楼が揺れていた。正午にかけて、地面の水分がさかんに蒸発し、山々の裾は視野から消え、水銀の海に沈んで乗り捨てられた船影のように、足場を失ったまま山頂を空に突きだしていた。夕方、血のように赤い太陽が沈み、空には雲ひとつなかったが、ファン・ブレーデプールはまばたきをせずに太陽を見つめることができた。彼と太陽のあいだには、音のない漂砂の世界があった。それは、岩石でおおわれた世界の上空を、分解され変質した石が漂う世界だ。日没直後に、空はふたたびはかりしれないほど深い青に染まった。だが、夕闇迫るころ微風が起こり、海から一団の濃霧を運び、観客が耐えがたい恐怖に包まれた瞬間をねらって切って落とされる幕のように、ポールスタッドとバンブーランドの境界に垂れこめた。くる年もくる年も、何カ月も雨を待ち続けるという月日を忍んできたファン・ブレーデプールの胸に、「フェルハレーヘン」(「はるかに遠い地」)で味わったかつての憂鬱、血のなかに流れる雨への渇望が、ひしひしとよみがえってきた。彼もまた、ほかの宿泊客と同様に、雨が降るか否かについて、無難な会話ではなく、死活問題として議論し始めた。

その日の夕食時に、隣のテーブルに座った男の子が母親に言うのが聞こえた。

「母さん、もうすぐこの世の終わりがくると思う?」

母親は笑って言った。「この世の終わりですって? どうして?」

「夕方、お日さまが血の色をしてた」

「坊や、それはなんでもありませんよ」母親はまだ微笑んでいた。

「でも、母さん、セーラが言うんだ、お日さまがそんな色のとき、恐ろしいことが起こるって」

「セーラは黒人の女で、彼女にはなにもわからないの」母親はいかにもその女中が癇に障るという言い方だった。

「でも、セーラにはわかるんだ。セーラが言ったんだ。大きな戦争のとき、血のように赤いお日さまが沈むのを毎晩見たって。セーラが……」

「坊やは小さいからまだわからないのよ。セーラの言ったことはただのお話。さぁ、ごはんを食べて」

「でもセーラが……」子どもがやめないので、母親は今度はきつく言った。

「いい加減にしなさい、クラシー。ほら、さっさとお食べ。セーラの言ったことはただのお話ですよ」。だが、子どもはセーラが知っていると信じ込んでいる様子だった。話をしたさになんども母親を見上げたが、母親はそれに応じてやらなかった。

夕食後、廊下でホテルの主人と顔を合わせた。朝に比べて信じられないぐらい元気だった。彼は口笛を吹いていたが、ファン・ブレーデプールを見つけると、その両肩をつかんで言った。「ファン・

ブレーデプールさん、お父上には二年間お仕えし、戦死を遂げられたときも、おそばにおりました。お父上はわたしの司令官で友人でした。したがって、あなたはわたしの友人でありゲストだ。あなたを当クラブのメンバーにお迎えしたい」。クラブと言うとき、主人はそれがリフォーム・クラブ〔一八三六年創立の英国の紳士倶楽部。一八三二年のリフォーム・アクト（第一次選挙法改正）を機に、自由党の前進であるホイッグ党の活動の拠点となった〕や、アシーニアム・クラブ〔一八二四年創立の英国の紳士倶楽部。当初は学者、文人の交流の場であった〕であるかのように言った。「どなたでもお入りいただけるわけではありませんが、あなたはわたしの友人ですから」

主人は相手に嫌と言わせなかった。ながながと思い出話を聞かされたあとで、ファン・ブレーデプールは片廊下の先にあるガラスの扉に案内された。扉のうえに、黒い塗料で大きく「ザ・ロイヤル・ポールスタッド・クラブ」と書かれていた。

「紳士諸君！」部屋に入ると、主人が言った。「わたしの古い友人ファン・ブレーデプール指揮官のご子息、忠実な会員のファン・ブレーデプール氏をご紹介します」

何人もの赤い顔をした男たちが、ファン・ブレーデプールに握手を求めにきた。ある者は濃い緑色の革張りの椅子に横になり、また、酒場のカウンターでグラス越しに会話を交わす者たちもいた。ふたりの男が小型のビリヤード台に向かっていた。壁には、クラブの有名人が戯画風に描かれた、素人の作とおぼしき絵が掛けられ、そのなかに、ファン・ブレーデプールの目のまえにいるメンバーの顔もあった。

「何を飲むかね？」半ダースの声が一斉にとんできて、ファン・ブレーデプールはたちまちバーのカウンターのまえで大勢の男たちに囲まれていた。

全員のグラスが満たされるあいだ、周囲の様子をみていると、自分がここへ来ただけでポールスタッド・クラブにたいする立派な貢献のようにも思えた。半ダースほどの、色艶の良い、一見して朗らかで満ち足りた顔がこちらを振りむいた。長い時間、同じ場所で同じ仲間と過ごさなければならない人々同様、男たちは家族のように互いに似通っていた。ファン・ブレーデプールには少なくともそう思え、それはあまり心地よいものではなかった。共通の不幸に次いで、人と人を近づけるものは、退屈である。周りの人間をさらに細かく観察した結果、彼らの明るく満ち足りた表情や、ファン・ブレーデプールを口実にいつもよりたくさん酒を飲んでよいと全員が思っていること、すべてが、生活の単調さを物語っていた。もっとも満ち足りてしあわせな人々というのは、よそ者をなにより嫌うものだ。

すべてのグラスに酒が注がれると、いきなり「でかしたレディー！」「そうこなくっちゃ、レディー！」というかけ声がとび、背の低い、赤ら顔に赤毛の、生彩のある緑がかった目をした男が人々をかき分けて、ファン・ブレーデプールの方へやってきた。あきらかに、クラブのなかでなんらかの特権的な地位を与えられているとみえ、まわりの者はすぐに道をゆずり、この人物に笑顔と期待の混じった視線を向けた。

「あれがレディー・ブランドだ」主人がささやいた。「いたっていい男です。彼を悪く言う者はいませんよ。しかも弁護士だ！　笑わせてくれますよ。今のを見ました？　ハハハ！」

ファン・ブレーデプールは男たちにまじって大声で笑いだした。上着の両端をかきよせ、イブニングドレスに身を包んだふくよかな中年女のようにしなをつくりながら、ブランドはバーのカウンターに近づいた。

「ファン・ブレーデプールさんね？」彼はそう言って手を高々と差し出した。「お会いできて嬉しいわ、すごく」それから気をもたせるように後ろを振り返り、彼は言った。「ねぇ、誰かお酒とってきてくださらない？」

仲間たちには彼が可笑しくてたまらなかった。彼が口を開くか、なにげないジェスチャーひとつで、たちまち笑いが起こった。飲み物が運ばれてくると、中年女のふりをやめ、片方の手を上着の襟の折り返しに当て、もう片方でグラスを掲げながら大声で言った。

「みなさん！　スピーチは不慣れではありますが、本日はまことに光栄にぞんじます……」

一斉に盛大な拍手が起こり、会場が笑いでどよめくなか、全員が繰り返した「光栄にぞんじます！」しばらく待たされた末に、彼は先を続けた。「繰り返します。ボイラー製造業労働組合を代表しまして、このように著名な会員をお迎えすることはまことに光栄であります。無口で正直なボイラー工としましては……」

「嘘だろう、レディー、正直な弁護士なんて聞いたことあるか？」誰かが叫び、その他全員が追従して笑った。

ブランドはつづけた。「お上品なことばは知らねぇけどよ、人はことばじゃなくて、こころで歓迎するもんだっておいらはいつも言ってるんだ。面倒な話はぬきにして、新入会員に敬意を表して乾杯といいこうじゃないか。われらがゲストに乾杯！」

酒の味ではなく酔っぱらうのを目当てに飲むのがあたりまえになった連中のように、誰もが杯を空けた。グラスが空になるや、次々に注文の声があがった。

「今日はゲームはしないのかい？」誰かがブランドに訊いた。

「政府当局がおみえになるまで、お待ちするのだ」そう言って、ブランドは滑稽なほど偉そうな態度でおじぎをした。

「噂をすれば影だ！」別の男が叫んだ。

　ドアがあいて、ふたりの男が静かに入ってきた。ひとりは上背のある男で、周到な身なりをしていた。バーのカウンターのところで、うっすらと不快感を浮かべてさっと一同を見まわすと、真剣に考えにふける様子で連れの方をふりむいた。ファン・ブレーデプールはその男の顔に、他の男たちのような、同類どうしの類似性を見つけることができなかった。現れた人物は、興味も性向も、男たちの集団とは関係がないように見えた。彼にはぱりっとしていて潔癖な雰囲気があり、他の男たちにはない秩序と思慮を感じさせた。近くでみると、この人物の冷静でまたたきもしないブルーの瞳のなかに、深刻で知的な幻滅の色が宿っているように思えた。それは、信念よりも疑念が重要性を占める性分の現れだった。連れの男は彼より背が低く、警察大佐の制服を着ていた。堅苦しく、忠実な態度で背の高い相棒の隣を歩き、善良な押し出しの強さで周囲を見渡した。ふたりともクラブのメンバーにとおりいっぺんの挨拶をした。

「法廷では静粛に！」ふたりの姿を見るや、ぱっと気をつけの姿勢になって、ブランドが叫んだ。ふたたび全員が笑った。

「何か飲むだろう、大佐」背の高い男が低い、落ち着いた声で言った。「あれだけ埃を吸ったんだ、なにかで洗い流してやらないと」

「じゃあ、一杯だけ」大佐が言った。「基地に戻らなくてはなりませんから。お互いに」

「遅いじゃないか、判事さん」誰かが背の高い男に声をかけた。「一時間以上待ちましたよ」

「やあ、すまない」彼は答えた。「仕事だったもので。今夜は付き合えそうにないな」

「どうしてまた?」

「気分じゃないんだ」彼はそっけなく言った。その表情は真剣みを失っていなかった。

「まさかまたおれを訴えようって気じゃないでしょうね、裁判官?」ブランドが言った。あまりにも長年、道化師役という型にはめられていたせいで、この男は口をひらけばひとを笑わせずにいられないのだろうとファン・ブレーデプールは思った。

「訴えはせんよ。きみがゴルフコースの九番ホールを公衆便所がわりにしていなければ」治安判事が言い返した。

ブランドは皆にまじって大笑いし、わざと大真面目な表情を作ってみせた。

「あのことはまだ根にもってますよ。ここは人里離れた場所だし、酔っ払いには、少々の自由をお許しくださらないと。それに生理現象だけは、どうしようもないでしょう?」

「一回だけならね、きみ」治安判事は言った。「問題なかったろう。だがわたしの記憶によると、きみはすべてのホールで行為におよび、おまけに賭けまでしたそうじゃないか」

「よせよ、判事さん。まえの晩、チェスのゲームでおれに負けて面白くない気分だったと認めたらどうだい」

「二度めからは、二週間の重労働に、罰金の選択肢はなし」判事はブランドに笑顔を向けたが、それは疲れた教師のものうい表情に見えた。

「だけど、今夜はなぜ遅れたんです、判事? この時期に、珍しいじゃないですか」別の男が訊いた。

「午後、大佐とともに原住民の居住区に行ってきた」判事は答えた。

「取り調べですか?」

「そうだ」

判事は明らかに、質問されて迷惑そうだった。

「また殺人事件じゃないでしょうな?」

「否! 犠牲だ」
三、四人が口笛を吹き、なかから叫び声があがった。「なんだって!」
「犠牲。生贄。人身供犠」

彼はこの話をそこで終わりにしたかったようだが、他の者たちにしつこくつっつかれた。

「何のために?」

「雨だ」

「それみたことか!」冗談を言うのも忘れて、ブランドが叫んだ。「バンブーランドのあのろくでもない奴らを文明化できるなんて戯言《たわごと》は断じて言わないでほしいね。しょせん野蛮人は野蛮人だ」

治安判事はおもむろにグラスを置くと、ブランドを振り返った。彼は、聴き手はもちろん自分自身を説得するかのように、話し出した。

「聞いてくれ、ブランド。毎日のようにまわりで家畜がバタバタと死に、家畜ばかりか住民までが何十人と死んで行くのを見たとする。すべては旱魃のせいだ。もしもひとりの人間の命を犠牲にすれば雨を降らせることができて、多くの人間が死なずに済むときみが確信していたなら、犠牲をためらうだろうか?」

「おいおい、判事さん、まさか殺人犯の肩をもつんじゃないだろうね。犠牲なんかで雨が降るもんじゃないだろう、むこうが降る気がないなら」

「それが問題じゃない。もし犠牲が必要だと信じていて、その効果を疑わないなら、躊躇するかと訊いているんだ。イエスかノーか」

判事の押しの強さに、ブランドは少々腹がたった。

「当然ながら、判事さん」彼は言った。「おれのときより人殺しに甘くする気じゃないだろうね。まちがいなく絞首刑ってところだろう」

判事はそれ以上問い質そうとはせず、「有罪が確定したら、絞首刑になるだろう」と言ったが、ファン・ブレーデプールには悲しげに聞こえた。

「そうだな！　絞首刑は十分あり得る」警察大佐が初めて口を開くと、ウィスキーを流し込みながら同意した。

「バンブーランドの過酷な現状を、きみたちは知らないだろう」判事がふたたび話し始めた。「草一本と生えていない。どこもかしこも赤、赤一色だ。あるのは砂と石と茨の茂みだけだ。水はほとんど枯れ果て、ラジエーター用の水一ガロンを汲むにも、罪悪感を抱く。マサカマズ・ドリフトを出発して以後、動物の屍骸の腐敗臭がすさまじく、ずっと鼻をつまんでいなきゃならんほどだ」

「いまだに生唾が出てとまりませんよ」大佐は口をはさみ、実際にストーブ囲いの中に唾を吐いた。

「半マイルおきか、そこらで」判事が続けた。「哀れな連中が仕事を求めてぞろぞろやってくるのに出くわした」

「まずいな！」大佐が言った。「すでにこの町には職のない黒人は多すぎるほどいる。ことによると――その、非常にまずい」

「おれが知らないかって？」ブランドが答えた。「黒い浮浪者どもを、玄関先で追い払うのにおれは嫌気がさしたよ」

「変わった男だよ、あれは」ファン・ブレーデプールにそう言いながら、宿の主人は治安判事のほうを見て頷いてみせた。「誰からもあまり好かれていない。黒人恐怖愛好家の傾向が大いにある。ゴルフコースの一件で、ブランドに四ポンドの罰金を払わせて、羊を盗んだ原住民は十シリングで放免してやった。わたしはこういうことを見逃さないんですよ、ファン・ブレーデプールさん、決して見逃しはしない。一介の宿の主人ですが、これでも心理学者のはしくれでしてね。心理学の本は読んでいる。あの男は、あきらかに知的コンプレックスです。非常に危険なタイプです！　実に！　われわれの能力がきちんと遺伝しないと、抑圧され、コブラの夢を見たり、綱渡りをしている夢を見るんです……」

ファン・ブレーデプールは主人のそばを離れ、ブランドのほうへ行った。

「治安判事に紹介していただけますか？」彼は言った。

「まぁ、見ててくれ」そう言うと、ブランドはファン・ブレーデプールを判事のもとへ連れて行った。

「判事さん」ブランドが呼びかけた。「あなたに珍奇なものをお見せしたい――この青年、ポートベンジャミンを出てきたばかりか、ポートベンジャミン以外の場所が見たいと言うのです」

「さきほどの、犠牲についてのご意見、とても興味深いと思いました。もう少しお聞かせいただけないでしょうか？」ファン・ブレーデプールは言った。

「なに、簡単な話ですよ」判事は言った。「この地域管轄の治安判事として、地元の医者が異常とみなした死亡例はすべて調査しなければならないのです。今回は事実関係が明確ですが、立件には法的処置が必要です。原住民の少女が、彼女の死が雨を降らせると信じた部族の犠牲になった。集落の人々は誰もそれを隠そうとしなかった。父親は、儀式がとりおこなわれるのを手伝ったとありのままに述べている。妻たち同様、彼は悲嘆にくれていたが、他にすべがなかったと彼らは言うのです。雨を降らせるにはそうする以外になく、少女を生贄にするよう呪術師が言ったのだという。正直かつ公正にみて、それが少女の運命なのだと彼らは思ったと言うのです。別の娘でも不思議はなかっただろうが、呪術師に代々伝わるやりかたで娘が選ばれた以上、あきらめるよりほかなかった、と」

「でも」ファン・ブレーデプールは言った。「呪術師などとっくに存在していないはずだ！　いたとしても、権威もなく、無害な治療を行うぐらいのものでしょう」

「平常時にはさほどの権威はない。だが、文明国でさえ、大きな危機に瀕して、民族のもっとも保守的な本能が呼び覚まされるのにお気づきだろうか。これらの本能が表面的には姿を消して、長年ののちにバンブーランドのような災厄が起きると、それは一夜にして民族を先祖返りさせ、今日まで人々を存続させてきたと是非はともかく信じられている民族の原理や伝統に立ち返らせるのだ」

ブランドは「語り告げばや」を口笛で吹き始めたが、突然止めると、判事の腕をつかみ、初めて真剣になって言った。「なぁ、判事さん、あんたは善良すぎるんだ。なにもあんたが黒い連中の心配をすることはない。ハッキリ言って、あの連中にその価値はない」

「悪口は言わんほうがいい」と判事は言った。「きみの顧客のほとんどが黒人であればね」

「おれの見方に偏りのない証拠ですよ」ブランドは明るくそう言って、その場を離れた。

「原住民たちを罰するということに賛成ではないようにお見受けしますが」ファン・ブレーデプールは言った。

「習慣の効用を弁護しようというのではありません」判事は言った。「それは何の意味もない。意味がないゆえに残酷なのです。ただ、わたしの悩みの種は、人間的にみて、あれを殺人と呼べるだろうか、ということです。わたし自身、正義などという抽象概念をあまり信じていないのですよ。わたしには、人々の心理的な習慣と、正義の概念は密接なつながりがある、いや、あるはずだと思うのです。中世の時代のものの考え方では、二十世紀の正義を許容することはできないでしょう。許容できたとしたら、それは正義の濫用です。その逆がもっと悪いのは言うまでもないことです。だが、われわれが原住民たちに課そうとしているのは、まさにそれなのです。彼らの場合、残酷さは二倍です。なぜなら、われわれは彼らに、われわれの暮らし方にあわせてつくられた正義のみ与えて、暮らし方そのものは与えないからです。そうしないことで、黒人たちが心理的にも民族的にも別の部類の人々だと言っているのです。そのうえ甚だ身勝手にも、われわれの法体系を、われわれと何ら変わらぬ人間として、彼らに課そうとするのです。われわれと同じように暮らすことを彼らに拒んでいなかったら、迷わず彼らを罰していたでしょう。まったく、こういった事件の場合、われわれは間接的に非常に大きな責任があると感じるのです。われわれは黒人の法律が要求する生活を禁じ、白人の法律が要求する暮らしを与えることなく、その法律だけを与える。引っ掛かるのはそこです。もちろん、有罪となれば、絞首刑はまちがいない」

治安判事は話を続けたそうだったが、大きな音がふたりの会話を遮った。ブランドがビリヤード台の上に上がり、ウィスキーのグラスを高々と頭上に掲げていた。

「お集まりのみなさん！」彼は一同に呼びかけた。「ボイラー製造業労働組合を代表しまして、ここであらためて乾杯をお願いします。みなさん！　わたしが『雨』を降らせましょう。正直言って、長年ポールスタッドに住んでいてその味を知らない、滅多にお目にかからないあの液体のことです——

だが、黒人の兄弟たちにはどうしても必要らしい！」

「黒人の兄弟」と言うとき、判事の顔をちらっと盗み見るそぶりをし、ファン・ブレーデプールの視線を捉えると、聴衆にウィンクをしてみせた。判事はかすかな薄笑いを浮かべ、その目は冷笑的だった。ブランドの冗談にわき起こる哄笑のなかで、相変わらず落ち着いた態度を崩さなかった。だが警察大佐が傍らに歩み寄り、その腕をつかんだ。彼は、反抗的な新兵をまえにした上級曹長のようにブランドを見やると、判事に向かって言った。

「さてと、判事、そろそろ幼稚園は引きあげましょう。われわれには仕事がありますから」

彼らは入ってきたとき同様、超然として、周囲を気にもとめずに部屋を出て行ったが、ドアのところでファン・ブレーデプールを振り返り、会釈をした。一方、ブランドはグラスをたかく頭上にかかげた姿勢で、肉づきのいい赤ら顔を、有頂天な道化師のごとく輝かせて叫んだ。

「繰りかえします、黒い兄弟たちになくてはならないあの液体です。みなさん、ボイラー製造業労働組合には、退職機関士協会、解雇調理師労働組合なども加盟していますが、われわれは『雨』を降らせます！」

それに呼応するように「雨だ！」と叫ぶ声が会場をゆるがした。その騒ぎのなか、判事とその連れの背後で静かにドアが閉まるのを見た者はなく、その音を聞いた者もなかった。

二人が去ると、ブランドはとたんにテーブルから飛び降りて「マーチング・ツー・プレトリア（プレトリアへの行進）」を歌い始めた。彼の後に、男たちが列をなし、バンブーコーサの戦闘の踊りの真似をしながらテーブルの周囲をぐるぐるまわった。ファン・ブレーデプールはひとり、汚れたグラスの山や煙のくすぶる灰皿の散乱するカウンターに取り残されていた。彼が出て行ったのは誰にも聞こえなかった。

ようやく部屋に戻ると、彼は窓から身を乗り出した。バンブーランドの方角を眺めようとしたが、一面の霧に遮られた。昼間の光に耐えられず、夜間も見通しのきかない視力のせいで、未来永劫、黄昏時に生息する運命のコマンドバードが、どこかで陰気な声で鳴きだした。

「ここにも、ひとり、失望した人間がいたか」彼は判事のことを頭に浮かべながら、呟いていた。「今日の事件のように、職務上当然すべきことにたいして、彼は信念がもてないのだ。司法行政もその一端であるこの社会体制に、つくづく不信感を抱くようになって、事件をそれ自体として見られなくなっている。彼がどんなに公正な人間であろうと、彼の正義は、この社会全般の不正に歪められたものでしかない」

ふいに、彼は頬をなでる微風を感じた。それは思いがけず熱く、乾いていた。それはバンブーランドの方角から吹きはじめていた。

第三章

子どもたちが笑い声を立ててホテルのまえを走っていった。我慢くらべをしているらしく、ファン・ブレーデプールにはその様子が面白かった。木陰で待機している素足の子どもたちのなかから、ひとりが炎天下に飛び出し、焼けた路上をどこまで行けるか試す。たちまち足の裏が熱くなり、地面を避けようと、懸命に大股になる姿がこっけいだった。他の子どもたちは茶化し声援し、午後の通りに彼らの歓声があふれた。

子どもたちの姿が見えなくなると、ふたりの原住民が通りをやってきた。素足だが、暑さをいっこうに気にする様子もなく、日陰を選ばずに歩いていた。年配の男は、やや前かがみで、しっかりしているが緩慢な足どりだった。連れの男は、ファン・ブレーデプールと同じ年頃で、同伴者よりあたまひとつ分背が高く、ひときわ優雅な足どりで隣を歩いていた。ふたりともぼろをまとい、ことばは交わさなかった。ファン・ブレーデプールはタバコを吸うのも忘れて、彼らに熱心に見入っていた。ホテルまで来ると、ふたりは向きをかえ、ファン・ブレーデプールの座っているほうへやってきた。あきらかにこのホテルに詳しいとみえ、ベランダの下にまわるとタバコの吸い殻を探し始めた。ふたりは背中だけ見せて屈みこんだ。ファン・ブレーデプールがなにげなくベランダのへりに立とうとしたとき、町にむかって飛行機が飛んでくる音が聞こえた。珍しい出来事を見ようと、ファン・ブレーデプールも急いで縁に寄った。ふたりの原住民はすぐに立ちあがり、ファン・ブレーデプールに背中を向けて、上空を見渡した。

「あれはなんだ?」老人が連れにたずねるのが聞こえた。

「飛行機です」

「重いのになぜ落ちない?」

「自動車のエンジンのようなもので、飛んでいるんです」

「だったら、自動車はなぜあんなふうに飛ばない?」

「自動車のエンジンではスピードが足りないのです。親爺さん、飛行機のエンジンはすごいスピードだから、落ちるまえに、まえに進んでいるんです」

「そうか!」老人はみるからに満足した様子で言った。

ふたりはファン・ブレーデプールに背を向けて立ったまま、ながいこと飛行機が飛びさるのを見送っていた。

飛行機が視界から消えると、老人が言った「バカげているな。空の上は寒いが、ここは暖かい」若い原住民が笑った。不意に、なぜかファン・ブレーデプールの心が騒いだ。今ここに立っている自分は、老人の連れの男に不可解な親近感をおぼえていた。一方で、すたれようとする記憶をたんねんに押しとどめ、過去と結ばれた現在にのみ関心を抱く、もうひとりの自分は、興奮で身体が震え始めた。相手を見ることさえ怖かった。それでも老人が連れの男に声をかけ、片手いっぱいにタバコの吸い殻を差し出すと、若い男は両手でカップの形をつくって差し出し、それを受けとった。ファン・

ブレーデプールはもはや疑わなかった。何年もまえにポートベンジャミンで同じしぐさをして、わずかなチップを黄金の山のように受けとったひとりの原住民の姿が、目のまえの若者とひとつに重なった。若い男はおもむろに伸びをすると、ホテルのほうをふりむいた。ファン・ブレーデプールに向けた視線には、おざなりの興味ですら感じられなかった。それはケノンだった。だがあまりに年をとり、その昔、初めて彼の表情に陰りがみられたときと同じ形容しがたい失望がいっそう色濃く刻まれていて、ファン・ブレーデプールはそれがケノンでなければよかったとさえ思った。

両の眼は落ちくぼみ、暗い影が覆っていた。タバコの吸い殻をいれるポケットをさぐる手は激しく震えていた。ミセス・ハリスのうす暗い下宿の廊下を走り回って輝きを放っていた彼が、これほど精彩をなくし、衰え、屈折していようとは、ファン・ブレーデプールは想像さえしていなかった。

「ケノン！」ベランダの階段を降りながら、彼は呼びかけた。

その瞬間、ケノンもファン・ブレーデプールに気がついた。一瞬、おびえたような顔をしたが、もういちどファン・ブレーデプールが名前で呼びかけると、ポートベンジャミンの通りで出会ったときよくそうしていたように、手を頭より高くあげて挨拶した。そして、喉のずっと奥のほうで言った。

「アウック！旦那さま」

ファン・ブレーデプールはケノンのこの挨拶に悲哀を感じた。ケノンも彼も、夏の一夜、顔を合わせなかっただけのようにことばをかわし合ったが、この先ひとこと言うたびに、ふたりのあいだの時間的な隔たりがますます広がるだろうということがわかっていた。

「ケノン、ここできみに会えるとは思っていなかった」ファン・ブレーデプールはようやくそう言った。

「そうです、ンコサン、このとおり、ぼくです」ケノンが答えた。

「これからどこに行くんだい？」

「歩いているだけです、ンコサン」ケノンは片方の手で東西南北をさっと結びあわせた。

「今までずっとどこでどうしていたんだ」

「働いていました、ンコサン」そう答え、次の質問を恐れつつ、それを覚悟していた。

「仕事していたのか、この町で？　どこで？」

「ここです、ンコサン、炭鉱です」

「ポートベンジャミンに戻っていないのか」

「そうです、ンコサン、ポートベンジャミンには帰ってない」

「なぜ出て行くとひとこと言ってくれなかった」

「おかみが言ったんです。ンコサンが怒ってぼくに二度と会わないと言っているって」そして、相手への非難と受けとられることを恐れるように、つけ加えた。「ンコサンが腹を立てるのは当然です」

「おかみは嘘をついたんだ。ぼくはいっさい彼女にそんなことは言っていない。きみがぼくに会いたいと言っていたことも、まったく聞いていない」

「おかみの言ったことは嘘だったんですか？」驚きと、かすかな喜びがケノンの目に浮かんだが、すぐにもとの失意の表情にもどった。長年の経験で、苦しみを表すのに、ことばより態度のほうが簡単で便利だと知ったかのように、彼は首を横に振った。そして無理に笑って言った。「アウック！」

「でも、これからどこに行くの？」ファン・ブレーデプールは彼にたずねた。

「ただ歩いていきます」ケノンには答えをはぐらかそうとするつもりはなく、自分でも答えがわからなかった。

「ぼくに何かできることはないか」ファン・ブレーデプールは、そろそろ相手の無気力で曖昧な返事に失望を感じはじめていた。

「ンコサンにお礼を言います。でも、ンコサンがぼくにできることは何もないです」

「いいかい、ケノン」ファン・ブレーデプールは力強く言った。「きみ、仕事は?」

「ないです」

「なぜ?」

「方々探しまわったけれど、いまは時期が悪くて、ぼくのように仕事をさがしている人が大勢います」

ファン・ブレーデプールはケノンが失業した経緯はきかず、ひとことたずねた。「では仕事がいるんだね?」

「はい、仕事があれば。ンコサン」

「よし! ぼくが力になれるかもしれない。いつなら会いに来られる?」

「今夜はこの親爺さんを小屋まで連れていくと約束しているんです。明日なら……」彼はふたたび地平線のほうにさっと手をやった。

「よし! では明日の晩、六時にこのホテルに来てほしい。待っているから、遅れないで」

最後のひとことをつけ加えたのは、経験上、ケノンの部族の人々にほとんど時間の観念というものがないことを知っていたからだ。

「ンコサンに感謝します。明日は決して遅れません」

ふたりはゆっくりと通りを歩いて行った。埃が足元にまとわりつき、午後の苛烈な陽光が太平洋の波のように周囲にただよっていた。ふたりを見送りながらファン・ブレーデプールは思った。

「哀れだ。なんて情けないことだろう」

五年前にも彼は同じことを言ったが、そのときとたがわず今も、ケノンにたいして確実にしてやれることは何もなかった。毎回、彼自身がポートベンジャミンに帰るという仮定のもとにではあったが、あえてケノンをあの町に連れ戻さねばならなかったとしても、今回はなんとしても何かしてやらねばと思っていた。

その晩、散歩から戻ると、ベランダで宿の主人に出会った。

「やぁ、お会いできましたな！」主人はファン・ブレーデプールをみつけると急いでやってきた。「今日はあなたにちょうどいい計画がありましてね。二、三日したら、妻とふたりであなたをマサカマズ・ドリフトにお連れしたい。決して後悔はさせませんよ。この日照りのさなかでさえ、そりゃあ美しいところです。カフィールランドとの境界にあって、見たこともないような黒人たちがいるんです。そこには……」

主人は突然ことばを切ると、ファン・ブレーデプールにたずねた。「マサカマのことは知っていますか？」

「ええ、知っています」

「それなら」相手の答えに驚いて、主人は言った「マサカマと彼のイムピ〔軍隊あるいは連隊をあらわすズールー語、シンダビレ語〕が真夜中に登ったとされる偉大な山を見ることができますよ。彼らがどうやって頂上まで登ったかは神のみぞ知るです。昼間でも威容を誇る姿を見ることができます。金を払うと言われても、スイス人のガイドといっしょに登る気はしませんね。マサカマと彼のイムピは夜にまぎれて登頂し、山頂のクラールに暮らすバマングウェッィの全員を殺した。まさに片目をつぶるあいだの出来事でした。この話はご存じだろうと思いますが。どうです、おでかけになりませんか？」

「ぜひそうしたいです」ファン・ブレーデプールはそう答えて懇ろに礼を言った。

「いえ、なんでもないことです。お父上はわたしの友人でした。したがって、あなたはわたしの友人です。そういえば、午後にモラー氏の使いの者がきて、明日の朝七時半に迎えの車をよこすそうです。伝言はそれだけです。あなたにそう言えばわかると。伝言を待っていたのでしょう？」

ファン・ブレーデプールは一瞬、うろたえた。ケノンと翌日の約束をしたときに、シマリングの知人のモラー夫妻のことを思い出せばよかったと思った。彼は、モラー夫妻が遠方に住んでいたことに気づき、ことによると約束の時間に戻ることが難しいかもしれないと思った。だが、迎えの車がかなり早朝にやってくると思うことで、なんとか自分をなだめた。これなら、約束の時間に間に合うよう、早目に引きあげてこられるだろう。彼は声に出して言った。「それはどうも、ロスマンさん。その伝言を待っていました」

ふたりが立ち話していると、一台の車がホテルに近づいてきた。降りてきた運転士を見て、ファン・ブレーデプールはすぐさまそれが、到着した日に自分に得体の知れない好奇のまなざしを向けてきた人物だとわかった。夕食時、この男はファン・ブレーデプールの向かいの席にひとりで座っていた。男は食事のあいまに、たびたびファン・ブレーデプールをまじまじと眺めては、何度かほくそ笑んだ。それは、たえず裏をかいてきた相手にたいする嘲笑のようにもみえた。だが、食事を終えて部屋を出て行く際に、男がファン・ブレーデプールの椅子のうしろで立ち止まり、皮肉たっぷりにこう言ったのには驚かされた。

「では、ポートベンジャミンの遊歩道の孤独な散策はもうおやめになったんですね、ファン・ブレーデプールさん！」

ファン・ブレーデプールは何か言おうと急いでふりむいたが、男はすでに部屋を出て行こうとしていた。とたんに、到着した日の不穏な感じがよみがえり、ファン・ブレーデプールは食後に廊下で主人を呼びとめて、あの車の男のことをたずねた。

「軍隊式のワックスで固めた口髭の男ですって？」ロスマンがきいた。

「そうです」

「ああ、それなら、警視庁犯罪捜査部のアトキンズ少佐です」

「刑事ですか？」ファン・ブレーデプールの口調には驚きと反感が混じっていた。

「そうです。たしか原住民問題課の課長ですよ。最近は頻繁に来ていますよ。感じのいい人物だ。ご紹介しましょうか？」

「いいえ、結構です」

「でも、今晩、クラブに来られますよ。もちろんあなたも、いらっしゃるでしょう？」

「いや、今日は失礼します。いくつか手紙を書きたいのと、ご存じのように明日朝早くに宿を出て、モラー一家を訪ねますので」

「そうおっしゃらずに、ファン・ブレーデプールさん。一杯ぐらいいいじゃないですか」

「いや、遠慮しておきます、ロスマンさん」

彼はその場を引きとったが、手紙を書いたのはずっとたってからだった。しばらく不安がおさまらず、かなり動顚してもいた。

「刑事がいったいぼくに何の用だ？　なぜぼくの身辺を嗅ぎまわる？」

彼には何も理由が思いあたらなかった。まったくと言っていいほど思いつかないのだ。ひとりしずかに、夜の遊歩道を散歩する彼を、なぜ刑事がつけまわさねばならなかったのか、まったく想像できなかった。「何かの間違いに決まっている」そう自分に言い聞かせようとしたが、さして慰めにはならなかった。

第四章

七時半にモラーの車が迎えにきた。町を出て田舎道に入ると、早朝にもかかわらず、すでに太陽が酷暑の一日を告げていた。半マイル走るごとに、道路の前方に蜃気楼の小さな水銀の水たまりがあらわれ、近づいたのと同じ速さで、みるみる遠ざかっていった。山々はきらめく亜鉛白の陽炎に姿を隠し、その背後で、ポールスタッドの町を覆う草木さえも、くすんだグレー色に変わっていた。うしろを振り向くたびに、町から延々と、巻きあげられた埃が翼のように伸びて、少しずつ道路上にほどけてゆくのが見えた。山の斜面を周回する遠くの道路の上空にも、煙霧が立ちこめていた。頭上の空は淡いブルーだったが、地平線に連なる山々の頂きは、ファン・ブレーデプールも今では見慣れた硫黄色に変わりはじめていた。すれちがう羊の群れはあわれなほど痩せて元気がなく、朝の早い時間というのに、すっかり弱った数頭がかたまって鳴かず、喘ぎ、地面に目を落として、互いの影に頭を隠していた。動物たちの絶望感、自然の気まぐれへの絶対服従には悲愴感さえ漂った。肉屋の包丁のまえですら抵抗しない姿が思いうかんだ。それは、自分たちが本来無防備だということを学習した動物の行動だった。だが、カラードの運転手にそのことを話すと、彼はこう言った。

「この辺はまだましだよ、旦那。バンブーランドの羊はひどいもんだ」

モラー一家の農場「ドンケルベルフ」がまだほど遠いというとき、ファン・ブレーデプールは絶えず振動する空気と乾燥のせいで目が痛み、周囲の景色を見る気もなくして、しばらく運転手の隣で目を閉じていた。

「『ドンケルベルフ』はそこだよ、旦那」突然、運転手が言った。

起きなおって外を見ると、車はドンケルベルフ山脈の丘陵地帯の斜面を周回していた。山脈は、十マイルほど先で突然断崖になりその下は海だった。すでに相当な高さまで登ってきていたので、赤銅色に輝く、なめらかでぬらぬらした大海原が視界にはいり、波が磯に砕け散って白い飛沫をあげていた。彼らの頭上高くにのしかかる山の斜面は濃い森で覆われ、そこここに光が揺れているかと思えば、薄暗い陰が射していた。背後にみえる土地はレンガ色で、下草がところどころ陰をつくり、家畜の群れがもの憂げに埃を巻きあげていた。上空では、カラスとハゲワシの群れが、大空のドームのさらなる深みを探ろうとして、規則的な旋回を繰り返した。はるか下には、丘陵の斜面に建つ邸宅の、目にしみるような白い壁が、樫の植林地に見え隠れした。数分後、車は並木道を走り、木陰のトンネルにはいったが、まるで水面に遊ぶ光のように、木々のあいだに空の青が見え隠れした。

ファン・ブレーデプールの重苦しい気分は一変した。彼はいつになく快適な気分で、シャッターの降りた、涼しい邸内にはいっていった。モラー家の人々の歓迎は、彼の心配や疲れを一瞬忘れさせてくれた。両親、娘、それに三人の息子たちは、彼をおおいに喜ばせた。子どもたちが自慢でしかたのない両親に、甘えて反抗的な態度をとる子どもたちを見ているのが楽しかった。家族のひとりに対処するにも、ほかの全員を考慮しなければならない、そんなモラー一家は、ひとつの単位を構成する六つの細胞の集まりのようだった。子どもたちにはそんな結束がうっとうしいかもしれないなどと、ファン・ブレーデプールは思いもしなかった。なぜなら、一家和合こそ彼の人生に欠けていたものではなかったか？　彼はドイツ製のタペストリーや壁の彫刻といった、家庭にただようヨーロッパ的な雰囲気も好きだった。到着してまもなく、母親は自慢げに彼をドイツ製のタイルの廊下に案内した。

「ドイツから持ってまいりましたの」彼女は床を示した。叔母がオランダから持ち帰ったタイルにとても似ていると彼は思った。

「そうなんだ」息子のひとりが言った。「母さんはタイルがすごく自慢で、召使いにも絶対に触れさせないんだ。毎朝自分で磨くんだよ。母さんの年齢で、年甲斐もない！」

午前中に農場を案内され、見習うべき点が多かったが、とりわけよく手入れされ、整備がゆきとどいていることに感心させられた。昼どきになると、昔ながらのオランダ風のベランダに出て食事をした。覆いといえば、古いつる植物の茎しかなく、つるのあいまから、光がまだらに降りそそぎ、銀器や料理のまわりにはじけ、一切を金色の光のベールで包んだ。ワインがこんなに深い紅だとは知らず、料理がこれほど美味しいものだとは思わなかった。海が近かったので、食事をしながら、遠くの水平線に、空に浮かんだヤシの木の蜃気楼のような煙をあげて定期船が航行するのがみえた。その光景は、ファン・ブレーデプールの胸にふたたび不安をよぎらせた。ステイン・ベルゲル・アンド・ストゥンプコフ社からは、三週間で職場に戻るよう言われており、彼自身は先のことをまだ決めていなかった。気がつくと、彼はモラー家の息子の話に、熱心に耳を傾けていた。

「うわさで聞いたけど」彼は言った。「ストラングが農場を手放すんだってね、父さん」

「誰がそう言った？」父親は、長年の習慣でひとの話を極力疑うようになった者の口調でたずねた。

「今朝、ドリフォンテイン鉱山の柵で、ジョンソンに会って聞いた」息子が答えた。

「そんな時間に、そんな場所でジョンソンは何をしとったんだ」

「自分の側の柵を修理していたんだ、原住民を三人連れていたよ」

「そろそろ修理が必要だったからな」老人は息子にそう言い、さらにつけ加えた。「ジョンソンなら知っているにちがいない、隣人どうしだからな」

「ストラングが業者に売りに出したって。ジョンソンがそう言ったわけじゃないけど、彼の言い方からすると、多分、ストラングにはもちこたえられなくなったんだろう」

「そんなところだろうよ」老人が言った。「あの男の農場経営といったら、ポロ用の馬のことしか頭にないんだ！　なんだってこんなところまでポロをしに来たんだ？　ヨーロッパでいくらでもできただろう。しかも、あんなに立派な農場をもっておって。金があれば、すぐにでもわたしが買うよ。おまえたちにこれほど金がかからなければね！」

「やめてよ、父さん」息子が言いかえした。「そんなにぼやくなよ。ぼくたちでなくたって、きっと誰かに払っていたさ」

「おまえたちほどじゃないだろうよ」父の口調には少々苦々しさがこもっていた。

「すごく高いでしょうか、その農場？」ファン・ブレーデプールは内心それを切望した。

「なに、そんなことはないでしょう」老人は答えた。「ストラングは売らなきゃならんようだし、この旱魃じゃ買い手はそういないでしょう。それに、えらく上等な厩を建てたほかは、ろくに手を入れていない。わたしが自分で住もうかとおもうほど立派な厩だよ。だが、彼が開墾した土地はわずかで、農場だって小さなものだ。ただし良い物件にはまちがいない」

「詳しいことはどこに聞けばいいでしょう？」

ファン・ブレーデプールに新たな興味を抱いた家族は、いっせいに彼に注目した。娘のことが頭にあった母親は特に興味をかきたてられた。

「失礼だが、ファン・ブレーデプール君」質問の意図をすぐに理解した父親は、単刀直入に訊いてきた。「農業についてなにをご存じかな?」

「わたしは農場で育ちました」彼は答えた。

「それなら、手始めにあの農場を買うのが一番だよ。きみに隣人になってほしいから言うわけじゃないんだ。近所に人があまりいないほうが好きなものでね。ただ、ストラングの農場は、少し手を入れれば、どうにでも生まれ変わらせることができる」老人は息子を振り向いて言った。「ハンス、誰が売買を仲介しているか知っているか?」

「よく知らないけど、ブランドだってジョンソンが言っていたとおもう」

「実際に購入できるかも、ほんとうに欲しいのかも、まだわかりませんが、興味はすごくあります」ファン・ブレーデプールは家族のまえで言った。

父親は、しばらくファン・ブレーデプールをじっと見ていたが、彼がさきほどの優柔不断な発言を恥ずかしいと思うぐらい確信をこめて言った。「そりゃきみが買うさ、ファン・ブレーデプール君」

しばらくのあいだ、皆だまっていた。老人はファン・ブレーデプールがすでに家族の一員であるかのような目で彼を見た。そして父親が息子にものを言うように語りかけた。

「あのストラングがしたようにだけは、しないことだな。あの男は農場経営のためではなく、田舎暮らしの紳士になるのに憂き身をやつした。家族のめいめいに乗用馬を与えないと気がすまず、ついに馬で財産を食いつぶした。あの男は頭痛もちで、ここに住んでいたころ、アスピリンを大量に飲んでいたよ。わたしは頭痛とは無縁だが、仕事はする。きみもそうするべきだよ」

五時近くになってようやくファン・ブレーデプールはモラー家をあとにした。六時にポールスタッドで約束があると訴えても、家族は異口同音に、車で一時間もあれば戻れると保証した。ようやく家を抜け出して帰途に就こうとすると、モラーが白髪を陽光に輝かせて、運転手に向かってステッキを振りながら叫んでいた。

「スペアタイヤを積まずに運転するなと何度言わせるんだ！」

「わかっております、旦那さま。でも、ガレージのほうで加硫処理が間に合わなかったんです。加硫処理がどうしても必要なので、午後までタイヤはガレージに置いてあります」

「お客さんの帰りが遅れたら、あとで後悔することになるぞ！」

「お客さんが遅れることはありません、旦那さま」男は言った。

「そのほうがおまえのためだ」老人はそう叫び、ゆっくりと車のうしろにまわって、塗装の具合を念入りにしらべた。キズのひとつひとつを把握している彼は、新たにひとつ発見し、突然長々と説教をはじめた。

別れ際にファン・ブレーデプールがひとこと、早く雨が降るようにと言い添えたのにたいして、老人はすぐに返事をせずに、ゆっくりと空を見渡してから言った。「月夜の前後二日、と親爺が言っていた。二日もすれば雨だろう。きみが移ってくるころに、農場はちょうど良い具合になっているよ」

帰路、運転手が言った。

「旦那さまはことばはきついが、いいひとだ。オレは旦那さまがどこか憎めないんだ。見ててみな、間違ったことはまず言わないから。二日後には雨が降りますよ。ねぇ、旦那、うちの旦那さまはことばはきついけれど、おこないはりっぱだ」

だが、数分後、車の後方で大きな爆発音がしたとたん、路上で車がガクンガクンしはじめると、運転手はひどくとり乱した。さきほど、主人に手厳しく言われても割り引いて聞くと言ったのは、それほど確信があってのことではなかったのかもしれない。

時計が午後七時半を打つころ、彼らはポールスタッドに着いた。ホテルにケノンの姿はなかった。ファン・ブレーデプールは使用人たちにたずねてまわったが、彼らはなにも知らないか、何も言おうとしないかのどちらかだった。ダイニングルームでは、宿の主人が家族と食卓についていた。主人のテーブルに近づき、留守中にケノンが訪ねてこなかったかと聞きたくてやきもきしながらも、主人の態度があきらかに冷淡であるのをファン・ブレーデプールはすぐに感じとった。主人の無愛想で、形式的な礼儀正しさは、午前中のぶっきらぼうな態度が自然なものであるのと同じぐらい、夕方のこの時間には似つかわしくなかった。

「今日の午後、原住民の男がぼくを訪ねてきませんでしたか?」

「ええ、たしか、原住民がひとりあなたを訪ねてきました」主人は少しためらったのちに言った。

「ぼくを待たずに帰ったんですか?」

「ええ、待たずに帰りましたよ、ファン・ブレーデプールさん」

「ぼくにメッセージを残していかなかったですか?」

「いいえ、なにも。ファン・ブレーデプールさん」

「なぜ待たずに帰ったのか、理由をご存じではないでしょうか?」

主人は突然強い口調になった。

「浮浪者にホテルのなかをうろうろされては困ると言ってやりました」

「わたしがここに呼んだんです」ファン・ブレーデプールが言った。

「あの男は、札つきの刑務所帰りの物乞いですよ。正直、あなたに面会の約束があると聞いても信じませんでした。どうせまた金をせびるための芝居だろうと思ってね。ただ、あの男があなたの、えー、その友人であると知っていたら、さすがに追い返しはしませんでしたがね」

主人は「友人」と言うのに苦労して、顔を真っ赤にしていた。ファン・ブレーデプールはかろうじて感情を抑えていた。主人の説明のほかに、もっと何かあるはずだった。あとひとつだけ、聞いておきたいことがあった。

「彼がどこに行ったかわかりませんか？　あるいは、彼の連絡先を知りませんか？」

「連絡先は存じあげないですね、ファン・ブレーデプールさん」主人が答えた。

「どうも」ファン・ブレーデプールはそれだけ言うと、テーブルを離れた。

「お役に立てませんで、ファン・ブレーデプールさん」主人はうしろから呼びかけた。

探偵が席を立とうとするとき、ファン・ブレーデプールは席に戻った。ナフキンを広げないうちに、背後で探偵の声がした。

「やはりバージェスに会うんですね」アトキンズ少佐が言った。「ふたりともこの町に近づかないのが身のためだ」。そしてまえの晩同様、ファン・ブレーデプールが返事をするまえに、既に姿を消していた。

「いい加減、ぼくだって出て行くよ。この状況がさらに続くなら」ファン・ブレーデプールは思った。だが、探偵のことばにはある意味で彼を安堵させるものがあった。ついに彼の行動の説明がついた。

彼は、バージェスとの関係においてのみ、自分に関心を抱いていた。だが、バージェスはほんとうにポールスタッドに来るのだろうか？　彼にはわからなかった。病気をしてから会っていなかったし、バージェスに宛てた手紙に返事はなかった――それ自体はなんでもないことだ。宣伝活動で各地をまわるバージェスに返事を書く暇がないのはわかっていた。ファン・ブレーデプールは、あの探偵がホテルに出没したことで、自分にたいする宿の主人の態度の変化も説明がつくのではないかと考えた。おそらく刑事は、ファン・ブレーデプールが例の扇動者の友人だと、ロスマンに話したにちがいない。ファン・ブレーデプールとケノンの両方にたいする主人のにべもない態度も、そういう理由からだったのだ。彼は、しだいに事情がわかりはじめた。だが、ひとつだけまったく不可解なことがあり、それはケノンが札つきの刑務所帰りの物乞いだと主人が言ったことだった。その言葉が真実であるとすれば、ケノンについて治安判事がなんらかの事実を知っているはずだ。ファン・ブレーデプールは判事に会うため、夕食後にクラブをのぞくことにした。

夕食後、部屋の外でロスマンに会ったが、しごくよそよそしい態度で通りすぎ、クラブで一杯どうかと誘われもしなかった。

「マサカマズ・ドリフトへの旅もこれで反故だな」そう思って部屋に引き返し、バージェスにこれまでのいきさつを伝える長い手紙を書いた。

部屋に戻ってまもなく、誰かが静かにドアをノックするのが聞こえた。

「どうぞ」と呼びかけても、ドアが開く気配がないので、自分で開けに行った。宿の主人の妻がそこに立っていた。腰に鍵の束をぶらさげ、片手に編み物を持ち、もう片方の手に小さな緑色の瓶をもっていた。

「お邪魔してわるいですね」彼女は穏やかな優しい目でファン・ブレーデプールを見つめた。「お加減はいかがかと思いまして」

「どこも問題ありません。ロスマンさん、どうぞなかへお入りください」彼はそう言って、入口の脇に立った。

彼女は首を横に振った。

「少しお顔の色が悪いですよ。今夜、食事のときにお元気がないと思いましてね。それで、この『命の源』の小瓶をお持ちしました。わたしの母もわたしも、病気のたびにこれを飲んでよくなったんです。わるいことは言いません、どうぞ試してみてください。日に三度、コップ半分の水に、三滴入れて飲んでください」

「ありがとう、ロスマンさん」彼は小瓶を受けとった。

「ようございました、ファン・ブレーデプールさん」

彼女はゆっくりと廊下を遠ざかって行った。ファン・ブレーデプールは彼女を見送っていた。彼には、夫人が薬を渡したかったというより、夫の行為と自分を切り離そうとしたのだということがわかっていた。階段の上まできたとき、彼女はそこで立ち止まり、手すりに片手を置いたままうしろを振り向かずにこう呼びかけた。

「一日三回、コップ半分の水に、三滴落として飲むこと。お忘れなく、ファン・ブレーデプールさん」

「なぜぼくが見ているとわかったんだろう?」そう思いながら彼は部屋に戻った。

ホテルの廊下の時計が午後九時半を打ったとき、彼はポールスタッド・クラブの扉を開けた。入ろうとすると、中から誰かが言うのが聞こえた。「彼がきたらまずいことになるぞ。ここは、不満をくすぶらせた黒人の失業者であふれている」。部屋に入り、ドアを静かに閉めた。バーのカウンターの周りで、数名の男たちがこちらに背中を向けて話をしているのが見えた。そのなかにアトキンズ少佐と宿の主人がいて、主人は大きな手振りで話していた。部屋の片側に、集団から離れて、治安判事が安楽椅子に身を埋めていた。口元に皮肉な薄笑いを浮かべ、パイプをくゆらせながら、ファン・ブレーデプールが入ってくると、軽く会釈をした。ほかは、すぐに彼に気づかなかった。ファン・ブレーデプールは、判事がほかの人々から離れたところに陣取っているのが気に入った。それは彼らから離れて座っているだけでなく、意識の上でも袂を分かっているようだった。

所在なげにドアのまえに立っていると、クーペンハーゲンという名の裕福な農場主が精力的に話をしはじめた。ファン・ブレーデプールは以前にこの男と顔を合わせており、ブランドから、手に負えない嘘つきの大ぼら吹きで、富と酒の強さだけは一目置かれている、と聞いていた。「『おかあちゃん』と叫ぶまえに、彼は壁を背に立たされるだろう」ファン・クーペンハーゲンは言った。「ポールスタッドじゃ、ふざけたことを言う奴は許さねぇ」

返事をしかけたアトキンズは、ファン・ブレーデプールの姿をみとめると、面食らってことばを飲みこんだ。アトキンズの様子に気づいた人々がうしろを振り返ると、こんどは自分たち、とりわけ宿の主人が、きまり悪そうにした。

周囲が自分とバージェスのうわさをしていたことは明らかだった。しばらくのあいだ、誰も口を開かなかった。仮に今、好意的な振る舞いをしたら、その直前まで露わにしていた感情とあきらかに矛盾すると思ったのだろう。意外なことに、ただひとりブランドがグループから分かれて、手を差し出しながらファン・ブレーデプールに近づいてきた。

「よく来てくれましたね、ファン・ブレーデプール」彼は言った。「アトキンズが……」その先は、誰かの野次でかき消された。「おい、黙れよ、レディー！」

「アトキンズが」ブランドは邪魔が入ったのを気にせず先を続けた。「あなたがとんでもない過激主義者だということを、さっきから力説していましてね。あなたが、ポールスタッドの平和を攪乱する気だと言うんです。あなたのことを知らなかったら、彼の説明を聞いて、うす汚い、ひげ面の、ミルズ型手榴弾をふたつばかり左右のポケットに忍ばせている人物を想像したでしょうね」

「よく言うなあ、ブランド、誇張するなよ」アトキンズが叫んだ。

「前言を撤回するつもりじゃないだろうね？」ブランドは「あんたならそうしかねない」と言いたげに相手を見た。

「いや、だがこっちの言ったことをそんなに変えなくてもいいだろう。なぜ言ったとおりに言わない」アトキンズが返した。

「あんたが自分でやればいい」ブランドはアトキンズに背を向けた。「なにを飲むかね？ファン・ブレーデプール？」

「ファン・ブレーデプールがバージェスの親友でないかどうか、ふたりとも警察に顔が知られてないかどうか、おれに聞けと言うのか？」アトキンズは続けた。

「警察だって？」ブランドはわざとらしく驚いてみせた。「あんたは探偵じゃなかったのかい？どっちみち、おれは興味ないな。あんたが自分で聞けばいい」

「彼が正解だ、ブランドさん」ファン・ブレーデプールはブランドだけに答えて言った。「ぼくはバージェスの友人だ」政治的信条には必ずしも共鳴していないと率直に言おうと思えば言えたのはわかっていた。

「それがどうしたっていうんだ」ブランドが言った。「きみは政治的扇動者じゃないんだろう？」

「ちがいます」

「ファン・ブレーデプールさんは、今夜、ここで原住民の友人にお会いになれなかったことを大変残念に思っておられます」初めて主人が会話に加わった。

主人の発言のあとに衝撃音がつづいた。ファン・クーペンハーゲンが、カウンターにグラスを叩きつけると、ファン・ブレーデプールの方へそろそろと千鳥足で近づいてきた。

「よく聞くんだ、若いの」ファン・ブレーデプールに近づいて、彼は言った。「この町は、黒人《ニガー》びいき《キッサー》のくる場所じゃねぇ。そんな奴らに近所をうろつかれるなんざまっぴらだ。そんなまねしてみろ、即刻この町から叩きだすか、もっとひどいことになるぞ、そう、もっとひどいことだ。言っておくが、これ以上、町にポスターを貼ってまわるのはよせよ」

「彼は酔っ払っている」ブランドが言った。「連中はみんな酔っているんだ、おれとあそこにいる判事以外は。なにも気にすることはない。なにを飲むかね？」

「結構です、どうもありがとう、ブランドさん。もう行きます」ファン・ブレーデプールは答えた。ドアの方に行きかけたとき、アトキンズに呼びとめられた。

「今日は職務上来ているわけじゃないんだ」アトキンズは言った。「ここでの発言は非公式……」

「きみが職務外でどこにいる姿も想像できんよ、アトキンズ」判事が割って入った。ゆっくりと椅子から立ちあがった彼は、冷静な声で嚙んで含めるように言った。そして、ステッキと帽子に手をのばし、ファン・ブレーデプールの方を見て、同じゆっくりとした冷静な声で言った。「少しだけお待ちくださるならお供します、ファン・ブレーデプールさん」

二人の背後で扉が閉まる直前、「類は友を呼ぶ……」と酔っぱらいが言うのが聞こえた。

だが、ファン・ブレーデプールは判事にケノンのことをたずねるのをすっかり忘れていた。一瞬、彼の考えはあらたな方向に向かっていたのだ。その夜、ベッドのなかで彼は考えた。「町中にポスターを貼ってまわる！　一体あれはどういう意味だったんだろう？」

第五章

翌朝早くファン・ブレーデプールは目を覚ました。まえの晩はほとんど眠れず、ケノンのことを考えながら目が覚めた。黒人たちが、約束を守ることをいかに重視するかを知っていた彼は、自分が故意に留守にしたとケノンが思いはしなかったかと気になった。ミセス・ハリスからあのようなことを言われたあとで、ケノンはわれ知らずファン・ブレーデプールのことばを疑うようになっていたのではないか。ポールスタッドの宿の主人がケノンになにを言ったかも、ファン・ブレーデプールは知らなかった。おそらくミセス・ハリス同様、ファン・ブレーデプールがケノンとの面会を拒絶しているとロスマンが言ったという可能性は考えられないだろうか？ 望みの綱は治安判事を探し出すことだった。宿の主人がほのめかしていたように、彼が公判のときの判事なら、ケノンの行方を知る手掛かりが得られるかもしれない。

通りに出ると、町を離れていたあいだに、おびただしい数のポスターが広告用掲示板や、街灯の柱、そして木の幹に貼られていた。ファン・ブレーデプールは一目で、それらがバージェスの組織が制作したものにちがいないと思った。どのポスターも、何年もまえにバージェスの事務所で見たデザインの複製で、翌日、ポールスタッドの原住民地区で集会が行われると隅に手書きで書かれていた。十一月六日という日付けを見て、それが初期のオランダ人の幌牛車隊がバンブーコーサ部族に最終的な勝利をおさめた記念日であると気づいた彼は、動揺を隠せなかった。集会の首謀者が誰であれ、扇動者の目からみて、これ以上ふさわしい日を選ぶことはできないだろうと思った。百年近く守られてきた記念日が、白人には先駆者たちの勝利にたいする誇りを、原住民には過去の敗北の屈辱を呼び覚ますという、最も危険なやり方で、白人と黒人のあいだに横たわる溝の深さを国中に痛切に思い起こさせるのだった。百年近くまえにのどかな田舎の小川を血で真っ赤に染めた抗争は、決して終結したのではなく、長きにわたる陳腐で不平等な政治的、経済的対立に形を変えたにすぎなかった。そしてこの記念日に、伝統と日々の現実によってあおられた憎しみが蒸し返されるのだ。この日を祝うのは勝利をおさめた旧共和国の人々だけではなく、国中の白人がそれに加わった。黒人にとってそれは黒人の一部族に勝利をおさめた白人たちの祝日であり、また、白人によるすべての黒人の征服を思いださせる日でもあった。その日、互いに恨みと不信感を抱く白人と黒人の胸に、過去の重圧に耐えかねたように、血の確執の記憶が蘇るのだ。その日は普段にもまして、人々はことあるごとに「白人」、「黒人」ということばを口にした。刑事の警告や、前夜のバーの横柄な酔客のことばを思い浮かべるとき、黒々と書かれた十一月六日の文字は、いっそう彼を不安にさせた。バージェスの居場所がわかったなら、そして首謀者が本当にバージェスなら、いますぐ彼のもとに行き、集会をやめさせただろう。

こころのどこかでバージェスの消息がつかめるかもしれないと思いながら、ポールスタッドに来て以来初めて、彼は新聞を買いに行った。その日の朝刊だけでなく、過去二週間分の新聞をすべて手に入れた。一番古い新聞記事に、ポートベンジャミンで開会中の国会での議論の紛糾が報じられていた。法務大臣が新たな法案を提出し、政治扇動者に対処するための法務省の「非常権限および専権」を求めていたが、国の現状に照らし、立法内容を妥当とする根拠に欠けるとして、強硬な反発を受けていた。遂に法務大臣は審議を年始まで延期することに同意し、年初以降、対策の緊急性と必要性を説得するに足る証拠を国会に提出する意向だという。題材に当然の興味をおぼえたことを除けば、その時のファン・ブレーデプールには、印象の薄い記事だった。だが、別の新聞の裏ページに掲載された目立たない記事に、彼がさがしていたものが見つかりそうだった。その記事によると、二日まえ、ポールスタッドから三十マイルほどのところにあるポートダンカン市当局が「悪名高いコミュニストで政治的扇動者に、市管轄の建物や公共の場での集会を拒否」したと報道されていた。「悪名高いコミュニスト」なる人物がバージェスだとファン・ブレーデプールは直感した。バージェスがポールスタッドに来る！　この瞬間にも近くにいるかもしれないのだ。

午後、治安判事を訪ねる途中でたまたまブランドの事務所のそばを通りかかったファン・ブレーデプールは、ストラングの農場について聞いてみようとおもい、立ち寄った。ブランドはいつになく顔色がさえず、目をしょぼしょぼさせて、落ち着かなそうにデスクに向かい、大判のシルクのハンカチでしきりに顔をふいていた。弁護士はいきなり、昨夜のクラブでの冷ややかなもてなしについてながながと詫びを言いはじめた。

「決して悪いやつらじゃないんですが」彼は最後に言った。「昨夜はひどく酔っ払っていて、ここじゃ誰もが嫌っているあのアトキンズの挑発に見事にのらされたんです。昨日のことは忘れて、また顔を出してもらえるといいんですが」

「お気遣いに感謝します、ブランドさん」ファン・ブレーデプールは言った。「でも、今日はそのことで来たわけではないんです。例のストランドの農場売却について、なにか情報がないかと思いましてね」

ブランドは活気をとり戻すなりこう言った。「お知りになりたいことはなんでもお答えできます。うちの事務所をとおして正式に売りに出されることになったもんでね。そうだ、こんどクラブに顔をみせてくださいよ、ウィスキーでも一杯やりながらご説明しますよ」

「ありがとう。でも、ぼくとしてはいまお話を伺いたいんです」

「それは残念。だがそうおっしゃるなら、話しますよ」ブランドは言った。「ストランドは農場を売りたがっています。売らなければ困ると言ってもいい。よい土地を安く手にいれたければ、今がそのときです。この規模の農場では、この地域で最高の物件です。物件は……」

ブランドがことこまかに農場の説明をはじめたところで、ファン・ブレーデプールは口を挟んだ。

「昨日モラー一家に会いましてね。物件の詳細は全て聞きました。今日ご相談したいのは、主として価格の点です。最低どのぐらいまでならストラング氏がのむでしょうか?」

「良い提示価格には、三分の二をキャッシュ、残りを五カ年の年賦払いというのが条件です」

「良い提示価格ってどのぐらいのものでしょう?」

ブランドは笑って、答えに躊躇した。

「そのときどきでいろいろです。三五〇〇ポンドといったら、高すぎますか?」

「ぼくにはとても手がでない。どうがんばっても、キャッシュで一五〇〇ポンド、残り一五〇〇ポンドを五カ年の年賦払いというところでしょうか」

「ストランド氏に確認してみます。よければ、土地の先買権を条件に入れておきますよ」

ファン・ブレーデプールはブランドの提案を受け入れて、事務所をあとにした。わずかなりとも貯めた金と叔母が残してくれた遺産をあわせれば、まちがいなく土地は購入できるだろう。だが、彼は念には念をいれたかった。考える時間がほしかった。ポートベンジャミンに戻りたくない気持ちは強かったが、農場の購入が自分の人生にもたらす変革の重大さを思うと気後れを感じた。だがそれも合理的思考の惰性によるもので、結局、最後は農場を買うだろうと彼は思った。午後の公判が終わったころ、ファン・ブレーデプールは治安判事裁判所に到着した。入口で、ふたりの警察官が数名の手錠をかけられた黒人の男たちを整列させていたが、建物内に人の姿がなかった。廊下伝いに、治安判事とかかれたドアのまえまで来ると、ノックをしてなかに入った。治安判事はデスクに向かって何か書きものをしており、部屋のなかはペンが走る音がしていた。窓枠に縁どられて、黄色く輝く陽光が照りつけ、ポールスタッドの目抜き通りの赤い路面がかろうじて見えていたが、それは炎天下にきらめき、おだやかな午後の静けさに包まれていた。

「おかけください、ファン・ブレーデプールさん。すぐ済みますから」

判事の声はおだやかで、低く、教養があり、部屋はきちんと整頓されていた。法律書と公的記録に埋れた膨大な書棚のくすんだ色調が、初夏の鋭い陽光をやわらげていた。どこか近くで、子どもたちが遊んでいたが、やがて夜のとばりが下りるのも忘れて遊びに興じる様子は、のどかな一日にいっそうの幸福感を添えていた。

「さて、ファン・ブレーデプールさん、なにかわたしでお役にたてることがありますか？」判事は書きものを終えて、その目はじっと相手に注がれていた。

ファン・ブレーデプールは簡潔に用件を説明した。判事は黙って耳を傾け、そして言った。

「その少年が犯罪者なら、必ず記録があるはずです。彼の名をこの場で思い出せないが、すぐにわかるでしょう。因みにあの晩アトキンズは、あなたの原住民の少年への関心についてまったく別の解釈をしていたようでしたが」

判事は立って書架に歩み寄った。

「さて、なんという名だったかな？　ケノン・バディアクゴトラですね？」ファン・ブレーデプールがうなずくと、判事は大きな黄色のファイルを引っぱりだしてデスクに持ち返り、索引をゆっくりとめくり始めた。ときどき手を止めては、潔癖そうに両手をすばやくこすり合わせた。

「ねぇ、ファン・ブレーデプールさん」判事は索引に目をとおしながら言った「黒人のことを少しでも知る人なら、ここにこうして並んでいる名前を見るだけで、彼らの歴史の一端がうかがえるのです。わたしが初めてポールスタッドに廷吏として赴任したのは、ボーア戦争終結後間もないころでしたが、原住民の犯罪人の氏名に目が釘づけになりました。犯罪者と言っても大部分がパス法〔アフリカ人が白人の居住区域で黒人に通行証の携帯を義務づける法律〕違反や、小屋税〔一八九四年にイギリス植民地政府が保護領に課した世帯単位の直接税〕の未納などの民事犯で刑事処分を受けているひとたちです。イギリスから来たばかりの人間に、ひとつひとつの名前がいかに新鮮にみえたか、想像がつくでしょう、たとえば――」彼は黙って索引に指をすべらせた――「ブワカバナ、リンチュウエ、クゥワボザヨ、ンドラハンビ、コリリズウェ、なんていうのがある。その後また異動になり、数年後判事として戻ってきたときにまず気づいたことは、索引のなかに、あれほどわたしの好きだった名前がほとんど見当たらず、重罪が増えていたことでした。かわりに目にするのは、エープリル、フェブアリー、ジャニュアリー、ホワイトボーイ、グレイボーイ、サミュエル、ダニエル、ジョゼフといった名で、それらは日に日に増えていきました」

判事はふいにしゃべるのをやめた。「ありました、ジョゼフ・バディアクゴトラというのが。これだろうか……」

「それです」ファン・ブレーデプールが同意した。

判事は、ファイルを開いて机に置き、ページのしわを両手でのばしながら言った。「残念ながら、この人物には前科が七回ありますね。思い出しました、七回ともインサング（大麻）の吸引です。よく覚えています。そうですか、彼でしたか。この少年の件は、大変興味深かったものですから。元雇用者の評価が毎回高く、誰もが彼の正直さをあげていますが、全員が口をそろえてたったひとつ重大な欠点を指摘しています、インサングをやめられないことです。インサングをご存じかどうか知りませんが――ハッシッシ（大麻）のことです、アサシン（暗殺者）という語はそこからきています。いったんとりつかれるとやっかいなことになる。もっと恐ろしいことには、たびたびわたしも見てきましたが、この薬が人間の性格、それも標準以上によい性格の持ち主を変えてしまうことです。たとえばこの少年の場合、証言台に立つ他の原住民に比べて毎回知的な印象を受けていたが、ただ非常に神経質そうにみえました。彼はひどく混乱していて、自分の性格をどうしたら元に戻せるのかわからないようでした。自分がどこかおかしくなってしまったと、強く感じていたのではないでしょうか。彼は本気で自分の罪を隠そうとしたことは一度もない。自分にはどこか問題があるという思いと、なぜそんなことになったのかわからないという思いがせめぎあい、自分に立ち向かう気力もなくなり、逆にすべてを忘れようとしたのでしょう。なぜそう思うかというと、初公判のとき、彼に十分に言い聞かせて、軽い処分で済ませました。一年近くは出頭しないで済んだが、その後は繰り返し裁判を受けるようになり、毎回量刑を重くしなければなりませんでした。実際、前回は大幅に重くしています。薬のせいで被告の暴力性が増していたため、やむをえなかったのです。インサングを吸っているところを雇い主にみつかって、暴力をふるったかどで、懲役一年半を下しました。次回、残念ながら必ず次回があると思いますが、そのときは懲役二年ということになります。彼のようなタイプは、インサングから決して解放されないでしょう。もちろん、彼ばかりではありません。このファイルは、彼のような人々の名前で埋め尽くされています。目を閉じれば一列に並んだ人々が浮かんできます。十二年におよぶ列、そして、それは年々長くなっていくのです。よく思うのですが、彼らを犯罪に走らせる状況はなくならず、それでも判決を読み上げ続けることになんの意味があるでしょう。だが法廷ではわたしは人間ではなく判事です。意味を問うたところで、何の足しにもならない。今日より明日、状況はより深刻化していくでしょう……」

「それでも、彼を探したいのです、できることなら」ファン・ブレーデプールは、判事というより自分自身に向かって続けた。「ぼくにはある意味責任があるんです。何年もまえに彼を助けて、いまの状況を回避できた人間がいたとしたら、それはぼくだった。でも、そのときはわからなかったし、こうなると予測することもできませんでした。彼の消息を知りたいんです、どうか力を貸していただけませんか」

「悪いが、それはできません。だが警察の協力が得られるかもしれません。いいですか、警察大佐に手紙を書いてあなたにお渡しします。あなたを助けられる人がいるとしたら、彼です。彼なら協力を惜しまないはずです。非常に理解のある男です」

警察本部は、ポールスタッド市の南端、原住民とカラードの居住区と白人の住宅街を隔てる道路のつきあたりに位置している。縦長の二階建てで、壁はセメントと細かく砕いた砂利をまぜた白い漆喰に覆われていた。ポールスタッドでただひとつの赤いタイルの屋根で、このような日には、強烈な午後の日差しに照らされた赤いタイルや白壁が絶えず小刻みに震え、ながく目をあてていられないほどだ。建物の裏には広い練兵場があり、砂利が敷かれていたが、それらは緑にも青にも見え、一面にクリスタルをちりばめたような耀きだった。練兵場は片側を警察本部の建物にふさがれ、本部と直角をなす二つの側は、有刺鉄線と二列の巨大なアロエの植え込みで覆われていた。アロエの葉は遠目には砂利と同じ色をしているが、近くで見ると黄色の縞の入った青色で、端に紫色の長いトゲをつけていた。葉の中心からロケット花火のようなカーブを描いて長く黄色い茎が伸び、殺風景な空にむかって黄金色の花をほころばせていた。これらのアロエの植え込みは、本部の建物から天井の低い平屋の独身者用の官舎へとまっすぐに続いていた。広場にはたいていぼろを纏って手錠につながれた原住民がアロエの葉陰を探して歩き、その傍らで若い警察官たちが、きらきらと光る砂利に対抗するようにスパイクやゲートルを輝かせて庁舎のあいだを行き来していた。周囲の雰囲気にあやかって、むずかしい顔をした黒人の巡査が数頭の乗用馬の手綱を引いているのをしばしば見かけた。警察本部に足を踏み入れると、自分も厳粛な気分になっているのがわかる。ここは笑い声をたててはいけない場所だと思わせられる。プロテスタント教会に雰囲気が似ていなくもない。

ファン・ブレーデプールは判事の手紙を制服姿の職員に渡した。職員は、封筒の宛名の筆跡にすぐにピンときたようだ。一目見ると、ファン・ブレーデプールに手早く指示を与え、大佐に名を告げるように言った。コンクリートの階段をのぼり、長い廊下を進むと、一部が木製の、分厚い白の彩色ガラスでできたドアに突き当たった。ドアには司令官室と書かれていた。ノックしようとして、室内の人声に手を止めた。目のまえのガラスに、身振り手振りをする二つの人影が映った。ファン・ブレーデプールは、大佐がひとりになるのを待つことにした。廊下を行ったり来たりしかけたとき、中から聞き覚えのある声がしたので、ドアに身を寄せて聞き耳をたてた。まもなくファン・ブレーデプールには、アトキンズが強気な口調で、大佐に向かってほとんど怒ったように何か言っているのがわかった。

「危険はまったくない」断固とした口調でアトキンズが言うのが聞こえた。「三人ともそいつを吸引しているところを現行犯で捕まっています。同じ罪状でなんども有罪判決をうけているから、次に判事のまえに立たされたときは、懲役三年以外にないとわかっているはずです。そうでしょう？」

「ああ」と別の人影が答えた。

「おわかりですね。言われたとおりにして、あとは口をふさいでいれば無罪放免とわかれば、黙って言われたことをやるでしょう。それに、われわれとしては、なにも法外なことをやらせようと言っているのではない」

「われわれ？」

「そうおっしゃるなら、わたしでもいいですが。彼らには、この老いぼれのカービン銃三挺を持って歩きまわってもらいたいだけです。極悪非道ってわけではないでしょう、どうです？」

「まえにも言ったが、気が進まんね。きみの話を聞けば聞くほど嫌になる。わたしは警察官だ。事件を防ぐのが仕事で、起こすのではない。きみの狙いは、いったいなんだ？」

大佐の影がドアから消え、ファン・ブレーデプールには彼が部屋のなかをせわしなく歩きまわるのが聞こえた。

「まえにも言いましたが」アトキンズが続けた。「集会を中断させる口実がほしいだけです。あのくだらん法律のために、こういうとき、われわれには手出しができないのをご存じでしょう」

「それはわかっている。だが、それだけでは、十分な理由とはいえない。その手の集会はいつでも開かれてきた。毎回その方法で阻止しなきゃならんのですか?」

「本部の指示なんです。裏に何があろうと、わたしには知らされない。もちろん、表だってという意味ですが。何か確実につかんでいたら、話しますよ。でも、俗に言うでしょう、考えてものを言え、言いたいことは言うなって」

「やはり、まず判事に相談させていただきますよ。彼が承知するなら、わたしも安心だ」

「それは困ります。これは上からの指示で、あなた以外の誰にも関係がない。本庁に電話して長官に直接きいてもらっても構いません。あなたは判事の部下ではない。あのお人よしをこの件に巻き込むなと上からも言われているんです」

「仕方がない、わかりました。ただし、指示の内容を、二人の人間の立ち会いの下、書面に残してください。そして、わたしがあなたがたの行動にたいして大いに異議を唱えていることを付記していただきたい」

「よろこんでそうしますよ。だが大佐、あなたに不利になるだけだ」

「わたしは警察官だ、探偵ではない」

ファン・ブレーデプールは、大佐が「探偵」と言ったときの侮辱するような言い方に驚いた。

「さて、これで話はついた。計画どおりしていただけますね? 明日の午後、遅くとも二時四十五分には彼らはファン・セイルズ・コーナーに集まるはずです。明日いちばんに、あなたに電話して、書類をつくりますから。立会人は、あなたが信頼できる人物を選定してください」

アトキンズは退室しようと立ち上がった。ファン・ブレーデプールは、急いで身をひるがえすと廊下を駆けだした。彼がこれだけは避けたいと願っていたこと――それは、大佐の部屋の入口で探偵アトキンズに鉢合わせすることはおろか、どこであれ彼と顔を合わせることだった。ケノンの件は、一日二日後でもよかった。彼はひとりになって、今までに知りえたことを振り返りたかった。この三日間の出来事が、意図的なものであったなら、これほど自分は不安に駆られはしなかっただろう。彼は心を落ち着かせたかった。大佐に会えたかと声をかけてきた事務員に、「面会中で」と短く答え、彼は急いでおもてに出た。

ホテルには向かわず、市街地を出て、遠くの山々の斜面を周回している道路に出た。話の一部しか聞いていないので、アトキンズの計画が完全には摑めていなかったが、翌日のバージェスの集会を解散させようとしていることは理解できた。古びたライフルを手にした前科者の三人が、なぜアトキンズのもくろむ集会中断の理由になりうるのか、ファン・ブレーデプールにはわからなかった。だが、頭のなかで考えを巡らすにつれ、惨事の予兆が強まっていった。彼はその日の朝、亜鉛の掲示板に埋め尽くされたアフリカ労働組合のポスターを初めて目にしたときのことを思いだしていた。そのとき不安に襲われたのはなぜだったのだろう。犯罪捜査部の課長が、扇動者の集会を阻止する目的で片田舎のこの町にやってくるというのは異例なことに思えた。下級の探偵で十分に対処できるはずではないか。ポールスタッドがバンブーランドに隣接しているからだろうか？ 彼は自分より知識の豊富な大佐でさえ、アトキンズ少佐の説明に納得していなかったのを思いだした。そして探偵自身、より大きな動機が隠されていることをほのめかしていた。考えてもなんの説明も思い浮かばなかった。彼はひたすらバージェスを探しだして集会を中止させると心に決めた。

ファン・ブレーデプールは長いこと道端の石に座っていた。傍らを、背の高い原住民が三人の妻と娘ふたりを従えて通り過ぎようとしていた。原住民はひとり先頭を歩いていた。黒と白の毛布を古代ローマの元老院議員のトーガのようにからだに巻き、たいそう威厳があった。柄の長いパイプを吸いながら歩くたびに、手首と足首の銅製のバングルが午後の陽光にきらきらと輝いた。女たちは、頭の上に大きな荷物の包みを載せていて、ファン・ブレーデプールの横を、ひかえめに目をふせて通りすぎた。その表情にうかがわれる感受性のこまやかさと優雅な歩き方に彼は目をうばわれた。家族が通りすぎると、その姿は、見ているファン・ブレーデプールと太陽に挟まれ、舞い上がる砂埃が黄金色に輝く後光のように彼らを包んだ。それはまるでエジプト人の墓の壁面に描かれた人物のようだった。夕方、ナイルに水浴びにゆくファラオの侍女の少女たちに似ていたかもしれない。家族はゆっくりとマサカマズ・ドリフトに通じる道を進んで行った。まばゆい煙霧が周りにたちこめていたが、それは知られざるアフリカの神秘と魅力のシンボルのように感じられた。そのとき彼は、今までの生き方を、古くなった洋服のように脱ぎ捨てることができたら、そして黄昏どきに太陽のなかに降りてゆく道を、彼らのように穏やかに歩いてゆけたらと思った。

腰をおろしているあいだに、日が沈んだ。最後にもういちど血のように赤く染まり、沈む直前、太陽の下側の縁が遠くの山の端の地平線にかかるまえに、まるでインクのしみのように、雷雲の先端がゆっくりと太陽の表面を覆っていった。雷雲ははるか遠くに、しだいにかすみゆくバンブーランド奥地の上空に浮かんでいた。そのとき彼の心に、小さな男の子のことばが無意識に浮かんできた。「太陽がそんな色になるときは、きっとなにか恐ろしいことが起こるって、セーラが言うの」。続いて母親のセリフが浮かんだ。「セーラは無知な黒人の女ですよ」

ファン・ブレーデプールがポールスタッドの町のほうを振り向くと、家々の屋根には、のろのろと煙が漂い、ところどころ黄色い光が点在する、青色の陰が街中を引き潮のように流れ去った。西の空がたちまち黄色に変わり、その日はじめて夕風のそよぎがかすかに肌に感じられた。海からたちのぼった雲霧が、丘陵地帯を越え、長く低く伸び、勢いよく街へと向かってきた。背後ではコマンドバードの鳴き声が消えかかる命を嘆くように、絶えず聞こえていた。だがやがて静寂が訪れ、ただひとりファン・ブレーデプールの心の平穏を除いて、すべてが平和であった。

警察署までくると、彼は行きに来た道ではなく、原住民やカラードの居住区を通り抜ける道を選んだ。それほど行かないうちに、並びの建物に比べて大きくて人目を引く家のまえを通りかかったとき、出入口で話をしているふたりの男の姿をみて足を止めた。奥の部屋から射すランプが逆光になってふたりの男のシルエットが映しだされ、エル・グレコの絵のような神秘的な雰囲気を漂わせていた。ひとりは上着を着ていずシャツ姿で、声の感じからカラードの男性らしく、もうひとりは上背がありまえかがみで、落ち着かないようすでなんども不器用に手をうごかしながら話をしていた。もしかしてバージェスなのか？　彼はしばらく待とうと思い、家の前庭につづく、小さな木戸によりかかった。ついにドアが閉じると、長身の男が陽気に口笛を吹きながら門に向かって歩いてきた。

「バージェス！」男が近づくと、ファン・ブレーデプールは相手に呼びかけた。

「ファン・ブレーデプール！　生きていたんだな！」

「手紙を読んでないのか？」

「全然。手紙をくれたのか？　ずっと旅行してたんだ。最後にきみに会って以来、ぼくが行っていない場所は神のみぞ知るだ。いいかい、最後の審判が近づいているんだ」

「旅行していたのは知っている。でも、きみを待っていたんだ。ぼくがきみを見つけるまえに、きみがいなくなることを恐れていた」

「ぼくを待っていた？ なぜ？」

「来てくれ」ファン・ブレーデプールは彼の腕をとった。「話すと長くなるが、会えてほんとうによかった。何日ぶりかの幸運だよ。さぁ行こう。きみはこれから忙しいし、ぼくにもいろいろ話すことがある」

しばらく行ったところに古びたベンチをみつけると、ふたりはそこに座った。ファン・ブレーデプールは、この晩ほど、ひしひしと身に迫るような夜の闇を感じたことはなかった。バージェスの表情をみて、自分のことばにどのくらいの効果があるのか確かめたかったが、近くの家の窓から射す薄明かりでようやく顔の形がわかるにすぎなかった。家々から漏れる平穏な家庭のざわめきが周囲に漂っていた。バージェスは終わりまで口を挟むことなくファン・ブレーデプールの話を聞いて、こう言った。

「で、ぼくにどうしてほしい？」

「明日の集会を中止するんだ」

「無理だね。すべての手配はついている。ぼくにはやるべきことがあるんだ。なんとしても明日実施しなければ、すべての計画はパーだ」

「あきらめればいいじゃないか」

「無理だ。たとえ可能であったとしても、絶対にそれはできない」

「もしほんのわずかでも流血沙汰になる可能性があるなら、ほんのわずかでもだ、中止するのがきみの義務だと思わないのか？ きみの計画よりも、流血沙汰を未然に防ぐことのほうが大事じゃないのか？」

「毎回危険は覚悟で集会を開く。そのぐらいの危険は付き物だ。きみは流血沙汰を重くとりすぎではないか？　個人の命を重く考えすぎではないか？　局部の利益より全体の利益のほうがはるかに重要だと思わないのか？　社会主義理論に従えば当然の話だ。仮に明日の集会で――そんな確証はないが――犠牲者が必ず出るとわかっていたとしても、それでも集会は実行する。きみはぼくに、どうみても不当な選択肢をつきつけていることがわからないのか。人が死のうがそれはぼくのせいではなく、ぼくらが生きているこの豚小屋のような制度が悪いんだ」

「聞いてくれ、バージェス。きみがこの問題を観念的に捉えているのはおぞましいよ。きみには建前以前に感情はないのか。だが、観念上でさえ、きみの責任というものは、それほど簡単に放棄できないはずだ。ポートベンジャミンでは、きみのことばの真価が伝わる可能性もあるだろう。あの街の人々は、長年、きみのような人間の話を聞くことに慣れている。だが、ポールスタッドの町はポートベンジャミンより百年遅れている。この町にきたときの第一印象はそれだった。この町に住む白人たちは、原住民にたいする自分たちのやりかたをまともに批判しようとする人間がいるなどと考えたこともない。きみの言動は、白人と黒人の双方の無垢な激情にまきこまれて、かき消されるだけだ。きみは彼らの情念のはけ口にされるだけだ。冷静に耳を傾けてもらいたいと思っても、彼らはそうはいかない。つまり何を言ってもろくなことにならない。無益な結果に終わるなら、なぜ危険をおかそうとする？」

「初めはそういう危険がつきものだ。だが、やってみないことには何も始まらないだろう。ぼくが彼らに何を言おうが、頼もうが、それは彼らのためであり、正義であり、真実だと信じている。ぼくが真実を語ることで騒ぎになろうが、ぼくを責めないでくれよ。六百万の黒人の血と窮状を食いものにしている嘘つきや、搾取者こそ責められるべきだ。彼らが真実と正義の座について、そこから蹴落とされ痛い目をみたいなら、それはぼくではなく彼らの責任だ」

「そうだが、問題はきみが助けようとしている人たちが、まさに一番痛手をうけやすい人々だということなんだ。救えるどころか、今よりもっとみじめな状況に陥りかねない。いいか、集会は延期するんだ。この町にまた戻ってくればいい。きみが集会を延期しなかったばかりに死者が出たと思われてもいいのか？ いま、この町は正常ではない。異常なまでに時代遅れで、いまのこの町の異常さは並ではない。もう二年ちかくも雨が降っていない。険悪で、不満を抱え、腹をすかせた人々であふれている。きみが集会に選んだ日も普通の日ではない。十一月六日がどういう日かわかっているだろう！ 飢えた人々に食物を与えてやる側も、飢えた者が急激に食べ物を食べて死なないように注意する責任がある。きみの見方によれば、きみも同じ立場に立たされているはずだ。きみが真実とか正義とか呼ぶものを食物と置き換えればいい。いいか、きみよりはるかに偉大なひとたちの多くが、彼らの正義や真実が単なる殺人や無秩序や流血の口実になるのを阻止できなかったんだ」

「きみの話は、明日集会を開くことの根拠を強めるだけだ。人々が空腹で不満なら、一部の人間を裕福な暮らしにぬくぬくとさせ、他の圧倒的大多数の人間を飢えさせる世の中の制度を責めずして誰を責めるのだ？ きみは、白人の旱魃の被害にたいしては政府が援助している一方で、黒人は何も支援を受けていないことを知っているか。きみみたいな人たちが、ぼくや同類たちにやかましく警鐘を鳴らすのではなく、大衆の頭にそういう事実を刷り込むことに時間を費やしてくれたら、時間の有効利用になるし、正義にもかなう。明日、人々は真実を告げられるだろう。ぼくが彼らに伝える」

「真実だって？」ファン・ブレーデプールは内心落胆した。「真実って何だよ？　きみはこの抽象概念のために、命や平和や秩序を犠牲にするというのか？　または、奉仕させようというのか？」

「くそっ！　きみたちに説明するのが難しいのはわかっている。だが、こういうことを冷静に、落ち着いて行うのが難しいからといって、集会をやらないことの言い訳にはならない。計画を変更することはできない。たとえきみのためであっても、だ。これだけ言えばわかるだろう」

「警察の話を忘れたのか？　彼らの罠にまんまとはまるだけだ」

「きみから初めてまともなことを聞いたよ。だが、警察の罠には慣れている。この手のことはまえにもやられている。なんとかその前科者たちを集会に近づかせないようにするつもりだ。万が一近づいても、警察になんの利点があるのかわからないが」

「きみぐらい自信があったらと思うよ」ファン・ブレーデプールは望みを失くしていた。そのまま急行電車が走り続ければ、正面衝突の大惨事になることを知りながら、合図しても止められず、もはや頭のなかで犠牲者の数を思い浮かべるしかできない者の心境だった。

「そう言うけれど、ヨハン」バージェスは柔らかい口調で、ファン・ブレーデプールの肩に手をかけて言った。「きみはいままで、なにごとにも自信があったためしがないじゃないか。自信を持つのはきみの性に合わないんだよ。きみはこれまでの人生、ずっと自由主義という小さな柵の上に腰かけたまま、柵のどちら側にも、怖くて降りられなかった。きみがぼく同様に、この国の制度が生んだ悲惨さを憎むのはわかる。だが、きみはおなじぐらい、改革につきまとう一時の惨めさをも憎んでいる。きみは、柵の向こう側かこちら側か、どちらかに降りてこなければいけないよ、きみ自身が幸せになるためだ。苦は楽の種と言った有名な伝説の猿でさえ、きみよりは哲学的だ。これほどの金言はない。

むろん、そういう人間は自分だけだと思わなくていい。きみの問題は、われわれの世代に共通の問題だ。われわれはいまこそ、過去と未来のどちらをとるのか、きっぱりと心を決めなければならない。決心できないなら、芸術家も、作家も、労働者も、政治家も、誰も安心できないだろう。なぜなら、個人とは社会に従属しており、社会構造が崩壊すれば、個人の平穏まで失われる。きみのまわりを見れば、実際にそうだということがわかるだろう。代表的な作家、画家、音楽家の作品を例にとるなら、そこに社会学的な先入観の跡を見いだすだろう。覚悟を決めれば、幸せになれるんだ。きみが、断固として何ものにも加担したがらないという顕著な特徴をもつ、われわれ世代の典型的な人物だと、この先もぼくに思わせないでくれ！」

ファン・ブレーデプールはほとんど相手の話を聞かず、ひとりごとを呟いていた。「制度、またしても制度だ。いったいなぜ……」

「いまなんて言った？」バージェスが鋭くきいた。

「なにも。ただ考えていたんだ」

「明日、集会で会えるか？」

「いや。あとでどうだったかきかせてくれ」

「なぜ来ないんだ？」

「なぜかって、そのわけはこうだ。いままでさんざん騒動を見てきたが、暴力がエスカレートするばかりだ。何千もの文明が制御しきれずに滅びた、人間の本能を正当化する免許証が増えていくだけだ。きみの考えはおそろしく間違っているとおもう。きみは、自分で理解できず、最終的に制御することのできない力と戯れているだけだ。きみには、たとえそれが真実とか正義という名であっても、自分の手に負えないものをもてあそんではいけない。たとえ見物人のひとりとしてでも、きみに協力することはできない。明日きみの目のまえに展開するだろうあの集団心理に加担する気はない」

「そう深刻になるなよ」バージェスが言った。「ただの意見の相違だ。きみとぼくのあいだによくあることさ。今夜はこれで帰るよ、するべきことが山ほどある。明日、集会が終わったら、すぐに会おう」

その夜、部屋に戻ったファン・ブレーデプールはそれまでの三日間をふりかえっていた。彼は自分の人生で、大きな区切りがひとつ終わったと感じた。長くあてどのない旅を目前にした男が、万事手配を終え、友人に別れを告げ、あとは鞄に荷札を貼り、小銭を数えるばかりという心境に似ていた。夜中に目を覚まし、男たちが順々にポールスタッド・クラブを出て行くのが聞こえた。通りを威勢よく歩きながら、しゃがれた、酔っ払いの感傷的な歌声で彼らは歌いだした。

「われわれはプレトリアに行進している、プレトリア、プレトリア
われわれはプレトリアに行進している、プレトリアが道を開く」

両親が死んだ戦争で、英国軍が歌っていたその曲を、何年もまえに両親も沈鬱な思いで聴いたかもしれなかった。神経が高ぶっていた彼には、あたかも軍隊が道路を行進し、ポールスタッドの町を侵攻したかに思え、部屋のなかがこれほど漆黒の闇に思えたことはなかった。

第六章

翌朝、ファン・ブレーデプールはホテルで静かに本を読んで過ごそうと思ったが、何も手につかなかった。不安と怖れに羽交い絞めにされ、どれほどもがこうと振りほどくことができなかった。朝からひどい暑さで、ベッドに横になっても、起きても蒸し風呂のようだった。熱気のなかでまわりのもののすべてが、すえた、埃っぽい臭いを発し、息苦しかった。ベランダや廊下、階段、息の詰まるような客室の木造部分は、時おり収縮してきしみ、材木のような人間たちもきしむかのようだった。「何もかもきしんでいる」ファン・ブレーデプールは思った「今に割れる！」。彼は表に出た。その朝、街は静かなはずだった。十一月六日は、商店や公共施設は閉まり、ヨーロッパ人はみな田舎のどこかに集まり、父祖たちの戦勝記念日をピクニックと祈りで祝う日なのだ。だが意外にも通りは賑やかで、馬車や自動車であふれていた。気がつくと、乗り物にいるのは大部分が男で、しかも兵士たちでないにもかかわらず、女子どもが驚くほど少ない。横道に入りかけたとき、すぐ先の角を曲がってこちらにやってくる馬上の男が目に入って、彼は立ち止まった。男はライフル銃と弾薬の詰まった弾帯を肩にかけていた。さらに先で、またひとり、同じように武装した男が出てきた。三百ヤードも行かないうちに、最初のふたりと同じような男たちを七人みかけた。雑貨屋の裏口を通りかかると、モラー家の車が停まっており、息子のハンスがせっせと荷物を積みこんでいるところだった。

「父さんが、絶対に雨になるって言うんです」息子はファン・ブレーデプールに挨拶しながら言った。「大雨でこの先何日も道が通れなくなるから、町に行って食糧の備蓄をしておけって」

「それならきみは、さっきからこの辺にいる馬に乗った連中とパレードをするわけじゃないんだね？」ファン・ブレーデプールはたずねた。

「馬に乗った連中？」

「ホテルを出て三百ヤードも行かないうちに、全部で七人、完全武装だ。一体何なんだい？」

「あぁ、ファン・クーペンハーゲンが騒いでいるあれですね」息子は笑って答えた。「ファン・クーペンハーゲンが、今日、原住民の暴動が起こるという物騒なうわさを撒いているんです。ここは、バンブーランドにすごく近いでしょう。だから、年中そんなうわさがあります。特に記念日の日にはね。昨日、ファン・クーペンハーゲンがなにを血迷ったか、弾薬五十発分とライフルを持って全員ここに集まれと伝言をよこしました。父さんは笑ってその紙きれを破りました。あいつが酔っぱらって書いたにちがいないって。他の場所ならいざ知らず、あの男の農場で反乱が起きても驚かないと。父さんはそれだけしか言いませんけどね。ご覧になったものはきっとそれですよ」

「でも、なぜファン・クーペンハーゲンが絡んでいるの？　ああいう武装した人間たちを招集する権限が彼にはあるのか？」ファン・ブレーデプールがたずねた。

「彼は地区副長官か、何かそういうものです。でも、彼が関わることはおおかたこけおどしだと思ってまちがいありません」

昼食時になると、ホテルは見知らぬ人々であふれ、足の踏み場もない混みようだった。ダイニングルームの中央にいくつかテーブルが並べられ、ファン・クーペンハーゲンと男たち四十人ほどが集まって大声で談笑していた。その内容はファン・ブレーデプールには聞こえなかったが、彼らはさかんに酒を飲み、執拗な視線を絶えず彼に向けていた。ファン・ブレーデプールはさっさと食事を終えると、まだ食事をしている彼らを残して早々に部屋を出た。ベランダでは、宿の主人が馬上の男と興奮ぎみに話していたが、ファン・ブレーデプールには声をかけなかった。ファン・ブレーデプールはベンチに腰掛けたが、タバコを半分も吸い終わらないうちに捨てた。口が渇いて、熱があるときのように唇も乾燥していた。思考の場は脳からみぞおちに移行したかのようだった。不安が固まって、胃の鈍く重苦しい痛みとなっていた。ファン・ブレーデプールはベンチから腰をあげ、ベランダを歩き回った。風でベランダに落ちて転がっている小枝を、わけもなく乱暴に蹴飛ばした。そして通りに目を向け、数多の些末なことを前後の脈絡もなく、分析しはじめた。「あそこの家の屋根は緑で、レースのカーテンがかかっている」彼はつぶやいた。だが深く強い感情の奔流が、その観察を揚子江に浮かぶコルク栓のように運び去った。帽子ももたずに、彼は通りに出た。午後は磨かれた鋼板のようで、その表面に映る木々や白壁の家々がゆらゆら揺れていた。教会の塔のまわりでは、無線送信所のアンテナの先端で電流がはじけるように、太陽の光が炸裂していた。突然、深い影が通りを覆った。見あげると空では、紫の芯を白い環が取り巻いている大きな雲が、太平洋の波に洗われるサンゴ礁の島のように浮かんでいた。山々には他の雲が、ダイナマイトの爆発による煙と粉塵のようにかかっていた。空気は高出力エンジンのように振動し、ヴァイオリンの絃のように彼の耳の中で鳴った。鳥の群れが旋回を繰り返し高く高く舞いあがるさまは、底知れぬ洞窟を抜けだそうと羽ばたくコウモリを思わせた。住宅の壁を背に、狭い格子の陰で、犬たちがピンク色の舌をだらりと下げて喘いでいた。ファン・ブレーデプールには、このような光景のねじれを矯正する心の平穏が欠けていた。彼は宿に戻り、一定のペースで本のページを繰ったが、字は目に入らなかった。起きあがって本を置き、鏡のまえに立ったが鏡の面は空白だった。あてもなく部屋を片付け、窓から身をのりだして、ホテルの裏庭を眺めおろした。

　食堂の時計が午後二時半を打った。ついに事態が動こうとしていた。ホテルはかつてないほど静まりかえっていた。近くで時計がカチカチと進み、調理場で食器が触れあい、頭上でトタン屋根がきしる、そうした音だけがねっとりとした沈黙を破った。ひとりの原住民が裏庭に鍋や釜を持ち出して、濡れた砂でこすりはじめた。その穏やかで丹念な作業はもどかしかった。ファン・ブレーデプールは階段を下りて食堂に入っていった。部屋には誰もいなかった。彼は壁の肖像画をひとつずつ見た。ボーイがやってきて、何かお探しですかとたずねた。「いや、別に、何も」。彼は不機嫌に答え、再び部屋に戻って窓辺に寄った。あの原住民がまだ鍋と釜をこすっていた。今、町のはるか遠くのヴェルト〔南アフリカの草原地帯〕や山の山腹は、紫色の影と水銀の光が縞を作っている。彼は少しのあいだそれを見ていたが、光と影がすばやく入れ替わるので、自分が柵ぞいに光、影、光、影と太陽を感じながら歩いているような錯覚に陥った。最初の雷鳴が聞こえ、遠くの風が電気と水を勢いづかせるのが感じられた。大地がまるで艦船ドレッドノートのように軍旗を翻し、はるかな大空のトラファルガー岬の沖合へと突き進むかのようだった。再び階下に降りようとしたとき、裏庭にいたあの原住民の動きが彼の注意をひいた。彼は作業をやめ、首をかしげてじっと何かを聴いていた。ファン・ブレーデプールの耳にも突然、何ものかが駆けてくるのが聞こえた。まもなく別の原住民が二本の杖と投げ槍を握りしめ、裏庭の入口を走り過ぎた。走りながら、男は例の原住民に何か叫んだ。そのとたん、彼は鍋釜を抱えて調理場に駆け込むと、また裏庭に走り出て、そのまま従業員宿舎に消えたが、すぐさま先が棍棒状になった狩猟用ステッキ二本を持って現れた。一瞬、まわりを見回して誰からも見られていないことを確かめると、彼は通りに飛び出した。突然、ホテルの前を疾駆する馬の蹄鉄音が響いたが、街全体を覆った雷鳴に消されて、ファン・ブレーデプールは馬たちがどこから現れて、どこへ去ったのかわからなかった。彼はすばやく表に出た。ベランダには、宿の主人の妻ともうひとりの女が並んで編み物をしていた。ロイヤル・ポールスタッド・クラブの入口には、五十頭ほどの鞍をつけた馬が、柵につながれ、あるいは男の子たちに手綱を握られていた。

「誰の馬ですか？ ロスマンさん？」ファン・ブレーデプールは訊いた。

「ファン・クーペンハーゲンの特殊部隊の馬ですよ」夫人が答えた。

「やっぱり。でも、馬がここにいるとは驚きました。つい今しがた、ホテルの前を馬が駆けて行ったので」

「いえ、通りすぎたんじゃありません」彼女は答えた。「一目散にやってきて、集会のために、急いでクラブに行きましたよ」

「集会？ なぜまた」

「皆で原住民の集会を中止しようとするのを、警察大佐に阻止されたんだそうです。そのことで皆さんとても腹をたてているんです」

「あの人たち、これからどうするのかな？」

「ファン・クーペンハーゲンの言うことが本当なら、今夜のうちに、この町でひとりの原住民も生き残らないだろうということです」

「怖くはないのですか？」

彼は夫人の冷静さに驚いていた。彼はひどく動揺し、このようなときに落ち着いていられることが異常に思えた。

「ファン・クーペンハーゲンさんが言うことですからね」彼女は言った。

「安心しました。ロスマンさん、失礼します。もう行かなくては」

「どうぞ、どうぞ」そう答えて、夫人はまた編み物をとりあげた。

山々の上空の雲はひとつにとけあい、銀色の峰となって空高く突き出して、稲光が射すたびにかき回され、ジグザグの軌跡を描いた。雷鳴は絶え間なく低く轟いていたが、地上は静まっていた。木々や叢林地だけが微かに呻いて嵐を警告していた。

前の晩、集会に出ないとバージェスに告げたとき、ファン・ブレーデプールは心底そう思っていた。だが彼は、この気が気でない状況、つまりファン・クーペンハーゲンの特殊部隊の登場こそ惨事の前兆に他ならないのではないかという予感にさいなまれ、確かな情報を入手できる場を探さねばと考えた。とっさに、前の晩バージェスと一緒にいたカラードの男の家が思い浮かんだ。

その家はすぐにみつかった。近づくと、すぐそばの路上で、称賛と憎悪の入り混じるけたたましい叫び声がしていた。ポールスタッドはポートベンジャミンとゆうに千マイルは離れていたが、彼は一瞬、自分とバージェスがドクターの死を目撃した夜を思いだした。あの夜、ポートベンジャミンの群衆があげていた叫びは、すぐ近くにいる見えない暴徒たちのそれとなんら変わりがないように思えた。そのことがファン・ブレーデプールをいっそう不安にした。一歩進むごとに、騒ぎはいっそう激しくなり、ついに庭の入口を押し開けた瞬間、それが家のすぐ裏で起こっているのだとわかった。彼は正面のドアに駆けより、大きくノックした。周囲の音のせいで、ほとんどなにも聞こえなかった。ノックの音が聞こえただろうか？ そのとき、黄味を帯びた皮膚の、蒼ざめた女が、大きな光る目をドアの隙間からのぞかせた。ファン・ブレーデプールを見ると大きくドアを開け、喘ぐように言った。

「ああ、神さま！ 警察かと思いました！」

「ぼくはバージェス氏の友人です」ファン・ブレーデプールは彼女に言った。「ここで、集会が終わるまで待たせてもらいたいのですが」

彼は玄関を入ってすぐの、床に緑色の牛糞を塗った部屋〔アフリカやインドの農村で、床の補修材に牛糞が使用される〕に入った。あせた緑色のビロードの布をかけたテーブルのまわりには、恐怖に慄《おのの》く子どもが五人、声もたてずに座っていた。壁には宗教的な文句が貼られ、ファン・ブレーデプールの向かい側には、一枚の絵が掛けられ、岩にしがみつく女性と、岩のうえで煌々と輝くトーチの灯りを荒れ狂う海にかざすキリストが描かれていた。

「午後ずっと、主にお祈りしていました」女の目は神秘の光をたたえて、ファン・ブレーデプールというより壁の絵に向けられていた。「どうか恐ろしいことが起きませんようにと」

彼女はそう言うと、ファン・ブレーデプールを振り向いて、彼に否定されでもしたかのように、大声で叫んだ。

「何も起きないでしょうよ！ ぜったいに！」

「どんな状況になっているのか、なにか報せはありましたか？」ファン・ブレーデプールが訊いた。

ついさっきの自信が急にどこかに消えて、彼女の目は涙であふれた。

「銃を持った警官がいます」彼女は言った。「白人の特殊部隊もいて、銃を持っています。黒人は杖と長槍しか持っていなくて、いつ発砲されてもおかしくないのです。そうに決まっています」

「なぜそうに決まっているんです？」

「ずっと裏庭から見ていたんです。でも、銃を持った警官と白人たちがやってきたら、見ていられなくて」

「裏庭からどうやって見たんですか？」

「塀越しに見ていたんです。わきに豚小屋があります。その屋根に登ったんです」

「そこへ案内してください」耳をつんざくほどの騒ぎにかき消されまいと、どなるように言った。

女は狭い裏庭に彼を連れて行ったが、奥の塀に接して豚小屋が建っていた。

「あそこにのぼって」女は豚小屋を指さした。「あそこから全部見えます」

ファン・ブレーデプールは、傾斜のある薄いトタン屋根をよじのぼると、塀に肘をついてよりかかり、向こう側を見わたした。下には、むさくるしい小屋が両側に並ぶ狭い道があり、目のすぐまえは、草の伸びたサッカーのグラウンドに通じていた。このグラウンドの奥も、家々にとり囲まれていた。目の前の空間は、通りのずっと先に固まっているヨーロッパ人たちにたいして、杖と長槍をふりかざして狂ったように叫ぶ原住民の群衆に占拠されていた。ヨーロッパ人と原住民のあいだに、ライフル銃と機関銃で武装した少数の警官が非常線を張っていた。非常線の前では、警察大佐が動物園の水牛のようにせわしなく行き来し、その脇というよりすぐうしろにアトキンズが従い、身振り手振りで大佐の注意を引こうとしていた。通りの先の方の、最初の小路の角に、やはり少数の警官が銃剣を手に立っており、反対側の同じ位置にもさらに何名かが配備されていた。ファン・ブレーデプールは、わずかな人数の警察部隊を三カ所に分けた理由がわからなかったが、そのうち、非常線のひとつが百五十頭の騎馬隊と対峙しているのがわかった。部隊の先頭で拳をふりかざして警官隊を威嚇する男に見おぼえがあった。それは、ダチョウの羽を帽子につけ、でっぷりと太ったファン・クーペンハーゲンだった。すぐに彼は警官の配置の意味を知った。警察大佐は、敵意を抱いた原住民の群衆をファン・クーペンハーゲンの騎馬隊から守るために、あのように警察部隊を分散させたのだ。さらに、あとになって知ったことだが、大佐は、非常線を張る警官にたいして、ファン・クーペンハーゲンの部隊の介入行為にたいして発砲も辞さないよう言い渡していた。「クロンボどもを撃ちまくる」というファン・クーペンハーゲンにたいする、これが唯一の抑止力だったのだ。

ファン・ブレーデプールのすぐ下、十五ヤードほどはなれた場所にバージェスがいた。無帽で、荷馬車のうえに立っていた。彼のまわりを十人余りのカラードの男たちが取り囲んでいた。頼りになるような者たちではなかった。彼らのほとんどは動転して、全員がバージェスに向かって口ぐちに滅茶苦茶なことを叫んでいた。バージェスは頭を垂れ、目を伏せて立っていた。一見神経質そうでいて実は自信満々なバージェスを見慣れていたファン・ブレーデプールは、そのような彼の態度に最悪の事態を読みとった。もはや彼が聴衆に呼びかけようともしないことが、その兆候だった。敗北を認め、目の前の聴衆にたいしてと同様、自らを制御できなくなっているのだ。しばらく周囲に耳を傾け、様子を見守っていると、混沌とした雑音に混じって、ある一連の音が、一定の間隔をおいて繰り返し聞こえ、しだいにより整然としたパターンを形成するようにブレーデプールには思われた。さらに耳を傾けていると、途切れ途切れに、低いバスの声で歌われる歌詞の断片を拾うことができた。始めのうち、それらはポートベンジャミンの街頭で原住民労働者たちが即興で詠唱するのに似ていた。そのうちの特定の語が幾度となく反復され、混乱した頭でファン・ブレーデプールが翻訳を試みると、不安のなかで恐怖が固く凝縮した。詠唱のもつ意味の重さに、もはや目をつぶることができなくなったとき、荷馬車のまわりの空間に、三人の黒人の男が、古いカービン銃を長槍のようにふりかざして躍りでた。ひとりは知らない男だった。残りのふたりのうち、ひとりのほうは知り過ぎるほど知っていた。ケノンだった。ケノンと共にいるのは、いつかボールスタッドホテルのベランダで吸い殻拾いを手伝っていた老人だった。だが、ケノンは豹変していた。生気のなさは消え失せ、いつもの落胆したような目は、大きく見開かれ、爛々としていた。

「まずい、またあのクスリをやったな!」ファン・ブレーデプールは叫んだ。アトキンズと大佐も同じ考えだった。ことにアトキンズはうろたえていた。ふたりの目のまえで、若い原住民がふたり、ゆっくりと太古の踊りを踊り始め、一方の老人は地面をリズミカルに踏み鳴らし、しわがれた声で詠唱を始めた。腕にかけたぼろぼろの上着を身体の正面で盾のように持ち、槍のようにライフルを構え、まるで大きな獲物を追い詰めるように、警官隊に向かって大股で近づいて行った。彼らは老人の詠唱のリズムに合わせて一歩、また一歩と進んだ。警官隊と衝突するその瞬間、ふたりは空中高く飛びあがり、同時に身体をぐるぐると回転させた。着地するやいなや反動で飛びのき、群衆の前列に再び並んだ。いまや群衆全体が老人に唱和していた。前列では、老人に合わせて足を踏み鳴らしていた群衆が、ダンスのリズムにあわせて腕や身体をゆすった。ほかの原住民たちは次第に列を離れ、ケノンと相棒の男の動きを真似しはじめた。ファン・ブレーデプールの目には、群衆の誰もが個々の表情を失っていた。どの顔も同じに見えた。彼らはもはや外の世界が目に入らず、ひとつの律動、民族の鮮明な記憶にとりつかれた人々だった。

「あぁ、バンブーコーサの男たちよ! おまえたちは夜も見張りをしていたか?」長槍を空中でふり回しながら老人が歌い、ケノンと相棒の男はふたたび警官隊に向かって大股で近づいて行った。

「あぁ、見張っていたさ、夜中も見張っていた」群衆はそう叫び、雷鳴もそれに呼応した。

「おまえたちはなにを見張っていたのだ？　バンブーコーサの男たちよ」

「おれたちが見張っていたもの、それはエランドだ！」

「エランドを殺る気か？」

「そうだ、殺るんだ！」

「エランドはどこだ？　バンブーコーサの男たちよ」

「エランドはここだ！　ここにいる！」

「それ、殺ってしまえ！」

ついに老人が警官の列にゆっくりと向かって行った。一瞬、原住民の黒い群れを沈黙がつつんだ。詠唱のリズムを断ち切られて、彼らはぴたりと動かなくなった。老人のあとについてゆくものはいなかった。一条の閃光とともに、町に雷鳴が炸裂したが、群衆の耳には聞こえなかった。彼らは別の世界に耳を傾けていた。それらは何代にもわたって、偉大なマサカマに導かれてバンブーコーサの民が悠然と歩んできた世界だった。誰もついてくる気配がないのを感じて、先頭の三人の男はうしろを振り返った。

「おまえたちはスカンクから生まれたか？　バンブーコーサの男は婆さんになったのか？」老人は群衆に向かって叫ぶと、持っていたライフル銃でうえを指した。「見よ、偉大なる族長マサカマが雲に乗り、戦士を従えてやってくる！　マサカマのまえで恥をさらすのか？」

ファン・ブレーデプールは、大佐が警官隊を振り返り指示を出すのを見た。つづいて、警官がライフルのマガジンロックを外し、銃身にカートリッジを挿入した。その瞬間、ある決意が降ってきた。彼は塀を飛び越えた。塀の下の人垣は反射的に散らばり、彼は急いで大佐のもとに駆けよった。

「三人のなかのリーダーを知っています」息をのむ大佐に彼は告げた。「なんとか宥めてみます」

「彼らは、知り合いです」アトキンズは、ファン・ブレーデプールを初めて好意的に見た。

「やってみてくれ」大佐はきっぱりそう答えたものの、拳銃のホルスターのフラップをはずした。ファン・ブレーデプールはゆっくりとまえに進んだ。彼自身、あとになって思えば、このときの彼はライオンの尻尾に塩を塗りに行く男のような心境だったろうし、またそう見えたにちがいない。ファン・ブレーデプールが近づくと、三人の原住民は振り向いて彼に注目した。上着を盾のように構え、狩猟の槍投げの態勢をとった。ケノンは久しくこの世との関わりを絶った者のように、まっすぐにまえを見据えていた。

「ケノン！」彼は呼びかけた。

ケノンは答えなかった。

「ケノン！」もう一度呼んだ。「ぼくがわからないか？」

ケノンは視線をぴくりとも動かさなかった。

「あなたを知っています」その声は人間のものとは思えぬほど超然と聞こえた。「ぼくは知っている、けれど」彼はライフルの銃身を叩いた「この長槍はあなたを知らない」

ファン・ブレーデプールはそれ以上説得を試みるのをやめた。もう自分にできることはない。大佐のところまで引き返すと首を振った。自分の無力に嗚咽がこみあげてきた。

「この場に入るな」大佐は荒々しく言うと、すばやく彼を警官の隊列に割り込ませた。ファン・ブレーデプールはおとなしく従った。

「おれがこいつらを逮捕する」大佐が警官にそう言うのが聞えた。「最初に三回警告を与える。群衆が介入したら撃て。撃ち殺せ。その間、アトキンズ少佐が指揮をとる。誰か、おもての部隊に、徐々に後退し、ここを拠点にするよう伝えてくれ」

大佐は群衆の方に向き直ると、ケノンとふたりの相棒に向かって三回降伏を呼びかけた。それにたいして彼らは、ふたたびじりじりと大佐との距離を縮めた。群衆は固唾を飲んだ。もはやどのような言葉にも、彼らがなびくことはなかった。彼らを動かすのは、唯一、行動だった。ゆっくりと、大佐は三人の原住民に歩み寄った。ファン・ブレーデプールは、大佐の行為にかぎりなく英雄的なものを感じていた。人知られぬ町の、無名な警察大佐が突如として偉大な人物になったのだ。彼は、自分の人生と無関係に、個を超えた使命感を抱き、それを遂行するという役を身を挺して行おうとしていた。大佐は、華やかな閲兵場で兵士を検閲するように進みながら、他のふたりを追いぬいて先頭に躍りでた原住民の老人の目のまえで止まった。黒人はライフルを振りあげて大佐を打とうとしたが、振り下ろす手前で大佐が老人の腕をつかみ、冷静な口調で言った。「ヤン・マカテセ、愚かなやつだ。今までずっとおまえを愚かだと思っていたが、今は大バカ者だと思っている。ライフルを渡しなさい。そして、アトキンズ少佐のところに行きたまえ」

老人は銃を捨て、重い足どりで非常線のほうに歩いていった。すっかり恥じ入り、うなだれていた。ファン・ブレーデプールに希望がよみがえった。彼は黒人たちがいかに個人の資質に敏感であるかを知っていた。多くのヨーロッパ人とちがい、彼らは純粋に人を人として判断するので、社会的要素によって判断をくもらされることはまずない。ファン・ブレーデプールは、黒人たちが、統率者に従うことを無意識のうちに切望していることも知っていた。大佐なら、まだ彼らを鎮静化させる望みがあるのではないかと彼は思い始めた。だが不運にも、すべてはケノンともうひとりの若い原住民にかかっていた。つまり、アトキンズが仕掛けた、ふたりのインサングの吸飲量にかかっていた。ふたりは大佐を油断なく見つめていたが、その表情に恐怖の色はなかった。ふたりから目を片ときも離さずに、ゆっくりと大佐が近づいてゆくと、ファン・ブレーデプールはまたもや、ケノンの顔に恐ろしく超然とした表情が浮かぶのを見た。まるで、ずっと前からこの事態が起こると知っていて、いまや不可避な結末を受け入れるかのような表情だった。その表情に大佐も気がついていたかもしれない。ほんのつかのま、大佐の足が遅れ、その瞬間ケノンの身体が硬直し、両手でライフルをかかげて大佐にとびかかった。アトキンズが大声で警告を発し、警官が銃を構えたが、大佐の身体に塞がれてケノンを狙うことも、撃つこともできなかった。

ファン・ブレーデプールには大佐が拳銃を力まかせに抜こうとしているのが見えたが、構えるまえに、アトキンズの例の古いカービン銃の台尻が頭に振り下ろされた。彼は二つ折りになってゆっくりとまえに倒れた。地面にくずれ落ちるまえに、ケノンがふたたび殴りつけた。ケノンの狂乱の叫びが聞こえ、その瞬間、群衆が堰をきって警官隊めがけて突進し、かろうじてケノンが「マサカマ」と叫ぶのが聴きとれた。ケノンの形相は変わり、かっと見開いた両眼をぎらつかせ、肌は黒く輝いていた。彼がまえに突っ込むのと警官隊が発砲するのは同時だった。機関銃は平然と群衆を翻弄し、まるでコンサルティーナの音色のように、いとも軽々と犠牲者を生んだ。滝のうえに集まる川の水のように、警官隊に向かって溢れ出す群衆は、無数の足とひとつの声を持ったモンスターのようだった。ファン・ブレーデプールは、周囲の世界との断絶を感じ始めていた。群衆が非常線を突破して警官隊の列になだれ込んだとしても、彼はまちがいなく身動きひとつしなかっただろう。彼が見ているものは、予想どおりの光景だった。惨憺たる事故現場にたどりついた男が、負傷者の呻きや、周囲の叫び声は全く耳に入らず、ひたすら列車の残骸をかき分け、兄弟を探し出すことしか頭にないのと似ていた。だが群衆は非常線を突破しなかった。警官隊のいる場所から五ヤード圏内まで近づき、一部は非常線と接触したが、突撃したとき同様、突如身をひるがえし、銃剣を手に追いかける警官を尻目に遁走した。狭い路地をかき消すようにいなくなった黒人たちの逃げ足の速さに、ファン・ブレーデプールは啞然とした。すぐにその場には誰もいなくなった。遠くの方で、ファン・クーペンハーゲンの特殊部隊が逃げてゆく人々を避けて脇道に入るのが見えた。頭上の空が暗くなり、雷鳴はなおも轟き、稲光が世界を投げ縄で捕えようとしていた。最初の雨のしずくが、埃のなかに落ちる弾丸のように降り始めた。十五ヤードと離れていないところに、大佐とケノンが横たわっていた。大佐の屍は逃げてゆく群衆のほうを、ケノンの屍は警官隊のいた場所を向いていた。ケノンは黒い片足を大佐の背中に乗せ、もう片方は脇の下に引き寄せるように曲げていた。頭をかばうように腕の奥にうずめ、居心地のいい体勢で眠ろうとする人のようだった――その眠りのなかで彼は、何年もまえに、ライオンの脂肪をたっぷり肌に擦り込み、希望に満ち溢れて父親の小屋を旅立った日のことを思い出していたかもしれない。姉たちの羨望の声を背に受けて、血のように赤い土の道をゆき、谷を越え、その向こうに待ちうけるあの素晴らしい夢のような町、ポートベンジャミンに辿りつくまでの道のりを思いだしていたかもしれない。

埃が風に巻きあげられて、ふたりの屍に降りかかった。そのとき、ファン・ブレーデプールに呼びかける声がした。「ファン・ブレーデプール！　ファン・ブレーデプール！」

彼は宙をにらんだが、その声はかつてパレスチナの神殿の暗闇のなかで、「サミュエル！　サミュエル！」と呼びかけた声がそうであったにちがいない、その同じ響きがするように彼には思えた。彼は声のほうを見つめ、耳を傾けたが、よく見えなかった。

「ファン・ブレーデプール！　ファン・ブレーデプール！」声はまた、聞こえた。

「こっちへ来て助けてくれ、頼む」

バージェスが荷馬車の車輪にからだをもたせかけてうずくまっていた。彼は急いで駆け寄った。バージェスは蒼白で、左肩が血で赤く染まっていた。

「助けてくれ、頼む。あの家まで連れてってくれ。たいした傷じゃないが、左腕を動かせないんだ」

ファン・ブレーデプールは苦労してバージェスに塀を乗り越えさせたが、カラードの男とその妻が助けにこなかったら、失敗に終わっていたかもしれない。ふたりが庭に下りるやいなや、ファン・クーペンハーゲンの特殊部隊が通りを疾走して行った。蹄の音につづいて、一番に到着した救急車の鐘が鋭く鳴り響いた。

「警察はバージェスさんを殺すと断言しています」カラードの男がファン・ブレーデプールに言った。「ファン・クーペンハーゲンはわたしら全員を殺すと誓ったんです。わたしらいったいどうしたらいいんです、旦那？」

「まずは傷の手当てだ。それからどうするか考える」ファン・ブレーデプールは苛立っていた。

全員が家に入ると、雨が本降りになった。勢いよく打ちつける雨に、トタン屋根が大きな音をたてて揺れた。叫ばないと互いの声が聞こえなかった。稲妻が走るたびに、家が揺さぶられた。雷は巨大な牛追いの鞭のように頭上で炸裂し、地底深くの爆発のように轟いた。部屋の片隅では、母親が子どもたちを周りに集め、目を閉じて讃美歌を歌いはじめた。嵐がなんどか小康状態になると、おもての通りで、馬たちが絶え間なくしぶきをあげて同じ場所をぐるぐる廻る音、そしてずっと遠くで、まるで羊の群れの鳴き声のように、暴動を逃れた人々の叫び声が聞こえていた。

ファン・ブレーデプールはカラードの男とふたりでバージェスをソファに寝かせ、ブランデーミルクを与えて、服を脱がせた。バージェスは左肩の上部に軽い傷を負っただけだということがわかった。

「大したことはない」バージェスが言った。「この鋭い痛みは、傷が痛むんじゃない」

「ぼくが包帯をするから、すぐに医者を呼んだほうがいい」ファン・ブレーデプールはカラードの男に言った。

「旦那さん、医者を呼びに行くのは危険です。奴らに殺される」

「すぐ医者に見せなきゃだめだ。ぼくはここで傷の手当てをしなきゃならない」

「うえの男の子に行かせます」男が言った。

「危険だと言うなら、子どもには無理じゃないか?」

「子どもに乱暴はせんでしょう」

「なら、急いで遣ってくれ」

十一歳ぐらいの、いちばんうえの男の子が出かける支度をするのを見て、母親は泣きだしたが、止めはしなかった。少年がコートを持っていなかったので、ファン・ブレーデプールは上着を貸してやった。彼が出て行くと、大人たちはバージェスの応急手当てをし、苦痛を和らげた。ほどなく血色が戻ると、バージェスはファン・ブレーデプールをそばに呼んだ。彼はゆっくりと話しはじめ、本当にすまなそうな顔をして言った。

「あんなことになるはずはなかった。カービン銃を持ったあの三人さえいなければ。あの連中が現れるまではすべてうまくいっていた。ぼくはいまだかつてないぐらい言葉に気をつけた。まずまず穏やかな聴衆だった。あの三人を、十人がかりで見張らせた。連中が到着したとき部下の男が引きとめたが、あの連中は——どいつも酔っ払いか、いかれているか——ぼくの二名の部下をライフルで殴り、残りの部下の守備も強行突破された。こういうとき、群衆はたちまち騒ぎ出す、原住民が特にそうだ。彼ら黒人はなにか特殊なやり方で情報を伝えるらしい。半時間もすると、群衆は倍にふくれあがり、手に負えなくなった。警察は何が狙いなのか、ぼくにはわからない。彼らはなにかを大きく読み間違えていたとしか思えない。警察官三名が死亡、そのうちのひとりは司令官だった！　くそっ、おれたちかなりまずいことになるな。世間はどんなに騒ぐだろう。警察の目当てはなにか、それさえわかればいいんだが」

「あの三人のうちのひとりが誰だったかわかるか？」ファン・ブレーデプールがたずねた。

「いや」

「ケノンだ」

バージェスはいきなり身を起こした。

「それなら……」彼は声をあげたが、思い直してこう言った。「きみには気の毒だった、ヨハン」

そして黙りこみ、やがて口を開いた。「それで、きみは彼らの方に進み出たんだね」

ファン・ブレーデプールはうなずいた。

「そう、ケノンだったんだ。この町の警察にはおなじみだった。インサングの吸飲でなんども起訴されている。つい昨日治安判事から聞いたことだ。前回、ケノンが出廷したときの証言でインサングの吸飲で暴力的になることがわかったそうだ」

「だろうね。ハッシッシは黒人を破滅させる」

「そうだ。アトキンズはそれを忘れていた。彼らを釈放してから、集会が始まるまでに、クスリ漬けになる時間が十分にあったことを予測できなかったんだ。実際、彼らにとってこれほど絶好のチャンスもなかった。警察に守られて堂々とインサングを吸うことができたのだから」

ファン・ブレーデプールはことばを切った。ある考えが浮かび、それまで不可解だった数々のことが明瞭な形を帯びた。

「最近、新聞を読んだか？」彼はきいた。

「ああ」バージェスが返事をした。「ダニエルと毎日欠かさず読んでいる」

「法務大臣の新たな法案にかんする国会審議のことは読んだか」

「ああ読んだ」

「それなら知っているだろう、議会の根強い反発にあい、法務大臣が第三読会〔三読会制で、法案を採決する最後の段階〕を翌年に延期せざるをえなくなった。今後、この法律の緊急性と重要性を示すための十分な証拠を国会に提出すると言っている」

「ああ。で、きみはなにを言いたい？」

「必要な証拠はこれで揃ったと思わないか？」

「なんてこった！　そのとおりだ！」バージェスは叫んだ。「今まで気づかなかったのはうかつだった。なんて卑劣な奴らだ！　連中は期待した以上のものを手に入れたはずだ。アトキンズが殺られなかったのが残念だった」

「そう、彼らはインサングのことを忘れていた。彼らは単に、きみが原住民を扇動し、ついに彼らがライフルを持ちだしたというのを口実に、集会を阻止するのが目的だったんだ。きみも知るとおり、この国の誰もが原住民の暴動に不安を抱いている。これで、法案を通過させるには、法務大臣はひと言こう言えばいい。『見ろ、扇動家にあおられて、ついに原住民が武装したぞ』」

ここで補足すれば、後日、事件の公式発表を読んで、バージェスはこのときのファン・ブレーデプールのことばが正しかったことを確信した。アトキンズの報告書によれば、かなり以前から、彼はある巨大な武器の密輸組織を追っていた。その組織は、有力なコミュニストの仲介者から武器を入手し、バンブーランドに送りこんでいた。その証拠として、アトキンズはバージェスの集会に三人どころか大勢の武装した原住民がいたことをあげている。彼らはコミュニストに扇動されて興奮状態になり、あやうく警官隊に発砲するところだった。この報告書が出てまもなくバージェスは逮捕され、「故意に原住民の集団を扇動し、市民の安全上危険な暴動行為を起こさせた」罪で告発された。バージェスは法廷でファン・ブレーデプールから聞いたことを繰り返そうとしたが、自ら告訴に当たった法務長官は、そのような偏った伝聞証拠は証拠として認められないと主張し、裁判長は被告人に静粛を命じた。だが、バージェスにたいして判決を下すに足る正式な証拠は不十分だった。裁判が終了すると、バージェスはポートベンジャミンに拠点をおくある英国の新聞社に、ポールスタッドの暴動の原因究明に向けた調査再開の運動を起こすよう掛け合った。新聞社は、警察とアトキンズ少佐が挑発行動に出たことを大いにほのめかしたが、ポートベンジャミンの官僚の半数に名誉毀損で訴えられることをおそれて、最終的に記事を撤回した。

「きみが以前のケノンを知っていればなぁ」ファン・ブレーデプールの思いはひとめぐりして、ケノンとの最初の出逢いの頃に戻っていた。「初めてポートベンジャミンにやってきた頃の彼に会えていればなぁ。この世で彼ほど幸せな人間はいないと思ったものだよ。つくづく正直で、働き者で、どんな親切にも、心に湧きあがる感謝を表さずにはいなかった。なぜあんなふうになったのか。なにが彼をこうまで変えたのか。きみは今日の午後の彼の表情を見るべきだった。彼の目にあったのはいわば非人間的な論理だった。不可解な点があるにしても、ケノンの性格を考えると、ああなるよりほかなかったんだろうね」

「きみには本当に気の毒だった、ヨハン。だが、この野蛮な制度の下で、何が期待できるのか？もしこのような制度が……」

「バージェス」ファン・ブレーデプールは怒りがこみあげた。「きみは最初から集会の開催を机上の空論で正当化した。今もまた、観念的な説明を繰り返している。制度だ、いつでも制度だ、そのうえまた制度だ、きみにとってはね。きみはいつだって制度に翼を打ちつけているんだ。もう制度の話はたくさんだ。制度は単なる概数で、個々の人間の些細な行動を規定するルールの反映でしかない。ただこの概数はひどく強大なので、それを重視しすぎると、それに関与する者としての個人の責任感を見失う。それこそぼくには致命的に思える。出発点と終着点は、人間ひとりひとりの心にあるのだ。かつて、個人の行動の責任は個人のものとされていた時代には、世界は今より幸福だっただろう。だが、今の世の中、盗人も殺人犯も、責められるのはその人ではなく、その人の置かれた環境だ。貧しくて十分な食べ物もない人に向かって、怠けているとか少しでも状況を改善する努力をしなかったなどと言わず、制度のせいだと言う。強姦したり、公衆の面前でズボンのチャックを下ろしても、その男の自制心の欠如は問われず、人々はこう言うのだ『忌々しい性のタブーを強いるこの社会制度に、ろくなことなどありはしない』。常に、悪いのは制度なんだ。科学者や哲学者さえも、きみたちのような人々に手を貸さずにはいられない。彼らに言わせれば、人間とはただの機械にすぎない。ある種の環境に置けば、必ず一定の、予測可能な反応をするはずだ。自分の自由になるものはなく、すべて条件反射の働きなのだ。では反射を条件づけるものは何か？ それは環境だ。そうだ！ すでに土壌は整っている！ 制度をどれほど攻撃しようが、それはすべて正当化されている。問題は、人間が己の誠実さを、己にたいする責任感を失っていることだ。きみの考えでは、どんな人間も、収入さえ増えれば、すべてがよくなるのだ。誰もが、社会制度を改善したがり、人間自身に目を向けない。制度とはそうした個人または個人の集合で成り立っているから、結局はなにも改善されず、責任は回避される。きみ自身を考えてみたまえ。きみは今日の午後、何をした？ 午後の事件への関与について、きみからはひと言の後悔のことばもないどころか、大声で制度を非難するばかりだ！」

「きみには驚くよ」バージェスは見るからに疲弊していた。「この国のあきらかな社会的不公正について、ぼくときみはしばしば意見を同じくしてきた。たとえばきみは、哀れなケノンに、彼に起こったことの一切の責任をかぶせようというのか？」

「彼を責めたいが、いまはもう責めることもできない」ファン・ブレーデプールは答えた。「わかってほしい。ぼくは安易にこんなことを言うんじゃない。だが、責めるべきはぼくだ。彼に愛情を抱いていたのはぼくだけだ。彼をもっと知って、理解してやれたはずだった。ぼくには大きな責任があったのだ。自分だけが力になれるのなら、助けなければいけないのだ。もちろん、われわれの社会制度はケノンのような人間に多くの不公平を強いる。だがそうした不公平への彼らの反応がすべて社会の責任であるとは思えない。さらに、制度にかんするきみの考えは、ぼくには現実味のない抽象概念だ。

このことは病気になってからずいぶん考えたよ。というのも、一時はきみとダニエルの仕事に加わろうかと本気で考えたからね。だが、考えれば考えるほど、きみの説を心から信じられなくなった。大体、われわれみたいな不公平で身勝手で冷酷な人間は、自分の尺度で行動する。制度は、人間の心を覆う衣服にすぎない。心に形を与えるわけではなく、心とはちがった、独自の形をとる。きみの言うように、ある衣服が、別のものよりぴったりすることがある。だが、ぼくから見ると、きみの場合、それは衣服というより拘束衣だ。それをひき裂かねば、誰も生きてゆけない。きみの言う制度の下で、正義も不正も、両方なくなることはない。われわれはこれ以上まえに進むことはなく、きみが世の中に一時、流血や無秩序をもたらしても、それは徒労に終わるだろう。この国にあるきみの敵やぼくの敵は制度じゃない、白人ひとりひとりの心が敵なんだ。ねえきみ、法律を制定して人間の心を消し去ることはできないよ」

「それなら、きみはこの国の白人たちに、贅沢を続けさせ、黒人たちに貧乏でいろというのか？　きみは……」

「それは間違いだよ。だが、バージェス、キリストが富める者にすすんで富を手放すよう諭したとき、キリストはきみの知らないことを知っていた。彼は富める者を法律で規制せよと言ったわけではない。富める者の富裕さと、それを放棄することの責任を、いずれも富める者自身に委ねたのだ」

「それは極端な例だろう。大抵の人間は意志が弱く、強い願望を持つ者は少ない。人間は、制度が作るものなんだ。制度から守らなければならないのは、こういう人たちだ」

「人々が望まないか、強く望みもしないものを与えたところで、ほとんど役に立ちはしない。だがこの話は決着がつきそうにない。お互い興奮状態だし、きみは休まきゃダメだ。ぼくは医者に急いでもらえないか、行ってくる。あの子はずいぶん時間がかかっているな」

ファン・ブレーデプールのことばを聞いた母親は、とんできて早く行けと彼にせっついた。依然として雨脚が強く、ファン・ブレーデプールは出かけるまえに、からだを覆う羊毛袋を借りなければならなかった。稲妻が走るたびに、窓が黄緑色の光に照らされ、けむりをたてて窓を打つ雨を映し出した。通りに出ると、なるべく陰を選んで進んだ。二度ほどパトロールの騎馬警官が蹄音を響かせてやってきて、彼は木陰に身を隠した。稲光を背に彼らの姿がシルエットになり、肩越しにライフルの銃身が突き出ていた。だが、ヨーロッパ人居住区の終わる地点で、突如、暗闇から五人のライフルを持った男たちが現れ、ファン・ブレーデプールに止まれと命じた。

「誰だ？ どこから来た？ 行く先は？」未知の威圧的な声がたずねた。

「歩いていたらこの嵐で、おさまるまで原住民の小屋で休ませてもらいました。いまは家に戻るところです」彼は言った。

「そうらしいな」男が笑った。「だが、見たことのない顔だな」彼が疑わしげに言った。「このあたりの人間じゃないな」

「ええ、ちがいます」ファン・ブレーデプールは答えた。「ここに来たのは、ブランド氏に会って、ストラングの農場の売買の交渉をするためです」

「彼の言うとおりだ」別の男が言った。「ストラングが農場を売りに出していて、ブランドがその仲介をやっている」

「過激主義の扇動家でもその連れでもなくて運がよかったな。ふたりともここを生きて出られやしないだろうからね」尋問した男が言った。

「なぜです？　なにかあったんですか？」

「なにかあっただって？　知らないのか。あの男の悪ふざけのせいで、今日の午後は戦争だったんだ。警官三名が死亡、五名が致命傷を負い、黒人五十三名が死亡、負傷者は数えきれない」

「銃声が聞こえたような気がしましたが、なにしろ嵐の轟音がすさまじいもので」

「行っていい。これ以上用はない。引きとめて悪かったな。だが、あの過激主義者とその連れの男を捕まえにゃならん。夜明けまでにふたりが捕まることは確実だ」

医者の診察室に入ると、小さな男の子が大きな炎の前で震えていた。出てきた医者の妻に、ファン・ブレーデプールは用件を説明した。

「それがあの子に聞いても、なぜ医者に来てほしいのかわからなかったんですよ。どうかぼくと一緒に来てくださいと言うばかりで。まだケガ人が一名いると聞いて驚きました。しかも、白人の男性とは！　主人は午後四時からずっと怪我人の対応で出たり入ったりしています。もうしばらくすれば帰るとおもいます」彼女は言った。

彼女はファン・ブレーデプールと少年を部屋に残して出て行った。さし当たってすることがなくなると、ファン・ブレーデプールの思いはここまでの出来ごとへと戻っていった。大佐とケノンの遺体が脳裏を離れなかった。大佐の死は痛恨の極みだった。ファン・ブレーデプールは、大佐の厳しい責任感に敬服した。その責任感がゆっくりと彼をもちあげ、深淵に橋を架けるように、死の直前に然るべき場所にはめこんだのだ。ファン・ブレーデプールは白人と黒人の両方に公正であろうとした彼の姿勢に敬服した。大佐の死に方には、或る報酬があるように思われた。だが、ケノンには？　ファン・ブレーデプールの悲しみ――半身は文明化され、半身は野蛮人のケノンが、ためらいがちに登場したとき以来の悲しみ――には罪の意識がまとわりついていた。

「あぁ、境遇に恵まれず、適応できずに苦しんだという点で、ぼくとケノンは兄弟だった。だが、ぼくは彼を助けようと思えばできたのに、そうしなかった。ふたりは互いから離れた雲と雲のように丘に陰を落とし、暗くすることはあってもそれを変えることはないまま、流れてきたのだ。ぼくたちは、両端を封じられた廊下にいた。ケノンはそこを抜けだし、ぼくはあとに残されたが、それもあとわずかのあいだだろう。体はわれわれに苦痛を与え、肉は不滅かと感じさせるほどの激しい捻じれでわれわれを驚愕させる。にもかかわらず肉体はもろい。生は、短い不協和音の一小節のような、時のなかのつかのまの顕現であり、肉と血と精神と対位する儚い旋律なのだ。実体をもつかに見える肉は、血という揺れる炎を囲む白い縁に過ぎない。だがヨハン。落ち着け。嘆くな。平安はすぐに訪れよう。きみは最後の『なぜ』という未開地に来た。その向こうに行くには、きみをここまで導いた知識以上のものが必要だ。きみは二十億のなかのひとつの命に過ぎない。二十億の人間にとって、きみというひとつの命に何の意味があるのか。生にとって、きみと二十億は何の意味がある？　宇宙にとって生は、神にとって宇宙は、何の意味がある？　神は何と対比させればいい？　それを考えるのだ。そうすれば、ひとつがどれほど小さな存在であるかがわかる。だから落ち着け」

彼はまえに屈み、稲光に黄色く染まった雲が降らせる雨の、規則正しい讃美歌の音に耳を傾けながら炎を見つめた。小さな男の子は、白人の大人の頰の涙を見て、大きく目を見開いた。

「バージェスさんはきっと死んだんだ」彼は思った。

ファン・ブレーデプールはバージェスとの会話を思いだそうとしていた。暴動を頭から振り払わないと、崩おれそうだった。

「バージェスはものごとは長い目でみろと言う。だが、短期的な視野で造られた命であるわれわれにとって、長期的視野をもつことに何の意味があろうか？　自分の命よりずっと先を見ようとしても、混乱や、臆測に終わるだけだ。それを証明する現実が未だ存在しないのだから。できる限り遠くを見ようとするより、いちばんよく見える足もとに目を向けたほうがいいのではないか？　自分の足もとに気をつけさえすれば、何マイルも、そして何年も先まで、心配する必要はないのではないか？　とにかく、ぼくはそこから始める。ぼくは自分の足もとだけに注意を払うことにする。誰もがそれぞれ自分の面倒をみればいい。そうすれば、制度の問題には制度自身が対処するだろう。もし制度が有色人種への偏見を生むなら、ぼくたちは対抗措置として自分たちの暮らしのなかで有色人種への偏見を拒否すればいい。有色人種への偏見が存在しないかのように暮らせばいい。金がありすぎるなら、簡素な生活をして貧しい人を助けることで相殺できる。あいかわらずパレスチナの十字架だけを指し示そうとする人々にはうんざりだ。ありもしない正義を待ち望んで、水平線の彼方を見張っているようにと言い続ける人々にも飽き飽きした。他人に不正が行われ、自分に正義が行われるぐらいなら、正義など必要ない。ぼくに必要なのは正義ではなく許しだ。二度と誰かの愛情を拒絶したり、無視したりせず、この手で受けとめて、ひとり愛を携えていこう。それだけだ。他にはなにもいらない。ぼくはストラングの農場を買う。これからは自分の足もとをみて進もう」

ついに医者が到着したとき、深い闇のなか嵐が吹き荒れていた。ずぶ濡れのコートで、彼は診察室にはいってきた。疲れて苛立っているように見えたが、ウィスキーのミルク割りを一気に飲み干すと、ファン・ブレーデプールと少年を自分の車に誘導した。車中、ファン・ブレーデプールは誰を診てもらいたいのかを伝えた。さらに、カラードの居住区は警備が厳しく、パトロールの警官に行き先が知れたら決して通してはもらえないこともつけ加えた。

「彼らはわしを止めはせんよ」医者は強いスコットランド訛りで言った。「できるものならやってみろ」

ファン・ブレーデプールがパトロールの警官に出くわした場所にさしかかると、五人の男たちが飛び出してきて止まれと合図をした。医者はスピードを落とし、車の片側から身を乗り出して「医者だ」とひと言叫び、ふたたびアクセルを踏んだ。男たちはそれ以上の行動に出ず、詰所に戻って行った。

彼らがカラードの夫婦の家に到着したとき、バージェスは眠っていた。午後の事件は、彼の意識にまったく影を落としていないように見えた。ファン・ブレーデプールは彼をそっとゆり起こし、医者が粗い麻の包帯を外すのを手伝った。

「たいしたことはない」医者はバージェスに伝えた。「ただし、一、二週間は腕を使わないように。とりあえず傷を洗って注射を打っておくが、明日もう一度医者に診せたほうがいい」

「でも、先生、明日また診てもらえますよね?」医者のことばに驚いて、バージェスがたずねた。

医者はすぐには答えず、迷っている様子だった。

「いいかね」ようやく彼は言った。「明日まだきみがここにいたら、もちろん診よう。だが、きみのおかげでこのとおりえらいことになっている。大佐は死亡し、アトキンズ刑事が指揮に当たっている。わしは午後いっぱい警察署で負傷した警官や原住民の手当てに追われていた。アトキンズはファン・クーペンハーゲンを止めはせんだろう。そのクーペンハーゲンは酔っぱらっていて手に負えない。彼もその部下も、きみを追いつめて逃さない気だ。彼自身そう言っている。今夜にもここを出たほうがいい。傷は痛むだろうが、危険なことはない。いずれにしても明日十時にきみがまだここにいるかどうか見に来よう。だがわしがきみの立場だったら、迷わずここを出るね。きみたちふたりともだ」

「医者の言うとおりだよ、バージェス」医者が帰ったあとで、ファン・ブレーデプールは力説した。

「きみは今夜ここを出たほうがいい。治安判事に一筆手紙を書いてくれ。明日の朝一番に必ず届くようにするから。その手紙に、身の潔白を洗いざらい書けばいい」

「だが、どうやってここを出られる？　鉄道の駅は町の反対側だ。それに、機関車はすべて厳重に見張られているだろう」

「わかっている。なんとか方法を考えるしかない」ファン・ブレーデプールは言った。「きみは少し眠ったほうがいい。そのあいだに考えよう」

バージェスは目を閉じたが、数分後、突然起きあがってたずねた。「きみも来るだろうね？」

「いや、そのつもりはない」

「ヨハン、ここはきみにとっても危険だ。きみが残るなんてありえない。ぼくが行くなら、きみも一緒に来なきゃだめだ」

「ぼくに危険なことはない。とにかくぼくは残らなければならない」

「駄目だ。『ならない』なんてことはない。ふたりでポートベンジャミンに戻ろう。しばらく巡業はやめるよ。このまま続けても意味がないだろうから」

「ぼくは行けない」ファン・ブレーデプールは繰り返した。「ぼくは戻らない。二度と戻らない」

バージェスは食い入るように見つめ、そして言った。

「きみはどうかしている。仕事はどうするんだ。戻らなきゃ駄目だ。ここにいて何ができる？」

「あり金をはたいて土地を買って、ジャガイモを植える」

「ジャガイモを植える！」笑おうとする相手を、ファン・ブレーデプールは止めた。

「きみはもう寝なきゃだめだ。そのことはまたあとで話そう」

台所にはいると、主人とその家族がストーブのまえに座っていた。誰もが押し黙っていた。女は床に座って夫の右手を握り、もう片方の手で医者を呼びに行った息子の頭をなでては、深いため息をついていた。雨はなおも烈しく屋根を打っていたが、先ほどに比べれば大分おさまっていた。遠くで雷が鳴り、その音は耳に心地よかった。雨と、雨に洗われた土のにおいが外から台所に流れていた。

「あなた」ふいに妻は夫に言った。「雨で血はみんな洗い流されたかしら？」

「そうだね、フロウキ（奥さん）」夫はそう言って妻の手をなでた。

「神さまは、今日、この町に雷と稲妻を落とすだろうと思っていたわ。そしてソドムとゴモラのように、神さまはこの町に火を放たれるだろうと思った。でも、神さまはご慈悲をお示しくださったのね？」

「そうだ、神のご慈悲だ、フロウキ」夫は言った。

「もうこのような集会には行ったりしませんよね？」妻は泣きださんばかりだった。

「あぁ、行かない、フロウキ」

「じゃあ、わたしは食事を作るわ」妻は立ちあがると台所のテーブルのほうに行った。

「話をしてもいいでしょうか」ファン・ブレーデプールは主人にたずねた。

「バージェスを今夜ここから出さないとなりません。ここにいては危険なのです」ふたりきりになると、彼は言った。

「なんとかする方法はないでしょうか?」

「ずっと考えていたんですが」主人が言った。「医者の言うとおりです。あなたがいらっしゃらないあいだ、委員の者がわたしに会いにやってきました。警察は、ポートダンカンから応援部隊を派遣して要員の増強を図る構えだそうです。明日になれば、われわれ全員もですが、特にバージェスさんは危険です」

「どうすればいいでしょう?」

「ここから六マイル行ったところに、鉄道の停車場があります」主人が説明した。「川べりにあるので、汽車はそこで給水します。たしか停車場はそこだけだと思います。そこへは町を通り抜けずに行くことができます」

「でも、バージェスを歩かせるのは無理だ。彼を家のなかに運ぼうとしただけで大変だったでしょう」

「わかっています、旦那さま。委員の中にバレンツァという男がいて、タクシーの運転手をやっています。馬を何頭か持っていますから、掛け合って三頭借りてきましょう。馬車は無理でしょう、馬車の走る道はないですから。でも馬なら辿りつけると思うんです。馬に乗れますか?」

「ぼくは乗れるし、バージェスも」

「でしたら、今から行って馬を借りてきます」

夜八時半、あたりは真っ暗で雷は遠のいていたが、雨は依然として降り続いていた。三人は用心しつつ家を出た。幸いなことに、この家は町はずれにあり、バレンツァの家も原住民居住区からわずかのところにあった。家の裏には広い牧場があり、いちばん離れたゲートは、広大なヴェルト(草原)

に接し、ファン・クーペンハーゲンの最後のパトロール部隊の手もそこまでは及ばなかった。彼らはバージェスの馬を真ん中にして、ファン・ブレーデプールが隣で支えるよう、バージェスの脇についた。幸いにも年老いた馬車馬で、おとなしく、人を乗せるのに慣れていた。バレンツァはふたりをゲートに案内し、影に包まれた身体を柱にもたせかけ、低い声で呼びかけた「お達者で、旦那！」。それから三人はヴェルトに馬を進めたが、馬と雨音、遠雷の閃光と低いうなりを除いてほかに道連れはなかった。ポールスタッドの町の灯はさだかでなくなり、雨にまじって、ぼんやりともやのように浮かびあがっていた。遠くへゆけばゆくほど、雨音と水しぶきをあげる馬の蹄の音、膨れあがった川の水のほとばしる音が勢いを増していった。稲妻が走ると膨大な水の平原が露わになり、のこぎりの歯のような山影が、黒々と実体のない夏の雲のように周りを取り囲んでいた。世界は久しく水を飲まずに喉がカラカラなのに、いつまでも喉をゴロゴロ鳴らして、その感覚を楽しんでいる人間のようだった。長いあいだ、口を開く者はいなかった。カラードの男は草をかき分けて野道を辿るのに精いっぱいで、バージェスはかたときも苦痛から逃れられず、ファン・ブレーデプールは自分の思いにとらわれていた。だが突然、ファン・ブレーデプールは自分の馬の鞍にバージェスの手が伸びるのを感じた。

「ヨハン！」彼は言った。「今夜ぼくと一緒に来るだろう？　そうだね？」

「バージェス、ぼくは行けない」

「ここに残るのは無理だ。そんなことをしたら、明日どんなことになるかわからない。明日何事もなかったとしても、みじめな思いを味わうだろう。突然根なし草のようになるわけにはいかない」

「何度言っても無駄だ。帰れない」

「そんなこと言わないでくれ。ぼくの仕事にあんなに興味を持ってくれていたじゃないか。ぼくについてきてくれないか。ポートベンジャミンでぼくが求めた答えをきかせてくれ。ふたりで、一からやり直そう」

「ダメだ、バージェス。一時はきみの考え方に与していたかもしれない。でもきみの方法をぼくは認めない。憎しみを武器に憎しみと闘えば、さらに憎しみを生むだけだ。きみは有色人種にたいする偏見を打倒しているつもりが、実は白人にたいする偏見で置き換えているにすぎない。富への渇望を打破するつもりが、かえってあらゆる人間に富みへの渇望を抱かせている。きみの行く道は、より多くの混乱と憎悪と血にまみれている。ぼくはこの街で、自分ひとりで再出発することにする。今日ぼくはずっと、昔ポートベンジャミンの街中を歩きまわったことを思い出していた。商店街をひやかし、劇場や映画館を通りすぎ、本屋をぶらついたが、そこに欲しいと思うものはなにもなかった。今のぼくに、ポートベンジャミンで買いたいものがあったとしても、そのどれにも手を触れようとは思わない。それらはすべて、あの憎悪と血の世界に属しているのだ。そこにあるもので、造り手の汗とみじめさと飢えと血に汚れていないものはひとつもない。二度とそれらに手を触れようとは思わない。ぼくはここに残ってジャガイモを育てて、自分の足もとをみて進んでいく」

バージェスがなにか言おうとしたとき、カラードの男がささやいた。

「旦那がた、お願いです！　話をやめてください！　ポートベンジャミンに通じる街道がここで大きく曲がっていて、話し声が相手に聞こえるかもしれない。馬を静かに進めてください！」

男が言い終えないうちに、目の前の草地が煌々と照らされた。馬は急に止まり、恐怖で鼻を鳴らした。十五ヤードほど先の舗装された道路に車体の大きな自動車がライトを光らせていた。つづいて、驚きの声が漏れ、誰かのしゃがれ声が言った。「それ見ろ、おれの言ったとおりだろう！」

「急いで、旦那！　早く！　馬の向きを変えて！」カラードの男が叫んだ。

「止まれ！」誰かが叫ぶと、ライフルを手に、七名の男がばらばらと車の正面に走り出てきた。

ファン・ブレーデプールとふたりの仲間は、苦労して馬の向きを変え、疾走させようとしたが、バージェスのために思うようにスピードが出せなかった。

「止まれ！　止まらなければ撃つぞ！」背後から男たちの声がとんだ。

「あぁ、速く！　旦那！　馬をライトから遠ざけて。これでは、相手に背を向けていて、彼らの格好の標的だ。頼むから、横へ逃げてください！」

だが、車のライトに目がくらんだ馬を、暗闇のほうに向かせることはできなかった。一度、二度、そして三度、彼らをめがけて一斉に銃が発射されたのち、あたりが薄暗さを取り戻し、ようやく馬を横に向けることができた。男たちは三人を追跡しにかかったが、未舗装の道路を走りだしたところで、車はぬかるみにはまった。

「ふたりとも無事か？」追っ手と十分に距離が離れた時点で、バージェスが叫んだ。

「わたしは大丈夫です、旦那」カラードの男が答えた。だが、ファン・ブレーデプールからはすぐに返事がなかった。返事をしようとしても声が出ず、かすれ声になった。「もっと速く！」

「ヨハン、大丈夫か？　なぜ返事をしない？」友の異常に不安を感じて、バージェスがもういちど叫んだ。

「大丈夫だ！　もっと速く！」

そう言う自分の声をファン・ブレーデプールは、どこか離れたところで聞いていた。膝の力が抜け、自分が自分から遠のいてゆくのを感じた。暗闇のどこかで、自分が雲になって自分のうえに垂れこめ、った。

拡散し、溶けて、彼方の永遠のなかに吸い取られてゆく。バージェスがカラードの男に叫ぶ声は遠かった。

「大変だ！　ヨハンがやられた。撃たれている。馬を止めてくれ！」

「ダメです、旦那、やめてください！　ずっと向こうに明かりが見えます。あそこに行けば仲間の農場があります。このまま馬でそこに運びましょう。早く！」

「あと少しだ、がんばるんだ」バージェスはファン・ブレーデプールに呼びかけた。「わかった、急いでくれ！」ファン・ブレーデプールはそう繰り返したが、自分の声はさらに遠く、ほとんど聞こえなかった。彼は果てしなく伸びる鉄パイプの底にいた。はるか上方で、パイプの溝は円盤状の光に向かって、蛇がとぐろをほどくようにのぼって行った。耳に当てた貝殻のなかで空気が鳴るのに似て、雨が歌い始めた。光の円盤が旋回を始めた。世界はメリーゴーラウンドとなって、スチームオルガンの音にあわせ、ぐるぐる、ぐるぐると回った。人々は、奔放な音楽に捉えられて、踊り続けた。光が消えて、また灯った。陰、また陰にかき消されんとする蠟燭から、柱のような炎がゆらゆらと彼の前に立ちのぼった。世界を――はるかな「フェルハレーヘン」で世界そのものだった小さな部屋を――満たしていたひとつの声が、或る書物の一節をゆっくりと読みあげた。

「たといまた、わたしに預言をする力があり、あらゆる奥義とあらゆる知識とに通じていても、また、山を移すほどの強い信仰があっても、もし愛がなければ、わたしは無に等しい」（口語訳聖書『コリント人への第一の手紙』十三章二節）

光は落ち着き、旋回を止めた。突然消えることもなく、台風に巻き込まれた大型帆船の船尾のランタンのように、規則正しく上下していた。世界は「フェルハレーヘン」で、そこから幾筋もの道が伸びている。ふたたび光が消え、また戻り、あの声が続けた。

「なぜなら、わたしたちの知るところは一部分であり、預言するところも一部分にすぎない。全きものが来る時には、部分的なものはすたれる」

「わたしたちが幼な子であった時には、幼な子らしく語り、幼な子らしく感じ、また、幼な子らしく考えていた。しかし、おとなとなった今は、幼な子らしいことを捨ててしまった」

「わたしたちは、今は、鏡に映して見るようにおぼろげに見ている。しかしその時には、顔と顔とを合わせて、見るであろう。わたしの知るところは、今は一部分にすぎない。しかしその時には、わたしが完全に知られているように、完全に知るであろう」（口語訳聖書『コリント人への第一の手紙』十三章九節〜十二節）

その声――歳月の向こうから呼びかける声の記憶――は薄れ、音楽と光がひとつになった。それは、彼が子どものときに聴いた音楽だった。同国人の歴史の悲劇を単調に語った曲だった。光の円のまわりで、人々が歌っていた。

"Vat jou goed en trek, Fereira,
Vat jou goed en trek.
Daar agter die bos staan 'n klompie perde,
Vat jou goed en trek.
Swaar dra, Oh al aan die eenkant swaar dra,
Oh al aan die een kant swaar dra;
Vat jou goed on trek, Fereira,

Vat jou goed en trek." (1)

「もう少しだ、ヨハン。頑張ってくれ」バージェスは懇願した。その声は無限に遠かった。遥かうえの、空に達する鉄パイプの長いトンネルの底で、ファン・ブレーデプールは呟いていた。「間に合わない」。それは言葉のない、声のない呟きだった。ふたたび光が渦巻き、音楽は最高潮に達し、すさまじい風が彼のうえを通り過ぎた。そしてそれを最後に、光が消えた。ファン・ブレーデプールは——その名で呼ばれていた者は、馬から転げ落ちた。

「止まれ！ 落馬した！」バージェスがカラードの男に叫んだ。

「ここにいてください、わたしは助けを呼びに行きます。灯りが見えます、みなが踊っているのが聞こえます」

ゆっくりとバージェスは馬を降りた。彼は手探りでファン・ブレーデプールの身体の横にまわり、ひざまずいて脈を探った。長いこと手首を握りしめていたが、反応はなかった。踊りの音楽がやんで、ランタンを振りながら人々が走り寄ってきたが、望みは消えていた。彼は目の前の闇を見据えてひとりつぶやいた。

「彼らは必ずこの代償を払わされるだろう、革命の時がくれば」

---

(1) 自由な散文に書き換えると以下のようになる。「さぁ荷物を持って出発だ、フェレイラ、荷物を持って旅に出よう。茂みの陰に馬がいる、さぁ、荷物を持って出発だ。重たい荷物で身体がかしぐほどだ、フェレイラ。さぁ、荷物を持って出発だ、荷物を持って出発だ」

あたりには、雨が途切れなく優しく降りつづけていた。バンブーランドでさえ、岩から水がしたたり、朝には湿地帯で蛙がゲロゲロと騒ぎ、雁が鳴き交わし、羊がメエメエと喋るだろう。そして恐らく私を除くすべての人々の心から、血の犠牲と怨恨の最後の記憶、無表情な顔を太陽に向けて横たわりつづけた過去のアフリカの記憶が、しばらくは洗い流されるだろう。できることなら、私も忘れたい。だが振り返れば、ヨハンとケノンの記憶は日没時の影のように、私の傍らを歩いている。今なお、彼らは確信がもてず、心を満たされず、平安を得られずにいるのだろうか。この声が彼らに届くなら、私は呼びかけたい。

「ヨハン！ ケノン！ 可哀そうな子どもたちよ。恐れるな！ バージェスのような者たちは今なお、抑圧された者への愛ゆえに激しい憎しみの種子を蒔く。人生は憎しみの重みでたわめられている。だが、希望を持て！ きみたちの足跡が消えるその地点に、手を伸ばせば触れることができるほど近く、仄明るい未来を踏む次の世代がやってくる。彼らの傍らには愛があるだろう」

訳者あとがき

本書は Laurens van der Post, *In a Province* (1934) の全訳である。翻訳にあたっては、Hogarth Press 社刊の一九五三年版を使用した。

ローレンス・ヴァン・デル・ポスト（一九〇六～一九九六）は、南アフリカに生まれ、イギリス国籍を取得した。日本では、映画『戦場のメリー・クリスマス』（大島渚監督作品、一九八三）の原作者として知られている。ちなみに原作 *A Bar of Shadow* は『影の獄にて』というタイトルで邦訳されている。『ある国にて――南アフリカ物語』は彼の最初の長編小説である。一九三〇年代の南アフリカを舞台に、やがて合法化され制度化へと進むアパルトヘイトに抗議した最初の作品である。本書はその後著者が提示する問題や展開するテーマが凝縮されている。すなわち、異文化間の対立はすべて、ラディカルな社会制度の改革のみによってではなく、個人の良心と道徳性によって解決をもたらせるという姿勢である。

一九三四年の刊行後、いちはやくハーバート・リード、エルンスト・ローベルト・クルティウスなどの著名な批評家にとりあげられ、スティーブン・スペンダー、セシル・デイ・ルイス、W・H・オーデンなど、より若い世代の作家たちの注目を浴びた。

物語は白人の青年ヨハン・ファン・ブレーデプールと、先住民の少年ケノンとの交流とその悲劇的結末を軸に展開する。小説は主人公ヨハンの療養中のシーンで幕開けするが、時系列的には、これは物語がかなり進行した時点であり、やや冗長な冒頭部分に気おくれした読者は、第二章のヨハンの幼年時代の物語から読み始めてもよい。

叔父の農場を出てポートベンジャミンにやってきたファン・ブレーデプールは、下宿屋の下働きのケノンに出会う。ファン・ブレーデプールはケノンの純真さと、彼のふるまいや語りに息づいている部族の伝統と誇りに魅了される。だが、日を追ってケノンは安っぽい映画や売春宿の生活に酔いしれるようになり、あるとき先住民と白人の喧嘩に巻き込まれ、六カ月間投獄される。この事件をきっかけに、ファン・ブレーデプールは人種問題を深く認識するようになる。一方で、コミュニストのバージェスと知り合うが、彼の革命主義はファン・ブレーデプールには「憎しみを武器に憎しみと闘えば、さらに憎しみを生む」ものであり、「有色人種にたいする偏見を打倒しているつもりが、実は白人にたいする偏見で置き換えているにすぎない」と映り、受け入れることができない。他方、ファン・ブレーデプールは、先住民のケノンに同情する異端者として白人社会からは白眼視される。ケノンは服役を繰り返し、ついにハッシッシの常習者となる。バージェスの組織した政治集会で暴動を引き起こしたケノンは、自らその暴動に斃れる。主人公は警察の捜査の手からバージェスを逃そうとするが、もはや身の危険は避けられないものとなる……。

ヴァン・デル・ポストは日本の文化と人びとを愛した。南アフリカのナタール州で新聞記者をしていた十九歳当時、彼は有色人種であるためにコーヒー店に入るのを拒否されたふたりの日本人を、自分の席に招いてもてなした。それが機縁で大阪商船会社の東南アフリカ航路開設第一船《かなだ丸》の森勝衛船長との交流が生まれ、招かれて来日、二週間滞在し各地を旅行した。このときの体験は、ヴァン・デル・ポストに初めて祖国南アフリカ以外の異文化との出会いをもたらした。E・M・フォースターのことばにあるように、「若い時分の、喜びに輝く朝の光のもとでだけ、そのあざやかな姿を仰ぎ、一礼することのできる東洋の世界」だった。日本への航海では、かなだ丸の乗組員の一糸乱れぬ統制に敬服し、日課として日本語を学んだ。漢字の「礼」や「もののあはれ」の意味を、氏の若い感性は面白いように吸収した。だが十七年後の一九四二年、第二次世界大戦下のジャワの日本軍捕虜収容所で、ヴァン・デル・ポストは奇しくも敵味方として日本人との再会を果たす。二年半に及ぶ収容所生活では、惨い拷問にあい、常に死と隣り合わせに置かれた。恐らくこのとき彼の命を救ったのは十九歳で学んだ東洋の文化と日本語である。あるとき、日本人の看守が英国人捕虜に殴打を繰り返すさなか、ヴァン・デル・ポストは一度ならず二度殴られなければならないという内心の声を聞き、それに従う。「それはまるで、誰か別人が自分にとってかわったようだった」と彼は後年、書いている。「殴る蹴るされるなか、痛みはほとんど感じなかった」。捕虜の行為は日本人を狼狽させ、その場で拷問は止んだ。

これほど残酷な仕打ちを受けた日本人を、氏はなぜ愛するのか。『白いブッシュマンとの散策』(一九八六)のなかで、彼は編集者ジャン・マルク・ポティエ氏に答えて言っている「捕虜収容所では、若き日に初めて日本を訪れたときの思い出が、大きな力になった。そして、それがわたしだけでなく、数千人の捕虜の生死を分けたと思う。わたしは常に自分に言い聞かせていた『わたしが知っている別の日本をしっかりと忘れずに覚えていれば、日本人たち自身、わたしを通じてそれを思い出すはずだ』」。この経験が、映画『戦場のメリー・クリスマス』の原作『影の獄にて』に結実した。

敵味方になりながらも、信念をもって日本人を理解しようとするのはなぜなのか。前掲書のなかで氏は言う。「最初に日本の地を踏んだとき、わたしはまだ少年と言ってよいほどの年齢だった。わたしは心理のもっとも深層、いわば魂の次元で、はかりしれない変化を遂げた。それは、生まれてこのかた、最も偉大かつ創造的な影響をわたしに与え、深層での変容をきたすような種類の出会いだった。その変容は終わりを遂げていず、いまなお続いている」。「捕虜収容所でわたしは、日本文化や歴史、それにすばやく取り戻した日本語を教室で教え始めた。日本語の教室には一番多くの生徒が集まった。一般の英国人兵士に敵のことばを学ぼうとする者がこんなに沢山いるのは象徴的だった。言語は、理解のとてつもない大きな助けであるから」「日本人にたいする理解を、収容所生活において第一に据えたことは、結果として自分たちの生命を救うことにつながった。もちろん、それが目的ではなかったが」（『白いブッシュマンとの散策』）。

一九六〇年の二度目の日本訪問をもとに著わした『日本の面影』（*A Portrait of Japan*, 1968）のなかで、著者はこう述べている。「戦後の日本人は確実に変わった。彼らの変化はその誠意のあらわれだと確信している。だが、彼らが何者に変わったのかは、日本人自身でさえも知らない。日本人は知性と理性以上に、心を拠り所とする国民である。複雑で過剰ともいえる繊細な感情をもちながら、彼らは自分たちが何をしているのか、それをし終えるまではわからないのだ。それゆえ日本人を知り、彼らと近づきになるには、今までよりもはるかに複雑で、想像力に満ちた理解力が必要である。わたしのみるところ、日本人はたぐいまれな偉大な美質をそなえた国民である。したがって、彼らを知るのに多大な想像力と理解力が求められるが、その要求の半分でも満たせたなら、彼らばかりか、われわれ自身が豊かになるだろう」。

ここで、著者が原著の執筆に至った経緯をたどってみよう。十七歳の時以来、生まれた国で新聞記者として、また、南アフリカ初の文芸雑誌《フォールスラッハ》誌を通して詩人のロイ・キャンベル、同じく詩人のウィリアム・プルーマーとともに人種差別反対を訴えてきた著者は、そのすべてを大編成し、人種の対立や不正への警告の書として、本書が書かれたと述懐している（『船長のオディッセー』*Yet Being Someone Other*, 1982）。一九三〇年代初頭、詩人、芸術家、俳優、政治家、革命論者として名を挙げた数多くの友人たちのあいだで、コミュニズムを拒否したのは著者ただひとりだった。当時を振り返って著者はこうも言っている「そうした精神的孤立の中で、私は私の最初の本『ある国にて』を書こうと思い立った。この本は、私がはじめて試みた信念の証であった。この信念によってあの絶望的な時代、人生の明らかな不正や不適正にどれほど嫌悪を覚えても、私は革命や共産主義を拒否しなければならなかったし、また作用と反作用の永遠の繰り返しに捉われることから人間を解放するための唯一の道として、人間精神の完全なあり方——革命の原因を作った人ばかりでなく革命を起す人をも否定する完全な形——を何とか模索しなくてはならなかった」（『ロシアへの旅』、佐藤佐智子訳）

本書はまた、初期アパルヘイトの歴史的記録であると同時に、今日的意味を有する作品でもある。小説はポールスタッドの騒乱の描写で終わっているが、その下敷きになったと思われるのが、一九六〇年のシャープビル事件〔一九六〇年三月、南アフリカ連邦ヨハネスブルグ郊外のシャープビルで起きた、パス法に抗議するアフリカ人のデモ隊に対する白人警官の無差別発砲事件〕の予兆となる三つの事件である。すなわち、スマッツ政権下のブルフーク事件〔一九二一年、クィーンズタウン地域で一六三名のアフリカ人が、不法侵入した警察によって殺された〕、ボンデルスワルトの反乱〔一九二二年、南西アフリカのコイ族が犬税を課されたことに反対したため、一〇〇名以上のコイ族が殺された〕、および一九二二年一月の金鉱労働者のストライキである。

ポールスタッドの騒乱の描写の隠れたねらいは、一九三六年の原住民代表法（Native Representative Act）の成立の背景を示唆することにあった。小説の最後で主人公が言及する「法務大臣の新たな法案」とは、原住民代表法を指していると考えられる。これは、アフリカ人参政権を廃止するため、ヘルツォーク首相が一九二九年以来上程してきたが、アフリカ人の反対にあってつねに否決されてきた。

一九三六年に再度同法案を議会に提出し「原住民代表法」として成立させた。作品中に描かれる、人種差別的な法案を成立させるために先住民の暴動が利用された背景は、歴史的証言として重要である。なお、二〇一二年八月十六日に南アのプラチナ鉱山で、警官隊が労働者に発砲した事件において、アパルトヘイト時代の法律が適用され、世論の猛反撃にあったのも記憶に新しい。アパルトヘイトを風化させせないためのリマインダーとしての本書の現代的意味をここに見ることができる。

ヴァン・デル・ポストはその生涯で二十六冊の著書を世に送り、八十五歳をすぎて三つの新作を発表しているが、そのなかの『ブレイディについて――時間を超えたパターン』(*About Blady: A Pattern out of Time*, 1991)では、『ある国にて』を振り返りこう語っている。「まだ二十代初めだった私は、外の世界で何が起きているのか意識してこの作品を書いたわけではない。自分のなかに突然沸き起こったひとつのパターンに従うよりほかなかったのである」。「この本の意義は、南アフリカに生まれた人間が、ひとりの孤独な若者として、故国の人種偏見と、そうした悲劇の孕む災厄についてのみずからの苦悩をつきつめて描いた初めての本であることだ」(*About Blady*)。

一九二九年、著者二十二歳の夏には既に本書の構想があったが(*Yet Being Someone Other*)、実際に執筆されたのは一九三〇年、南仏イエール諸島のポルケロール島近くの島においてであった(*About Blady*)。ヴァン・デル・ポストのアンソロジスト、ポティエ氏によると、出版社を探すのに四年かかった(*Feather Fall*)末に、E・M・フォースターの推薦で、レナード・ウルフとヴァージニア・ウルフ夫妻のホガース社から刊行された。

本書は人種差別に抗議する小説であると同時に、文化も人種も異なる二人の男が互いに理解しようとして果たせない物語でもある。ケノンを失ったファン・ブレーデプールは、バージェスとも決別し、田舎に農場を買って、農夫として暮らすと心に決める。自分の小さな一歩に誠実に生きるなら、社会や制度の問題は責任ある個人ひとりひとりの生き方が答えを出すだろう。ファン・ブレーデプールのたどりついた結論は、著者自身生涯にわたって生き方の基調に据えていたものである。ケノンのように虐げられた者の愛情を拒絶したり、無視したりせず、この手で受けとめて、ひとり愛を携えていこう。それだけだ。ファン・ブレーデプールの信念は今生で結実することはなかったが、物語は最後、民族間の和解という理想を予感させて終わる。

一九九六年、十二月十五日に九十歳の生涯を閉じたヴァン・デル・ポスト卿は、死の直前、「全体としての人生の価値は愛である。その愛のためにいくばくかの奉仕をした者として、人々に記憶されるなら本望だ」と語っている。

著者自らが「若い作品」と評する本書へと訳者を導いたのは、ヴァン・デル・ポスト卿からの一通の手紙だった。二十二歳と若かったがゆえ人生について著者に直截な質問を送った私に、サフォークの海辺の別荘から予期に反して返事が届いた。短い文面に、ただひと言でこちらのすべての疑問を解決してくれた手紙だった。五年がたち、ヴァン・デル・ポストの『原始アフリカにおける創造的パターン』（由良君美訳、平凡社）の由良君美氏の手になる解題を英訳して著者に送った。今度は一読者というより、英訳者に宛てた著者の返礼と、由良氏の解題へのコメントを頂いた。英訳について貴重な仕事であるとも言っていただいた。二年後、本原書の翻訳を著者に依頼されたとき、すぐに作中の主人公ファン・ブレーデプールは私のなかで著者の英語のイントネーションと声のトーンで語りだした。それはよどみなく明晰でありながら、こちらの反応を待とうと立ちどまる優しさがあった。ファン・

ブレーデプールは若き著者その人であったのだから。英訳原稿を著者に送付する際、故森勝衛船長ご長男の森弘明氏に仲介していただいた。また翻訳に関して東京女子大学名誉教授北條文緒氏から貴重な助言を得た。お二人の存在なしにこの翻訳は実現しなかったことを思い、厚くお礼を申し上げる。

本書の出版への道筋をつけてくださったのは、みすず書房の辻井忠男氏であった。学生時代にE・M・フォースターを愛読され、後年フォースター著作集を編まれた氏は、フォースターが最も好きな英国詩人として挙げたウィリアム・プルーマーを通じて、その盟友のヴァン・デル・ポストの小説に親しんでおられたのではないだろうか。昨秋の辻井氏の予期せぬご逝去のあとは、島原裕司氏が刊行まで導いてくださった。辻井氏に目を留めていただかなければ、本書は陽の目を見なかったであろう。また島原氏からの多くの適切な助言と幅広い見識がなければ、この本はいくつもの不備を残したであろう。両氏に厚くお礼を申し上げる。辻井氏に本書を見ていただけないのが悲しくて残念でならない。感謝を込めて本書を霊前への手向けとしたい。

※なお、第一部、二部、三部の扉にあるエピグラフはそれぞれ、以下の各氏の訳を使わせていただいた。岡部正孝訳「地の糧」、亀井裕・安西和博訳「人間と歴史」、山下肇訳『ゲーテとの対話』。

原題は *In a Province* で、旧約聖書――伝道の書から引かれた言葉でもあるが、「少しでも多くの人の手に取ってもらえるように」という編集部からの依頼でこのような邦題とし、サブタイトルを付した。

二〇一五年一月二十五日

戸田章子

本作品中には差別的な表現がありますが、これは物語の背景となっている当時の社会状況を描く目論見であり、小説の表現意図にもとづくものです。本書はそもそも差別への批判を企図したものであることをご理解頂ければ幸いです。

著者略歴

(Sir Laurens van der Post, 1906-1996)

南アフリカのフィリッポリスに生まれる．作家，探検家，思想家．幼年時代を南アフリカで過ごし，1920年代末に渡英，ブルームズベリー・グループのメンバーとして，本書『ある国にて——南アフリカ物語』で文壇にデビューする．39年に英陸軍に入隊，43年，旧日本軍の捕虜となる．日本軍降伏後，東南アジア地域連合軍総司令官マウントバッテン将軍の幕僚として，バタヴィア（現ジャカルタ）のイギリス公使館付陸軍武官を務め，インドネシアの民族主義者とオランダ植民地政府の調停にあたった．その経緯は亡くなる年に発表された歴史的回想録『提督の赤ちゃん』（*The Admiral's Baby*, 1996）に詳しい．戦後第一作の『内奥への旅』（*Venture to the Interior*, 1951）と『カラハリの失われた世界』（*The Lost World of the Kalahari*, 1958）の二冊の旅行記は初版が刊行されるや欧米で一躍ベストセラーとなり，後者は同名のドキュメンタリー映画（1956）も好評を博した．49年，妻インガレット・ギファードを通じて深層心理学者C. G. ユングと出会い，晩年のユングとの親交の産物である『ユングとわれらの時代の物語』（*Jung and the Story of Our Time*, 1976）を著わした．ヴァン・デル・ポスト卿はチャールズ英皇太子の精神的な後見人，サッチャー首相の特別顧問の役割を果たしたことでも知られる．47年にCBE，81年にナイト爵に叙せられる．

訳者略歴

戸田章子〈とだ・あきこ〉1963年東京に生まれる．上智大学外国語学部英語学科出身．現在，米国Merck & Co., Inc.の日本法人MSD株式会社に同時通訳者として勤務．

ローレンス・ヴァン・デル・ポスト
ある国にて
南アフリカ物語
戸田章子訳

2015年4月6日　印刷
2015年4月16日　発行

発行所 株式会社 みすず書房
〒113-0033 東京都文京区本郷5丁目32-21
電話 03-3814-0131(営業) 03-3815-9181(編集)
http://www.msz.co.jp

本文組版 キャップス
本文・口絵印刷所 理想社
扉・表紙・カバー印刷所 リヒトプランニング
製本所 誠製本

ISBN 978-4-622-07898-2
[あるくににて]